非洲神话

李娟 主编

中国华侨出版社
北京

图书在版编目（CIP）数据

非洲神话 / 李娟主编 .—北京：中国华侨出版社，2017.12
（世界经典神话丛书）
ISBN 978-7-5113-7299-4

Ⅰ.①非… Ⅱ.①李… Ⅲ.①神话—作品集—非洲
Ⅳ.①I407.3

中国版本图书馆 CIP 数据核字（2017）第 318671 号

非洲神话

主　　编 / 李　娟
责任编辑 / 付改兰
责任校对 / 高晓华
经　　销 / 新华书店
开　　本 / 787 毫米 × 1092 毫米　1/16　印张 /18　字数 /240 千字
印　　刷 / 三河市华润印刷有限公司
版　　次 / 2022 年 2 月第 1 版第 2 次印刷
书　　号 / ISBN 978-7-5113-7299-4
定　　价 / 48.00 元

中国华侨出版社　北京市朝阳区静安里 26 号通成达大厦 3 层　邮编：100028
法律顾问：陈鹰律师事务所
编辑部：（010）64443056　64443979
发行部：（010）64443051　传真：（010）64439708
网　址：www.oveaschin.com
E-mail：oveaschin@sina.com

前言

在绚丽多姿的世界文化史中，神话故事是现代文明灿烂发展的起点，对世界各地文学文化的发展和繁荣产生了深刻和久远的影响。它如珍珠一般闪闪发光，在世界文学宝库中成为一朵不可多得的奇葩。神话故事构思奇特，风格多样，其丰富的内容和无穷的艺术魅力展现了该民族的历史与价值观。

本丛书以世界范围内广泛流传和为人关注的八大神话派系展开，包括希腊神话、罗马神话、埃及神话、印度神话、北欧神话、非洲神话、俄罗斯神话和中国神话。

各文化派系的神话故事各有特点。如希腊神话中，无论是人是神，都有善良和感性的一面，同样有欲和恶的一面，和凡人很相似。因为这种相似，让他们在理智和情感之间，在神性与人性之间，在公正与偏私之间，留下了广阔的想象空间。

再如北欧神话。北欧神话中的世界不是永恒的，神不是万能的，像神王奥丁，他也需要以一只眼睛为代价穿过迷雾森林，从而得到大智慧。另外，北欧神话相信当万物消亡时，新的生命将再次形成，世界上的一切都是无限循环的。

……

不同的特点造就了这些神话的多彩多样性。

本丛书立足不同神话的特点，通过搜集整理大量资料，根据中国读者的阅读特点，进行了细致认真地选编和译注，在保证原神话故事民族文化特点的基础上，让阅读更符合国人的习惯，从而加强可读性。

本丛书内容丰富多彩，故事引人入胜，语言精练有趣，人物栩栩如生，是读者了解世界古代文化与文明的窗口。

目录
Contents

第一章 / 创世神话故事

上帝创造万物　　　003
第一个人类　　　006
人类第一次接触死亡　　　009
天为什么高高在上　　　011
大地的由来　　　012
姆汝勒和酋长　　　014
寻找上帝的妇女　　　016
恩赞比·姆庞古的儿子　　　017

第二章 / 自然神话故事

月亮是怎么来的　　　023
月亮为天国守夜　　　025
月中老人　　　028
月宫少年　　　030

祖鲁巧偷日月	033
太阳、月亮和水	035
通天树	038
火的发现	039
雷和闪电	044
雷的妻子	046
陆地和水中的国王	051
勇敢智慧的卢卡拉	060
造雨者	067
水中大王和公主	069
火焰树	080
伊儒瓦和他的孩子们	082

第三章 / 动物神话故事

聪明的青蛙	087
牛背上的孩子	092
老虎身上的斑点	100
猴子的传说	103
被诅咒的蛇	106

蝙蝠恨见太阳	112
黑背豺吠月的传说	114
鸽子为什么会飞	116
神鸟与两兄弟	118
吉巴拉卡和神奇的巨马	120

第四章 / 关于善良与贪婪的神话故事

没有孩子的女人	129
贪心的农夫	130
缪里勒的故事	133
勇敢的瘸腿青年	138
苏迪卡-姆班比	141
从来不笑的女孩	146
姐妹两人的不同结局	150
死神的威胁	153
马尔威和沙沃耶	155
霍路莫路莫和利陶伦	158
马塔莱·山席的故事	160
南瓜妖怪	167

第五章 / 席姆温都的神话传说

大水蛇要向伊扬古拉求婚　　171

第一个男孩姆温都　　175

姆温都与穆吉提相遇　　183

出访幽冥之地　　203

英雄归来　　218

父子冰释前嫌　　221

姆温都被惩罚　　227

第六章 / 李昂戈·富莫的神话传说

兄弟之间的仇恨　　237

李昂戈从监狱逃跑　　240

儿子杀死了他　　242

第七章 / 食人魔的神话传说

兄妹俩和食人妖魔　　247

芦苇中长大的孩子　　266

女食人魔的故事　　275

第一章 创世神话故事

上帝创造万物

天国的一切安排好以后，上帝开始创造物质世界。他展开了白昼和夜晚的天幕，如同打开一个巨大的帐篷，也像展开两块布满神秘符号的毡毯。他在夜晚的天幕上先放了一些固定的星星，它们像灯火一样燃放着火焰；接着又放了一些流星，让它们沿着天幕行进，每一个流星的轨迹都不相同；月亮也是沿着夜晚的天幕运行的，并且按照上帝的旨意不断变化着形状。上帝又把太阳放到蓝色的白昼天幕上，命令它从东方升起，沿着天幕运行到西方落下；他创造了云，又给它们涂上不同的颜色，像帆一样在白昼天幕上运行；到了傍晚又让它们散发出红色的光。有的云又暗又重，则是上帝希望它们在可以结出果实的土地上降下雨水。

上帝建造的宇宙有七重天，乐园的最低层就是第一重天。每重天都有自己的行星，月亮的位置最低。第二重天由水星统治，第三重天由金星统治，第四重天由火星统治，第五重天由木星统治，第六重天由土星统治，第七重天由太阳统治。各重天的卫士都是上帝八大先知的灵魂，他们是第一重天的亚当，第二重天的伊萨和他的表弟叶海亚，第三重天的尤素福，第四重天的伊迪里斯，第五重天的哈儒尼，第六重天的穆萨，第七重天的亚伯拉罕。每天有七万天使来这里祈祷——但第二天又是另外的七万天使，从来不会重复。

同七重天相对的是七层地狱，而且每一层都比上一层可怕。每一层都收容着某类特定的罪犯。

随后上帝展开了大地，大地上到处充满上帝所创造的生物和食物。上帝在他希望的地方长出青草供食草动物食用，长出树木供猴子居住，还让一些植物结出五颜六色的果实，供人类和各种动物享用这些美味。不过上帝也让大地的某些地方成为寸草不生的沙漠。

他把陆地和大海分开：一边是无边无际的海洋，另一边是可供人类和陆地动物生活的大陆。他用石头垒成大山，然后让溪流沿着大山流下，如同山间的条条白色的丝带；他在海洋上密布岛屿，让海上航行的旅客得到休息和补给；他让静止的池塘映出天空的蔚蓝，让河流淹没沼泽湿地。

他赐予风声音，让风既能柔声细语又能狂嘶乱吼。风把云吹向四面八方，又托着鸟儿到它们想去的地方；风能把船送到目的地，也能让海洋巨浪滔天。

然后他让大地充满昆虫。看哪！无数的昆虫从地里爬出来，用透明的翅膀上下翻飞，小蝴蝶在空中翩翩起舞，小甲虫在地上郁郁独行。

接着他放出了群群的飞鸟，有的在天空欢快地飞翔，有的站在树枝上用美妙的歌声赞美着上帝，有的按照上帝的教导筑巢垒窝。

随后他在海洋中创造了鱼。只有他才知道究竟有多少种鱼，因为这些鱼都有着不同的颜色和形状。

他说"要有蜥蜴"，于是蜥蜴出现了，按照他的命令在阳光下取暖。青蛙用"呱呱"的独特语言大声赞颂上帝，不过也只有上帝才知道有多少种、多少只青蛙，以及它们必须要下多少卵。

下面就是创造大型动物了。哞哞叫的牛群、咩咩叫的羊群都在对他歌颂和赞美。他创造了锋牙利齿的食肉动物、吞食腐败尸体的食腐动物、性情温顺的长颈鹿、性格暴躁的水牛，成群结伙的羚羊和斑马，可以在水中生活的河马和体型庞大的大象,等等。只有他才知道有多少种动物,只有他才知道每种鸟儿羽毛的颜色是什么样,也只有他才知道每个食肉动物牙齿的锋利程度。他又创造了温顺的奶牛,让它们鼓胀的乳房充满牛奶;创造了腿脚强健的骆驼,让它们在旅行中不怕干渴。他规定了蝴蝶的作息时间,让萤火虫闪闪发光。他规定了世界上的生存法则:大鱼吃小鱼,小鱼吃虾米;鹰吃死去的动物的骨头,山羊吃树叶;鸽子躲不掉鹰隼的扑击;死尸丢给蛆,蚯蚓送给鸡;小鸡成了老鹰的食物,被老鹰抓到广阔的天空。

他又赋予了生物自己繁殖后代的能力:野火过后,小草长出了绿色的叶子;红红的芒果每年都会在树上渐渐地长大。到了雨季,不计其数的白蚁倾巢而出,像雨一样发出沙沙的声音;黑蚂蚁也按照既定的路线到自己的小山丘上孵化小蚂蚁。所有的动物都有自己的孩子:小狒狒含着妈妈的乳房,长颈鹿宝宝吸着母亲的乳汁。难道上帝会忘记什么吗?对于我们来说,这些奇迹难道不是上帝拥有无尽的智慧、无穷的力量的标志吗?

第一个人类

上帝规定白昼过后是夜晚,这样昼夜的交替就代表了时间的流逝。

有一天,上帝把他的天使们召集到了他的宝座下。天使们按照礼仪祷告后,上帝告诉他们:我打算创造一种生物,他与你们一样拥有智慧,但他的实体是肉体;我用泥土来塑造他的身体,所以他要依靠泥土生活;他会用牛来耕地;他知道如何在危险的大海中航行,如何用网去捕鱼;他可以拥有我在大地上的所有造物,按照我的法则去治理它们;他将是我的仆人,他的孩子遍布大地,多得像蚂蚁一样。不过他们要干活,要向我礼拜。对此你们有什么想法呀?

天使们纷纷说出了自己的看法。他们的第一感觉就是担心,因为他们的头脑很清醒,知道以后将会发生什么事情。天使是透明的,因而纯粹真实;他们没有固定的面庞来隐藏邪恶的念头,他们纯洁而没有罪恶;他们智力非凡,可以感受到其他物种所受到的苦难,可以领会上帝的愿望;他们忠诚地礼拜和服务上帝,也能发自内心地去帮助其他物种;他们的思想纯洁,只有利他的精神,对外界和其他物种无欲无求。

但是"人"这个物种又是什么样的呢?他身体凹凸不平,充斥着贪欲,也会生殖、争斗和杀戮;他的思想不像晨曦那样透明,却如乌云一样黑暗模糊;在他的身上，不仅有贪婪和残忍，还有愚蠢和欺骗；土做的身体臃肿又不敏捷；人的思想与其说是敏锐的，不如说是感性的；不愿意承认事实，主动性低，而且骄傲自大；坚固的头颅里面隐藏的是仇恨和贪欲；最大的问题是人虽然知道上帝伟大却不知道感恩。当面对问题时，人的思考不但不能解决它，反而将问题复杂化，因为人的本性不诚实，总是企图掩盖问题而不是化繁为简。无尽的欲望让他时刻觊觎着别人的财产，嫉妒使他们失去了理性。他以征服属于上帝的土地作为荣誉，把杀戮作为取乐的工具。敏锐的天使们好像已经看到了未来的大地上战火纷飞、废墟遍地。

不过上帝对天使们解释道：你们不用担心，这些我都知道，但我决定还是要这样做。因为我的目标要过几千年才能实现，到那时候你们就知道我创造人的原因了。

于是天使们就不再担心了，开始朗诵赞美上帝的诗篇。

接下来上帝拿过来一些坚硬的灰色土壤，用手捏成人的形状，不过这时候人还没有生命。于是上帝说"赐给你生命"，然后生命就出现了，从人的嘴里进去到达四肢百骸。这第一个人类，生命在他的血液里跳动，让他的皮肤有了颜色；血液流向手脚，让手脚可以自由地活动。他的躯体有了温度，他的大脑产生思想的火花。他开始动了，先是睫毛颤抖，接着睁开了眼皮，如同打开了装满宝石的箱子，露出了水晶般的眼睛。然后张开嘴，吸入一口气，又活动了一下舌头，开始赞美造物主。

天使们看到这里不禁大吃一惊，很钦佩上帝能够造出这样一个美好的新事物。上帝给这个人起名叫"亚当"，然后让他们给亚当跪下行礼。

上帝教亚当认识各种生物。一天，天使们来考察亚当对上帝所创造的事物认识了多少，结果发现他很聪明，他知道所有花卉、水果、行星和星星的名字，也明白产生其他自然现象的原因。天使们不禁对上帝的能力发出了感叹：他竟然能让一团泥土弄懂天上的星宿。

毫无疑问，亚当是一个先知，他也是上帝的第一个先知。这也意味着既然上帝向他展示了智慧，他也一定会教导他的孩子热爱上帝。这时候所有的天使都明白了，上帝"造人"这件事的确是一个奇迹。他们都认为他们应该跪拜第一个人，并且为原来对此所产生的争论而请求上帝的原谅。上帝告诉他们："我曾经告诉过你们，我所知道的比你们所理解的要多得多，对我来说宇宙间并没有什么秘密，即使人的最隐秘的想法也瞒不过我。"

人类第一次接触死亡

第一个男人和第一个女人生了很多孩子，其中有好多是双胞胎。第一对双胞胎是哈比里和一个女孩，第二对双胞胎是卡比里和另外一个女孩，再后面是谢蒂和另一个女孩。另外还有好多对。

当孩子们长大成人的时候，上帝告诉第一个男人："你的孩子必须结婚，就像你和第一个女人结婚一样。我给你的男孩和女孩是一样多的，所以他们都有结婚的对象。不过你要记住，无论哪个男孩都不可以和他的孪生妹妹结婚，必须和另外的男孩交换他们的妹妹。"

于是第一个男人就把他的儿子们喊到一起告诉了他们上帝的旨意。听到这个，老大哈比里就向卡比里要卡比里的妹妹，但被卡比里拒绝了，然后两兄弟就打了起来。卡比里失手把哥哥给打死了，这下子他不知如何是好了，他以为哥哥只是睡着了，希望哈比里能自己站起来。哈比里的尸体过了几个小时仍然一动不动，最后都开始腐败了。这是人类第一次接触"死亡"这种事情，不知道该如何处置人死亡后所留下的尸体。

上帝发现了这个问题，就让两只渡鸦去教人类如何处理尸体。渡鸦飞到卡比里附近开始打了起来，最后一个死了，另一个就在地上挖了个坑，把死去的渡鸦放到坑里，然后用泥土盖上。卡比里看到这里明白了：人必须要埋葬他的兄弟，鸟儿要这样，人也要如此。于是卡比里也学着渡鸦挖了个坑，把哈比里埋到里面。葬礼就这样成为人类的礼仪之一。

他们的母亲得知自己的二儿子杀死了大儿子时大吃一惊：她竟然给大地上带来了违背和罪恶，这意味着她在创造了生命的同时也造就了死亡！这也是战争最早的雏形，因战争而死去的人们让他们的母亲们伤心不已。

天为什么高高在上

在很久以前，天就像我们房子的屋脊那么高，一伸手就能摸到，甚至有些地方还像蚊帐一样垂下来。

诸神和我们祖先的灵魂就住在天上，地上发生的一切，无论是祈祷、唱歌、闲聊，甚至是吵架的声音他们都能听见。因为天很低，所以我们可以随时和神交流，神有了指示我们可以马上执行，人和人之间有了矛盾神也可以快速地分清对错。

但是也正因为天低的缘故，天上的神们也有诸多的苦恼：叽叽喳喳的妇女们令他们没有片刻清净，小孩子用他们脏乎乎的小手在天上摸来摸去，把神的住所弄得不堪入目。神和我们的祖先也没有好办法，只好这样一直忍受着。

有一年秋收之后，一群妇女凑到一起舂米，不断发出"咚咚"的响声，那长长的杵还时而捅到天上，甚至有的神被捅到而摔了下来，而且这些妇女还东家长西家短地大声喧哗。神们实在是受不了了，大家商量后认为，必须让天升得高高的，才能摆脱这些无知妇女的打扰。

于是他们就把天升高到了我们现在看到的高度。当然，神也随着天升高了，妇女们再也打扰不到他们了，可我们普通人也没有办法和神随时沟通了。

大地的由来

天国里景色迷人，到处都是鲜艳的花朵，空气中弥漫着醉人的甜香，日、月、风、雨和星星等神灵在这里摔跤、猜谜语、捉迷藏。

有一天，当他们正玩得高兴时，忽然听见附近传来"啊……啊……啊……"的痛苦叫声。这是天地间至高无上的天神的叫声。去年她怀孕了，现在到了临产的时候，剧烈的腹痛让她疼得大喊起来，在床上直打滚。日月星辰和风云听见了，赶快慌慌张张地跑到天神家里。

过了一会儿，一个星星忽然高兴地喊起来："生了，生了！"一个新神诞生了：他白白的身体，尖尖的脑袋，长长的双臂，一手拿着红色的魔珠，一手拿着银色的魔杖。这个孩子性格急躁，嗓门洪亮，第一声啼哭就把众神吓了一跳，于是就给他起名叫"雷"。大家正兴奋地议论着雷的时候，天神又生了一个女孩。小姑娘的相貌和性格与她的哥哥截然不同：黑黑的身体，椭圆的脸蛋，高高的额头，双手捧着一团泥土，说话轻声慢语，走路摇曳生姿，是那么的典雅。大家给她起了个文雅的名字"地母"。

日子一天天地过去，雷和地母不知不觉地就长大了，该给他们成家了。天神却为这个发了愁，因为在天国没有和他们般配的神祇，最后就让这两兄妹自己婚配。

　　雷和地母成婚后感情非常好。过了几年，地母生了一块黑里带黄的泥土。这块泥土一生出来就自己不停地向下落，穿过了天国，穿过了云彩，一直向下，向下……后来终于停下了。就在停下的瞬间，小小的泥块变成了无边无垠的土地。

　　这就是我们现在所居住的大地的由来。

姆汝勒和酋长

姆汝勒来自天上,他只有一条腿,身体的一半是人形,另一半用草盖着,不知道像什么。

他第一次出现是在马塞人那里,后来又用一条腿蹦到了希拉大山。他好像不会说话,见到人时只发出"姆哩姆哩"的声音。对于这样一个怪物,人们看到他就跑或者躲到屋里不敢出来也就不足为怪了。

他从这儿蹦到那儿,无论到哪里都找不到吃的。每当他来到一处宅院时,里面的人就把门闩上,隔着门赶他走。发生这种情况他当然很不高兴。

后来他到了酋长那儿,酋长同样也是这样做的。他终于说话了:"我是姆汝勒,既然你们这里都这么不待见我,那我就回到天上吧!"当时是大中午,火红的太阳正在头顶上,他向天上一跳,向着太阳飞去。以后人们在大地上再也没有见过他。

过了不久,这个酋长掉到火里,烧得皮开肉绽。他去请教占卜者为什么自己会有这样的遭遇,占卜者告诉他:"你得罪姆汝勒了。他到了人间,大家都说:'如果我收留了他,他将给国家带来厄运。谁见过一条腿的生物呢?'你也根本没有问他'你为什么到这里来呢?'既然没有人问他有什么事,他就走了。但是他肯定有治病的能力。"

在酋长请教占卜者的时候,一群乌龟正在平原上采集药草。他们排成一大队,迈着稳健的步子来到酋长的住宅。在姆汝勒上天的地方,乌龟们围成一个圈儿,头龟唱道:"饶了我吧,饶了我吧!您发发慈悲,赐些圣水吧!"

占卜者把头龟的话给酋长作了翻译。酋长立刻派人找来刚下犊的黑母牛,又找来一只绵羊和赎罪的水。他们杀了母牛和绵羊,又在头龟的脖子上割个小口,取出一滴血,然后把这三种动物的血和水混在一起,喷洒到酋长身上和乌龟周围。于是诅咒被解除了,乌龟又回到平原,酋长也恢复了健康。

寻找上帝的妇女

从前有个妇女，在她很小的时候就父母双亡了。后来她老了，她的儿女也一个接一个地死去，跟前一个孩子也没有了。她很衰老，因此她想她也差不多要死了。然而让她迷惑的是，她却变得越来越年轻了，因此她强烈地希望找到列扎（即上帝）问问他这是怎么回事儿。她知道列扎住在天上，所以开始砍树，想做个脚手架爬上去。

她把脚手架造起来了，上面刚到天上，下面的支柱就腐烂掉了，所以整个脚手架坍塌了，她也摔了下来，还好她没有受伤。她又试了一次，结果还是这样。她绝望了，看来这个主意行不通。她认为天是同大地联结在一起的，所以决定到它们联结的地方去。

她走呀走呀，经过一个国家又一个国家。有人问她去哪里，她说："我在寻找列扎。""你找他干什么？""我的兄弟，你说，在这些国家有像我这样受苦的吗？我的儿女都离开我了，我成了孤苦伶仃的老太婆，还返老还童变成了这副样子！"

人们回答："是啊，我们明白了！你是因为丧失了朋友和亲人，还返老还童了而烦恼！可是谁又不是有着自己的烦恼呢？希卡贡阿莫（拜拉人对列扎的称呼）主宰着我们每个人，我们摆脱不了他！"

恩赞比·姆庞古的儿子

天神恩赞比·姆庞古在凡间游历的时候娶过一个女子，并且生了个儿子，但在他重回天国的时候并没有把孩子带走。孩子长大后，对待和他一起玩耍的伙伴非常和善。

有一天，他跟其他孩子一块儿游泳。他们约定，在下水前必须背诵他的名和他父亲的姓氏。恩赞比·姆庞古的孩子却不知道他父亲的姓氏，其他孩子嘲弄他说："嗨，你是从树上掉下来的，不是生的。瞧，你连你父亲的姓氏都不知道。"这让他很痛苦，对周围的一切都没有兴趣。有天，有人对他说："唉，你的甘蔗园都被老鼠咬了，你也不管管。"他回答："让它们吃吧，我连我父亲的姓氏都不知道，还管这些干啥？"又有人对他说："鳄鱼在吃你的猪呢。"他回答说："让它们吃吧。我连我父亲的姓氏都不知道，还管这些干啥？"还有一个人走过来说："你脸上怎么有个蜘蛛呢？"他说："随它去吧。我连我父亲的姓氏都不知道，还管这些干啥？"又有一个人过来对他说："你带到家里的肉被青蝇蛆弄坏了。"他说："不要了。我连我父亲的姓氏都不知道，还管这些干啥？"有人告诉他："你房子的柱子被蛀虫弄出洞了。"他说："随它去吧。我连我父亲的姓氏都不知道，还管这些干啥？"又一个邻居告诉他："你的甘蔗和玉米被暴风雨毁掉了。"他说："知道了。

我连我父亲的姓氏都不知道，还管这些干啥？"

过了一段时间，他决定到天上去找他父亲，问问他父亲的姓氏是什么。在路上他遇到了老鼠恩杜图，恩杜图问他："你要去哪里呀？""我到天上去，我要找我的父亲问他的姓氏。"恩杜图就在前面帮他清理出到恩扎迪的路。到了恩扎迪河边，他发现没有桥也没有船。正好来了一条鳄鱼，鳄鱼把他送了过去。到了对岸，他四处寻找去天上的路，就是找不到。于是他请求蜘蛛来帮助他。蜘蛛爬到天上把蛛丝固定好，然后回来告诉他："可以上去了。"他和蜘蛛一起顺着蛛丝爬到了天上。

天上的居民发现了这个孩子，就问他："你怎么到这里来了？"他回答："来找我父亲，我想问问他的姓氏是什么。"听了这话，他们说："是这样呀，那你先坐在这等等吧。"他们在远处商量后决定让他去睡在狮子屋里，让狮子把他吃掉。可他们不知道苍蝇尼安兹也跟他来了，尼安兹听到了他们的阴谋，就告诉了这孩子。这孩子正无计可施呢，蛀虫来了，对他说："这件事交给我了。"蛀虫去把狮子屋里的柱子钻了个大洞。

到了晚上，村里的居民把他领到他睡觉的地方。他一进门就跑到蛀虫钻出的洞里藏了起来。村里的人把狮子放进去，又把门关起来。狮子没有发现房子里有人。第二天早上，村里的人放出狮子后发现屋子里空荡荡的，他们认为这孩子一定是被狮子吃了。可过了一会儿，孩子出来了，这让他们十分惊讶。

于是村里的人又商量起来。他们对他们之中的一个人说："你去变成一个长着恶疮的孩子，穿得破破烂烂的坐在垃圾堆上，而我们都穿得漂漂亮亮的。等那个孩子过来，我们就说：你父亲就在我们中间，你把他找出来吧。如果他从穿着漂亮的人中挑，我们就杀死他。"苍蝇又偷听到了他们的话，接着告诉了这孩子。当他们让这孩子找他的父亲时，他挑了坐在垃圾堆上那个长恶疮的男孩，并且说："尽管你改变了自己的模样，可我知道你就是我的爸爸。"他们的计划又失败了。

接着，村里的人说："嗯，我们也不确定他是不是你的父亲。这样，如果你明天可以用手斧一下子砍倒一棵树，他就是你的父亲；如果不能，他就不是你的父亲，你也要死。"这孩子听了这个就自言自语："这该怎么办呢？我不能一斧子砍倒一棵树呀！"蛀虫听见了，就用了一夜时间把树干钻空，只留下树皮，在外面根本看不出来。

第二天早晨，人们把孩子叫起来，给他一把手斧让他去砍树。他走到树前，做出非常用力的样子向大树砍去，正好这时候刮来一阵强风，结果大树一下子就倒了。所有看到这种情景的人都惊讶万分。他们向他祝贺，接着呼唤恩赞比·姆庞古。恩赞比·姆庞古出来了，说："对，我的确是你的父亲。你很好地解决了寻找你姓氏的每一个困难。"儿子很高兴，他也知道了他父亲的姓氏。

他又顺着蛛丝回到大地，鳄鱼又把他送过河，这孩子回到了他的村子。

他对帮助过他的动物非常感激。他有个表妹，他希望把她嫁给某一个帮助过他的动物。在他询问邻居们的意见时，邻居们却看法不一。有人说苍蝇尼安兹对他的帮助最大，应该嫁给苍蝇尼安兹。其他人却说："应当嫁给蛀虫。"还有人说："不，应当是老鼠。"其他人又说："应该是鳄鱼娶她。"还有些人认为暴风雨应当同这姑娘结婚——好了，你的意见呢？你认为谁的贡献最大，这姑娘就嫁给谁。

第二章 自然神话故事

月亮是怎么来的

世界刚被创造出来的时候，还没有月亮和星星，夜晚的天空一片漆黑。

这天，有一个名叫伊莫拉的漂亮姑娘要结婚了。

根据当时的风俗，娘家人要在姑娘出嫁的前夜用老式的锅煮一锅胡桃，让亲戚们分享。锅里面不能有坏的或煮过头的胡桃，因为这些意味着新婚夫妻的婚姻不会美满幸福。为了避免发生这种情况，所有人都给他们的女儿挑好胡桃；煮胡桃时还要小心翼翼地看着，保证煮得恰到火候。

伊莫拉的父母也同样是这样做的。不过那天晚上下雨了，从半夜一直下到天明，天气十分凉爽，看守煮胡桃锅的人不知不觉地睡着了。可是这给了伊莫拉的父亲的第二个妻子（和她母亲同龄）做坏事的机会。她生性邪恶，因为嫉妒反对伊莫拉的婚姻，趁着看守睡着的时候跑到锅前，把火扒开，在上面加了木柴，猛吹几口气，火立马熊熊地燃烧起来，把锅里的胡桃都烧焦了。

第二天早上，伊莫拉的亲戚到锅边吃胡桃的时候发现胡桃全都烧焦了，所有的人都惊呆了。早先看守锅的人也吓坏了，赶紧向伊莫拉的父亲报告了这件事。

伊莫拉却不动声色，因为她已经打定主意去干什么了，所以它十分平静。她的未婚夫却忍不住了，一听到这个消息就从屋里跑了出来，大哭起来，周围的人赶紧去安慰他。

当时天和地离得很近，向上帝祈祷时只要几分钟就能得到回答。伊莫拉偷偷走到她们家的后面，仰望着天空向上帝祈祷："如果你是我的造物主，你就送下个绳子和梯子，让我上到你那里。"

上帝听见了，就把绳子和梯子送了下来。伊莫拉很快爬上梯子，刚上到半空，一个男人抬头看见了她，并告诉了她的父母。

当这种事情发生的时候，要是赶紧唱歌的话，上天的人听了可能会回来。伊莫拉的父亲立刻唱歌，而且边哭边喊：

"伊莫拉，伊莫拉！

可爱的女儿呀，

我是你爹啊，

你可不能走，

赶快回来吧。"

伊莫拉回答说："我知道你的意愿，可我上天的目的是寻找好胡桃——我是不会回去的，不用再劝我了，来世我还做你的女儿。"

包括伊莫拉的母亲在内，谁也劝不了她，她还是在蓝天白云之间爬得越来越高。

这时已经是傍晚了，伊莫拉的身影越来越小，但是慢慢开始发出纯白色的光，最后变成了我们现在所看到的月亮。

她的未婚夫见伊莫拉执意不回来，就立刻从另一条路线开始上天。他发现自己始终无法赶上他的未婚妻，便也改变了自己，成为人们熟知的启明星（启明星在约鲁巴地区被称为月亮的狗）。

从此，他沿着未婚妻（也就是月亮）的路线运行，希望有一天能赶上他的未婚妻，不再严格遵守传统而结婚。可是他的未婚妻已经走了一天的路程，他虽然在后面追，但是怎么也追不上。

月亮为天国守夜

天国的国王有两个儿子，长子叫月亮，次子叫太阳，月亮比太阳大了好多。

后来国王病重，临死前他对两个儿子说："等我死后，你们兄弟二人平分我的财产。"说完，国王看着尚未成年的太阳，又对月亮说："太阳的那一份暂且由你保管，等他成年后你再给他。"月亮答应了。

但国王一死，月亮就起了贪念，想独霸天国的全部财产。太阳在他家的地位连仆人都不如，缺吃少穿，而且经常受到谩骂和殴打。

过了几年，太阳长大了，去找哥哥要自己应得的财产，可月亮一口拒绝了他，并且恶狠狠地说："父亲临终前根本没有说过给你任何东西，这些财产都是我的。想要我的财产的人将不得好死！"

太阳见月亮不但不给自己财产，还有加害自己的意思，就逃到了邻国，改名换姓为邻国的国王放牧。因为他手脚勤快，牛羊也养得肥壮，得到了国王一家的好感。国王的女儿也喜欢太阳，有意嫁给他。太阳把自己的身世和遭遇全部告诉了国王，国王得知太阳就是邻国先王的儿子后，更是喜出望外，决定立刻为他们举行婚礼。婚后国王又准备了大量财物，让新婚夫妇回国。

月亮见到失踪多年的弟弟突然归来，感到非常惊讶。太阳对月亮不计旧怨，仍然真心相待，不但不提自己应得的遗产，反而送给月亮许多带回的财物。

月亮看到太阳拥有这么多财物，新娘又年轻貌美，心里是羡慕嫉妒恨，又打起了加害太阳的主意。

这天，太阳正在山坡上放牧牛羊，月亮走了过来，对他说："太阳呀，喂牛羊的盐土不多了，咱们去挖点盐土吧。"

太阳不知月亮想害自己，就和月亮一块来到土盐坑。太阳刚跳下去挖了几下，月亮就把事先堆在坑边的大石块推了下去，把太阳活活砸死了。

月亮回来后对弟媳说："哎呀不好了，太阳去盐坑挖盐土的时候，盐坑崩塌被砸死了。"

太阳的妻子立马赶到土盐坑边，见丈夫真的死了，不由得悲从中来。这时她想起王宫中的巫医曾经教过她起死回生之术，便在掩埋丈夫的时候从尸体上割下一部分肉，偷偷带回家放在一个葫芦中，每天往里面放些食品。过了三个月，葫芦自动破裂，太阳从里面走了出来，身材容貌、说话举止和以前没有什么不同。看到丈夫真的活过来了，妻子不由得欣喜若狂。太阳告诉了妻子自己死亡的原因，妻子为了防止消息泄露后月亮再来加害，就把太阳关在房中，不让任何人见他。

根据天国的传统风俗，如果弟弟死了，三个月丧期一满，弟媳就要成为哥哥的妻子。

月亮早就为婚礼做好了准备。终于到了结婚的日子，月亮站在门口，笑容满面地迎接各方来宾。

正午时分，参加婚礼的亲朋都到齐了，新娘也该出场了。但是新娘刚一出现，在场的人们都惊呆了：因为同她携手而来的竟是三个月前已死去的太阳！只见他挂着镶满宝石的长剑，穿着漂亮的衣服，容光焕发，一如当初刚从邻国回来的样子。

太阳一登上花坛，人们顿时爆发出震天动地的欢呼。看到太阳出现，一心抱得美人归的月亮像抽筋了一样，吓得瘫倒在门口。

太阳向宾客们讲述了自己的遭遇，他从先王的遗言、兄长的迫害、自己的逃亡，讲到邻邦国王的恩惠、夫妻归国、月亮蓄意谋害，最后被他妻子施展妙术救命还魂。人们静静地听着，对太阳的遭遇无限同情，而对月亮的狠毒十分愤慨，大家一致要求处死月亮。

太阳心平气和地说："月亮是我的哥哥，我不想兄弟相残；但他罪无可恕，我也不愿徇私使他逃脱惩罚。我决定，把他流放到天边，永远为我们大家守夜。"

大家都认为太阳的做法合情合理，同意了太阳的决定。

从此，天国由太阳治理，他从早到晚，日理万机，而月亮只能默默地站在天边，终年为天空守夜。

月中老人

　　从前有一个铁匠,他每天的工作就是挥动他那有力的胳膊,打制各种各样的铁器。随着岁月的流逝,他从一个壮汉变成了一个老人,他的技艺也越发高超。

　　这天,有人委托他打一个镰刀。"叮当叮当……"随着大锤的响声,铁块火星飞溅,逐渐成形。等到铁块的温度降低,他再重新放入炉灶里烧炼。时间一点点过去,即将成形的镰刀由黑转红,由红变白,如同一块白色的宝石熠熠生辉。这时,老铁匠突然萌生了一个想法:如果能把这个发光的铁块挂到夜晚的天空,人们走路干活就再也不用摸黑了,那该给人们的生活带来多少便利呀!

　　无所不知的造物主知道了老铁匠的心声,就从天上垂下一条铁链,让老铁匠上天实现他的愿望。老铁匠没等炉灶里的铁块完全冷却,就匆匆把它装进袋子,喊上两个女儿,说:"快,快,我们上天去试试。"父女三人抓住铁链,一步步往上爬上了天。

　　当天晚上,天上第一次出现了一弯亮晶晶的月牙,旁边还有两颗闪闪发亮的小星星。

　　斗转星移,沧海桑田,人类繁衍了一代又一代。到了黄昏时分,那银白色的月亮和闪闪发光的星星总是冉冉地升上天空。每当看到月亮,当地人们都会怀念起可敬的老铁匠,他们会告诉自己的孩子们,那银白色的月亮是老铁匠打出来的。

　　而老铁匠和他的女儿们呢?老铁匠始终守护着他打出来的月亮,寸步不离,成了月中老人,从此也没有再回到大地上来,他的两个女儿变成了月牙儿身边的两颗小星。

月宫少年

许多许多年以前，乌干达有一个贫穷的孕妇，为防止别人偷窃她园中的香蕉，在香蕉园与大路之间挖了一条沟，结果致使酋长的牛掉入沟内而折断了一条腿。

残暴的酋长大发雷霆，将这个妇女痛打一顿，还说："看在你怀孕的分上，今天暂且饶了你。但是我的牛因为你没法干活了，既然你没有钱，那就用你的孩子来赔吧。等你生了以后，如果是女孩，长到十二岁后，你要送来给我当家奴；如果是男孩，那我就杀了他。"

不久，这个妇女生了一个非常可爱的男孩。为了保全孩子的生命，她向酋长谎报说她生的是女孩，同时，她放弃香蕉园，偷偷地搬到了遥远的地方。

过了几年，孩子长大了。他每天都到山坡上去放牧，一会儿吹芦笛，一会儿唱歌。

光阴荏苒，十二年过去了。她本以为摆脱了酋长的魔掌，不料这天酋长派人找到了她，说："你家的女孩现在已经有十二岁了，把她给我带走吧。"

香蕉园主无力反抗酋长的淫威，只好将事情的原委详细地告诉了孩子，给他穿上女孩的衣服、戴上首饰，打扮得像个女孩一样，说："你在酋长家里要处处留神，千万不要让人家知道你是男孩子，要不然你就没命了。"

刚到酋长家里的时候，孩子的一举一动都非常小心，唯恐露出真实身份。日子一久难免有些麻痹大意。一天，他捡到一根芦笛，就情不自禁地吹起来。人们看到一个女孩吹芦笛，十分惊讶。孩子发现自己的身份可能暴露，赶快把芦笛扔了，从此更加小心。但他毕竟是个孩子，不久就又一次差点暴露了。这天他看见一些男孩子爬树摘果子，一时手痒也加入了进去。因为他动作灵敏，速度快，摘的果子又多，大家纷纷说："你看，这个姑娘简直就是个男孩子。"

酋长很快就得知了这件事。他吩咐手下第二天一早把孩子带来弄个水落石出，如果真的是男孩就马上杀掉。

孩子吓坏了，夜里翻来覆去睡不着。于是他起身坐到屋外的一块大石头上，呜呜咽咽地哭了起来。突然一只猫头鹰飞到他旁边，问他："孩子，你在这里哭什么呀？"

孩子将事情的原委告诉了猫头鹰。"这个嘛，你只有寻求月亮的帮助了，只有月亮才有办法。"猫头鹰说完就飞走了。

孩子无计可施，不管猫头鹰的方法有没有效果，他都必须要试一下。于是他跪在地上，对着月亮伸出双手，闭上眼睛轻声乞求："仁慈的月亮啊，求你帮帮我，明天我该怎么办呢？"

话音刚落，就听见从遥远的天空传来一个非常慈祥的声音："孩子，我在很久以前就注意到你了，你是个好孩子。明天你不能到酋长那里去，他肯定会杀掉你的。你最好到我这里来躲一段时间！"

孩子知道月亮要救自己，就问她："可是我怎么才能到你那里呀？"月亮说："这个简单，我一会儿下一阵雨，造一道虹桥，你就顺着虹桥上来吧！"说话间，雨已经淅淅沥沥地下了起来，一道彩虹也出现在了孩子面前。孩子爬上虹桥，不一会儿就到了月宫。

第二天，酋长派人四处寻找，搜遍了犄角旮旯也一无所获。酋长恼羞成怒，给手下下达命令，只要看见这个孩子就就地格杀，即使酋长死了，酋长的后代也要遵从这个命令。

后来，孩子的妈妈从猫头鹰那里得知孩子已安全地到了月宫，心头放下了沉重的包袱。为了保住孩子的性命，她只好让孩子一直住在月宫中。

从此月宫中就多了一个孩子的身影，他们把这个身影叫作"月宫少年"。至今，每当皓月当空，人们抬头遥望时都会看到他仍住在那里。

祖鲁巧偷日月

在很久很久以前，大地上没有太阳，也没有月亮，每时每刻都昏昏暗暗的。不用说寻找食物费劲，就连走路都看不清楚。

"要能去天上住就太好了！"祖鲁自言自语地说。

一位白胡子天神听见他的话问道："你想住到天上来吗？这要看我们的大王同意不同意。"

于是祖鲁被带到了天上。大王住在流光溢彩的宫殿里，还有很多的神仙围绕在他周围。

"年轻人，听说你想住到天上来，那么你有什么本领呢？"

"我会弹琴。"

"好，你试试。"

祖鲁不慌不忙，坐上椅子，调好弦，从容不迫地弹了起来。琴声时而像急风暴雨，时而像舒缓流淌的小溪。大王和神仙们听着听着，不觉都入了迷。

一曲终了，大王赞不绝口，同意让祖鲁住进上界，并将女儿玛莱妮嫁给了他。

玛莱妮是大王最疼爱的女儿，掌管着天上的日月。她把日月放在家里的两只大葫芦里，她每天早晨把太阳挂在空中，到傍晚再收回来换上月亮。就这样周而复始，年复一年。

祖鲁和玛莱妮成婚后，玛莱妮照旧掌管着太阳和月亮。

一晃几年过去了，祖鲁开始想念家乡，他忘不了父老乡亲们还生活在昏暗的大地上，决心让大地也有太阳和月亮。

这天，祖鲁趁玛莱妮外出时小心翼翼地打开葫芦，把太阳和月亮各切了薄薄的一片藏在身上，然后顺着来路匆匆回到了大地。

从那时起，大地上有了太阳和月亮。

太阳、月亮和水

很久很久以前,早在地球上刚出现生命的时候,太阳和月亮这对夫妻就在非洲生活了。

有一天,太阳对他的好朋友水说:"伙计,我都到你家这么多次了,但你却从没有去过我家。这是为什么呀?"

水用"咕噜、咕噜"的声音回答:"我倒是想去呀,咱们俩的关系这么好,我也应该去看看你的妻子月亮。你看,我的身体里有大量的贝壳、海星、漂亮的蝶鱼、成群结伙的沙丁鱼、鲐鱼、尖牙齿的鲨鱼和身躯巨大的鲸鱼,它们都已经成为我身体的一部分了,我走到哪儿也就必须把它们给带到哪儿。你家太小了,根本容纳不了。如果你有个庞大的村庄,我肯定会去你家的,而且会常去。"

"为了友谊,我要建个大村庄,让它大得能住下你和随你而来的一切。一建好我就来请你。"太阳说道。

到家后,他那光彩照人的妻子月亮一开开门,他就把他和水的约定告诉了她,并且立即开始建村庄,这个村庄大得一眼看不到边。村庄建好后,太阳立刻去邀请水来做客。

水从远方过来了,流过平原,穿过森林,绕过山丘。水终于到他们脚下了,在他们的脚踝周围打着旋，对他们说："我来了，亲爱的太阳。我很高兴，终于能见到你美丽的妻子月亮了。感谢你建了这个又大又美的村庄，我才能来到这里。"

在他说话的时候，水已经漫过太阳和月亮的膝盖，水里大大小小的鱼类不断闪光。"可是我们还没有来完呢，"水接着说，"要是来完能住得下吗？""这还用说呀！"太阳微笑了。"当然了。"月亮笑吟吟地说道。

水越来越多，也越来越高。鲨鱼和海龟到了，飞鱼也在空中闪光，鲸鱼刺破水面砰地撞了出来。太阳和月亮上到了他们最高的房顶。水又问："全来能住得下吗？"月亮害怕了，小声说："肯定住不下。"可是太阳却说她是胡言乱语，大声喊道："欢迎你们，我们的村庄大得很，谁都不会落下。"

可是现实很残酷，水很快漫过了房顶。要不是太阳和月亮惶恐万分地跳进天空，也会被水淹没。他们这么一跳就是十万八千里，回头再看大地，大地竟然只有一个小小的梅子那么大。"我告诉过你他要漫过我们的村庄。"月亮临上天前悲伤地说道。

太阳和月亮离开大地之后在高高的天上安了家，在那里他们生了自己的孩子星星。虽然他们孩子无数，可他们叫得出每个星星的名字。月亮因为渴望回到大地，天天埋怨太阳："我告诉过你他要漫过我们的村庄。"除了这一点，他们的生活还算是幸福的。

月亮翻来覆去地唠叨，把太阳搞得火冒三丈。他们大吵大闹，最后打了起来，连天都打破了，有些火山咕噜噜地滚到大地。打完架太阳就郁闷地去睡觉了，月亮趁机带着所有的孩子跑得老远老远，住在无垠天空的另外一个地方。

太阳刚开始因为生气还不以为意，过了几天就开始想念老婆孩子了，于是就动身去寻找他们。白天，他用全力发出耀眼的光芒照亮天空以便看见他们；傍晚，精疲力竭的他只好落在西方休息。这时熠熠发亮的月亮就会带着孩子们从隐藏的地方出来，微笑着看着孩子们跳舞、嬉戏。

每天早上，太阳睡醒以后提起精神，又光芒四射地从非洲东面的天空升起，可月亮却早把孩子们叫到一块儿躲到了世界的另一边。傍晚太阳又精疲力竭地红着脸向西方落下。日复一日，年复一年，一直到现在都是这样。

通天树

从前，瓦恰盖族有一个叫吉恰隆都的姑娘。有一天她出去割草，发现有一块草长得非常茂盛，于是走了过去，结果陷进一个泥潭。伙伴们赶快跑过去想把她拉出来，可怎么也拉不出来。她越陷越深，最后连头发都看不到了，伙伴们听见她在下面喊："你们给我爸爸妈妈说，是鬼把我抓走的。"

他们便跑去把她的父母喊了过来。当地的人都聚在出事的地方，占卜者盼咐她的父亲杀一头母牛和绵羊祭奠一下。祭奠后他们开始听见吉恰隆都的声音，可是声音越来越小，最后一点也听不到了。他们绝望了，知道自己的女儿再也回不来了。

后来，在她消失的地方长出一棵树。树越长越高，最后树梢都到了天空上。

在天热的时候，放牛的孩子们就把牛群赶到树荫下纳凉，他们比赛爬树。有两个孩子爬得很高，问别的孩子："你们还能看见我们吗？"其他的孩子回答："看不见！快下来吧！"可是这两个胆大的孩子就是不听。"我们还要上，我们想到天上去看看！"这是他们在人间留下的最后一句话，从此再也没有人见过他们，他们也许真的到了天上。

火的发现

人类最初并不懂得利用火，所吃的一切食物都是生的，来自善良的隐身者莫迪莫的馈赠。周围的森林里生长着大量的球茎、块茎和果子，即使打猎也是吃生肉。在莫迪莫给人类的许多礼物中，最重要的就是母牛，因为人类可以从母牛身上挤出增进健康的牛奶，牛奶成为人们的日常饮品。

人类在穿衣方面也没有什么特别的要求。白天，慷慨的太阳用光线温暖他们裸露的身体；夜晚，人类可以用兽皮或者编织的东西盖在身上保温。

至于火，人类既不知道也不需要，所以对有没有火也就是无所谓的态度。可是后来这种状况发生了改变。

在一个寒冷的冬天，太阳已经躲在乌云后面好几天没有露面了。有一个人，他家里的食物不多了，只好拿起长矛，出去寻找食物。这一次他走得很远，已经离开了他平时活动的范围。他有点害怕，因为只有他一个人行走在这片荒凉的土地上。他停下脚步用心聆听，周围一片寂静；他环顾四周，竟然看见远方有一个细长的云柱，悠闲地盘旋着升向天空。

"真奇怪，以前没有见过这样的云彩啊，不过可以肯定它是从地面上发出的。我得去看看是怎么回事！"他轻轻地自言自语。

他小心翼翼地走近那个地方，越接近那片升起的云彩，他越感到惊奇。他在一个洞穴式的坑道口发现"火"——当然这时候他还不知道什么是火——在旺盛地烧着，而且发出一缕细长的烟，袅袅地升向天空。

这个人很有修养，所以非常有礼貌地问候火："你好，陌生人。我自从出生就一直住在这个大地上，可我从来没见过也没听说过你。能告诉我你是谁吗？"

"你好，两条腿的动物。"火高兴地回答，"我是火，善良的莫迪莫的众多仆人之一。靠近些吧，今天很冷，我微笑的时候能够放出热量，你可以把手伸过来暖和暖和。"

这个人走了过去，靠近火的部位马上暖和起来，感到十分舒服。他盘腿坐下，享受着对方的热情款待。他们开心地聊着天，讨论他们感兴趣的每件事情。他越温暖越觉得快活和满意，他想：要是能把这位新朋友请去家里住一段时间该多好呀！这样，他的妻子和孩子也会享受到这种幸福。或许，他可以让火留在他们家。

因此，他在离开时邀请火去访问他的家。他保证，火将会受到他以及他的妻子和孩子们的热烈欢迎。可是火没有答应，这让他非常失望。

这个人带着一种见识了新鲜事物的兴奋回到家中，给家人讲述了他所结识的新朋友。

"他很漂亮，简直无法用言语来形容。他穿着红色和黄色的布，笑起来噼啪作响，而且还有许多小星星从他那形态多变的嘴巴里不断地喷出来，向上飞腾。亲爱的，最值得你看的是他呼出来的气体！这些气体在他上方像云彩一样地聚拢——而且当一阵和风把这种呼吸向我吹过来的时候，我会咳嗽得浑身发抖！对我的囧样他哈哈大笑！"

"亲爱的，我对你结识的新朋友非常感兴趣，难道你没有邀请他来咱们家做客吗？"

这个人沮丧地告诉他的妻子，火拒绝离开他的家，但是他答应再试试看。

他一次又一次邀请火去他们家做客，可火总是以这样那样的借口加以推辞。

每次丈夫从火那里回来，总是说些关于火的新奇故事，妻子和孩子们都十分希望看到他的新朋友，甚至开始怀疑他是不是真的邀请了火来他们家做客。

这个人委屈极了，他再次来到火那里，眼里噙着泪对火说："为什么？为什么你不愿意去我家？难道我们不是朋友吗？"

火诚恳地说："我们当然是朋友，我也不想拒绝你的邀请。说真的，我怕离开家，因为我无论到什么地方，都会把那里弄得一团糟。对于我这个坏习惯你一定要有思想准备。"

听到火终于答应去他家做客了，这个人十分激动，向火拍着胸脯说："只要你到了我们家，就是圆了我妻子和孩子的梦。同这相比，你说的那些又算是什么。"然后一路小跑把这个好消息告诉他的妻子。

期盼已久的日子终于到了，家里每一个人都激动万分，为他们的贵宾举行的丰盛宴席也准备停当，总之所有的欢迎工作都提前几个小时完成了。

火走出了洞穴，安安静静、不慌不忙地顺着小路向他朋友家走去。他抓起周围的干草放进嘴里，身体愈来愈大，火势愈来愈猛。他不但吃草，还吃灌木和树枝。灌木丛很快缩小，树木也在减少。起风了，大火愈来愈猛烈，烧得越来越快，最后整个田野都是烈焰飞腾。

这个人和他的妻子和孩子们站在院子外面，远远地看着火离开他的住处，几道烟升向天空。"他出来了。"这个人心情激动地讲道，"你瞧，这就是他的呼吸，是不是像我跟你们说的那样？过一会儿你还会看到他是多么漂亮。嘿，他还跳舞！看来他也很高兴来拜访我们！"

过了片刻，他们果然看到许许多多的小火舌向上伸去。"是啊，真漂亮。很荣幸能有这样的朋友！"他的妻子和孩子兴奋地喊道。

烈焰升腾，让人不寒而栗。鸟儿害怕被火焰吞噬飞向了远方，怀孕的兔子蹦跳着逃离这个灼热的地方：所有的动物都希望能够离这个它们不能理解的魔怪远一点，就连这个人最心爱的母牛都一边带着牛犊逃命，一边痛苦地哞哞直叫。不久，又隐约传来了邪恶的、爆裂般的笑声，但很快被牛群的巨吼代替，因为火已经离它们很近了。

现在妻子有点害怕了，孩子们也目瞪口呆，妻子说："你的朋友不会伤害我们吧？我们害怕。"

"亲爱的，我说不准，他以前从来没有这个样子过。我和他说说，让他别这么大阵仗。"她丈夫没有把握地说道。于是，这个人向继续前进的大火大声喊起来，让他声势小一点，可是火却好像没有听见一样，仍然我行我素地向这边走来。火越来越大，吞噬了路上所碰到的一切。

看见火没有搭理他们，这个人和他的妻子儿女也赶紧跟着动物们跑了。不过火可比他们要快，离他们越来越近了。就在他们要坚持不住的时候，前面出现了一条河，虽然不深，但很宽。他们跳进水里，让滚烫的身体也凉快一下，因为火都快把他们的身体烤伤了。

清凉的河水让他们恢复了精神，他们打算继续往前跑。这个人不经意间回头一看，却惊讶地发现火在河边停下了脚步。"他过不来了，"他气喘吁吁地说，同时竭力安慰他带来的孩子，"水救了我们。火害怕了，不敢再追我们了。你们看，我们那些站在对岸的宝贝牛群安然无恙。我们得救了。"他们爬上岸，趴在草地上都高兴得哭了。

虽然还能看到有火的余焰，但终归是越来越小，最终慢慢地熄灭了。

他们第二天早上就回去了，却发现家里被火烧得一片狼藉，房子只剩下支柱的残骸，为火准备的丰盛的食物也被烧得乱七八糟。这个人心痛地拣起一个块根，没想到块根竟然发出诱人的香气，于是不由得放进嘴里。刚放到嘴里，他就激动地喊了起来："这些吃的不但没有烧坏，反而更好吃了，你们快来吃吧！虽然火把我们家烧成了废墟，但还是给了我们一点好处的。虽然如此，"他又加上一句，"我永远，永远不会让这个坏蛋来我们家了！"

在这件事之后，人就学会利用火了，学会用火取暖，学会用火做饭来改进食物的味道。最开始用火烤周围地里长的块根和蔬菜，后来又用火烤打来的猎物。

即使到了今天，火还是隐身者给予人类的最有价值的礼物之一。

雷和闪电

很久很久以前，雷电母子和人们一起住在大地上的一个村子里。雷是一只老绵羊，闪电是她的儿子，一只漂亮英俊的公羊。

可是他们与村子里的人们相处得并不融洽。因为闪电的脾气暴躁，稍微有点不如意，就会烧掉茅舍和谷仓，撞倒大树，甚至毁坏农田的庄稼，偶尔也杀死他在路上碰到的人们。每当他的母亲雷得知他惹祸的时候，她就会大声叫骂。

邻居们对他们母子非常厌恶：先是闪电造成了他们财产的损失，然后又要忍受雷发出的巨大响声。村里的人多次向村长告状，村长最后只好让他们去村子的最边上去住，不要去打扰村民们的日常生活。然而这没有改善村民的处境，因为闪电经常在村子里走来走去惹是生非，村民们仍是一片哀怨。

村长只好又派人把他们喊来。他说："我已经给过你们机会了，可你们并不珍惜。现在你们马上离开我的村子到野外去，以后不要让我在村子里看见你们。"

雷和闪电不得不服从村长的命令离开村子。可他们并不认为这是他们的原因，而是因为村民们向村长告了刁状。

村民们的不幸不但没有结束反而愈演愈烈。闪电因为被驱逐这件事对村民们怀恨在心，就在村子内外四处放火。母绵羊大声斥责着她的儿子，让他马上停止这种罪恶的行为，可闪电对他母亲的话无动于衷。烈火在干燥的旱季造成的后果是非常严重的：烤焦了人们种植的庄稼，烧着了他们的房屋。村民们绝望了，一起到村长那里哭诉闪电摧毁了他们的一切吃的、住的。

村长也忍无可忍了，就把村子里德高望重的老人召集起来，共同讨论对闪电母子的处置方式。村里年纪最大的那个老人提议："既然他们住在哪里，哪里就有麻烦，我们干脆把雷和闪电驱逐出大地，看他们到了天上还怎么打扰我们的生活！"大家都觉得这是一个好主意，于是雷和闪电就被送到天上了。

然而人们的生活并没有因此而平静下来。因为闪电还是常常发怒，时不时地把火放到大地上。接着就是他母亲用隆隆的雷声责骂他。所以，我们经常看到闪电过后，就会有雷声。

当然，他的母亲也不是时时刻刻都和他在一起的，所以有时候我们会发现只有闪电而没有雷声。

雷的妻子

从前,在卢旺达有一个妇女,她的丈夫叫克威沙巴。她已经有了几个儿子,在她又一次怀孕的时候,丈夫被国王征召去远方打仗,只有她一个人支撑整个家庭。有一天,她独自在家的时候生了病,病得很严重,都没法从床上起来了,更不用说生火做饭了。她又冷又饿,绝望地哭喊:"这可怎么办呀,我都快被冻死了!谁能给我把火生起来呀?哪怕是天上的雷都行,我愿意付出任何代价!"

她只顾在那里许愿,却连自己说了些什么都没有在意。但在她看不见的天空某处马上出现了一小片云。云越来越大,很快遮蔽了整个天空;天越来越暗,如同夜幕降临,轰隆隆的雷声也在远处响起。忽然一道闪电划破天空,如同把天和地连到了一起,她吓得赶快闭上了双眼。等她睁开眼睛,发现有一个人站在她的面前,手里拿着一把银光闪闪的斧子。他用斧子把木柴一根根地劈开堆起来,然后用他的手指一碰,木柴就燃起了熊熊大火,就好像他的手指就是火把一样。他转过身来,说:"你好,克威沙巴夫人。我是雷,我在天上听到了你的祈祷,所以我来了,并且给你燃起了火。那么你用什么来感谢我呢?"她吓坏了,浑身哆哆嗦嗦一句话都说不出来。雷等了一会儿,看她没有说话,就接着说:"这样吧,既然你想不出用什么东西来感谢我,我就提个建议:我知道你腹中的孩子是个姑娘,那么你愿意让她长大后嫁给我当妻子吗?"可怜的妇人这才回过神来,结结巴巴地说:"就按你说的办吧!"又是一道闪电亮起,雷消失了。

克威沙巴的妻子不久后果然生了个女儿,母亲给她起名叫米塞克。

克威沙巴从战场归来,看见活泼可爱、貌若天仙的小女儿很是高兴,这样他就可以向未来的女婿要一大群牛做彩礼了。可是妻子很快就告诉了他关于雷的事情,这无疑让他的美梦成了泡影。他脸色难看地对妻子说:"记住了,无论是什么情况,当她长大后都不要让她到户外去,不然雷会把她带走。"

米塞克小时候还是可以出去跟别的孩子一块儿玩耍的,等她十二岁以后就被父母关在房子里不能出去了,她的伙伴们只好到她家来找她玩。这天一个女孩子飞快地跑到米塞克母亲面前,激动得满脸通红,说:"米塞克会从嘴里吐珠子!我们原来想是她自己放进去逗我们玩的,可她每次笑都从嘴里吐出珠子。"母亲马上跟着女孩子到了米塞克的房间,发现情况比女孩子说得还要严重:米塞克不仅可以吐出各种各样非常宝贵的珠子,而且还有铜制的各种漂亮手镯和脚镯。米塞克的父亲得知之后很不高兴,他说必定是雷干的,就像任何一个男人向他的未婚妻送彩礼一样,用这种特殊的方法把这些东西送来当聘礼,可是他想要的聘礼是牛群呀。此后米塞克被约束得更严格了,出门一步都不行,只能在屋子里玩。好在她的父母也不需要她做什么活——连刷锅做饭都不让她干,她的女伴们经常来陪她,她也没有感觉到孤独。

米塞克差不多有十五岁了。有一天,一群女孩子结伴去挖白土,就想约上米塞克一道去,可她的父母不愿让她去,女孩子们只好郁闷地走了。第二天她们又试着来喊米塞克,同样没有得到克威沙巴夫妇的允许。不久后克威沙巴和他的妻子要去打理果园,因为果园离他们家很远,所以天一亮他们就动身了,他们把米塞克单独锁在屋里。女孩子们听说后就又去找米塞克去挖白土。米塞克虽然可以忍受天天待在屋里,可是追求自由是女孩子的天性,其实她早就想和伙伴们出去玩了，所以她答应了伙伴们的邀请。女孩子们把锁砸开，米塞克欢呼一声冲出了房间，欢快地呼吸自由的空气，享受温暖的阳光。

一群女孩子唱着歌愉快地来到挖白土的地方，经过多年的挖掘，这儿已经成了一个大坑。女孩子们走进土坑动手干活，说说笑笑，很是高兴。突然间，她们发现天好像黑了，抬头一看，土坑上飘来了一大片乌云。随着一道闪电，她们面前出现了一个人，他大声喊道："我知道克威沙巴的女儿米塞克就在你们中间。出来吧，我是你的丈夫雷，现在我要把你带回去成亲。"女孩子们吓坏了，谁都不敢动弹一下。"既然你不肯出来，我就一个个地找吧。你，对，就是你，你先出来！"雷看到这个情况，就指着一个女孩说。那个女孩从坑里出来，说："不是我，米塞克笑的时候嘴里会出来珠子、镯子。"雷说："嗯，你说得不错。那你大笑一声让我看看。"她大笑了，嘴里什么也没有吐出来。"看来你不是米塞克。"随后女孩子们一个一个地被盘问，一个一个地都被放行。米塞克战战兢兢地最后一个走出来，她也像别的姑娘那样否认自己是米塞克，可是雷坚持让她大笑一声，她刚笑出声音来，珠子就噼里啪啦地落了一地。雷高兴地喊道："终于找到你了！"然后抱着她飞上了天空。

米塞克被雷的举动吓得哇哇大叫，担心结婚后这个鲁莽的家伙能不能好好地对待自己。可事实证明雷是一个合格的丈夫，他就像爱护自己的眼睛那样爱护着妻子，米塞克在天国和雷安心地生活了下来。她生育了三个孩子：两个男孩和一个女孩。有了孩子后她也更加思念她的父母。在女孩满月的时候，米塞克告诉丈夫，希望他能够让她回去看望父母亲人。雷答应了米塞克的请求，并且让仆人带上大量的礼物，包括克威沙巴渴望得到的牛群，吃喝的食物和饮料，还有几个轿夫抬着供他们母子乘坐的轿子。

雷把他们送到了大地就回去了，因为他的职责在天空，无法在大地上久留，否则他肯定会把娇妻爱子一直送到岳父家的。临别时他告诉米塞克："一直向前走就是你家，千万不要偏离了方向，不然会有危险的。"

一开始他们的方向是正确的，但是最后领头的轿夫因为累得没有精神而走上了歧路。幸运的是，没走多远轿里的米塞克就发现了，而且这里离米塞克的家已经不远，甚至可以看到她家厨房的烟囱了；不幸的是，一个叫伊吉科科的妖怪已经到了他们身边。妖怪拦住路要东西吃，米塞克让仆人把饮料拿出来，他"咕嘟咕嘟"一口气喝完了。他擦了擦嘴巴，回身抓过一头牛放到嘴里，连嚼都没嚼就咽了下去，然后就是第二头，第三头……牛吃完了，他又抓住一个仆人吃掉了，然后第二个……一会儿工夫，他吃掉了所有的仆人、轿夫和牲畜，只剩下米塞克和她的儿女。妖魔好像还是没有吃饱，又扑了上来要吃她的孩子。米塞克虽然是个柔弱的女子，但是为了保护孩子们还是勇敢地和妖魔周旋了起来。因为从轿子里逃出来的时候只顾着孩子们，她把和雷联系的法宝落到了轿子里，她就让大儿子赶快逃走，对他说："你一直向着那个烟囱跑。到了那个院子，要是看见有个老人坐在树荫下抽烟，那人就是你的外祖父，干活的年轻人是你的舅舅，院子里玩耍的男孩子就是你的表兄弟。你告诉他们让他们来救我们。"大儿子飞快地跑了过去，他母亲竭尽全力阻挡着妖魔，但还是没有保住她的二儿子和女儿，最后妖魔和米塞克都累得躺在地上无法起身。

孩子到达他外祖父的家，把发生的情况告诉了他们，他们立即拿上武器牵着系有铃铛的猎狗去救米塞克母子。孩子在前面领路，不过他毕竟是个孩子，只顾往前跑而忽略了四周，没有看见他的母亲就躺在旁边的草丛里。但米塞克听见了猎狗跑动时的铃铛声，就大声喊叫起来，年轻人们听到了她的求救，就一拥而上用矛刺死了那个妖魔。可妖魔临死时说道："你们不能砍掉我的脚趾，不然你们会厄运缠身。"米塞克的一个哥哥是个倔小伙子，说："妖魔的话能信吗？你不让砍，我非砍！"妖魔的话当然是骗人的，刚砍掉他的脚趾，你瞧！轿夫出来了，牛出来了，仆人和孩子们也出来了！他们没有受到一点儿伤害。后来米塞克的哥哥们确定妖魔真的死了,就带着米塞克一群人动身回家去。米塞克的父母看见她和她的孩子们,高兴的心情简直无法用语言描述。

时间过得很快,一晃就是一个月过去了。米塞克担心她丈夫在天上的生活,就向父母告辞回去。按照习俗,出嫁的姑娘初次回门,回夫家的时候老人们要送给她牛和其他礼物。一切东西都准备好了,就放在村子的外面,因为害怕她们再次遇到妖魔,哥哥们打算护送妹妹和外甥们回去。就在米塞克带着孩子和父母依依不舍地告别时,一片乌云从无到有、由小到大地出现了。随着一道闪电划破长空,米塞克、她的孩子、仆人、牛、轿夫,还有她的礼物,倏地上了天空,再也看不见踪影。全家人惊讶得目瞪口呆之余又有点伤心,因为他们知道在大地上再也看不见米塞克了,但也知道她在天上会和雷过得非常幸福。

陆地和水中的国王

很多年以前,有一个国王,他有两个妻子,一个叫亚伍若,另一个叫丹亚沃。可是,他既没有儿子,也没有女儿。年轻的时候他还对孩子的问题无所谓,可是随着财富的增加,他的年龄也越来越大。他开始对以后担忧起来:将来谁继承这大笔的家产?谁又来继承他的王位呢?

国王在城中巡查的时候,经常羡慕地看着那些领着孩子的人们,虽然这些光着屁股的调皮鬼不时地惹出乱子,被父母笑骂着轻轻抽上一巴掌,他仍然渴望能够有一个孩子。他也曾经收养过几个孩子,不幸的是,这些孩子没有一个能够长大成人,不是有病就是发生了事故:一个被毒蛇咬死,另一个得了天花,第三个太调皮,从树上掉下来摔死了。后来,这个王国的人民都礼貌而又坚决地拒绝了国王收养自己孩子的请求。国王对此也无可奈何,毕竟哪个父母都不希望自己的孩子发生意外。

上天总是眷顾那些善良的人们,就在国王打消了生个或者抱养一个孩子的念头的时候,妻子丹亚沃生了个小男孩。这孩子长得漂亮可爱,他们叫他戈图。从此,国王走在城里,看见别人的孩子心里再没有悲伤了。

这孩子渐渐长大,不但相貌英俊,而且聪明勇敢,王国内的人们都非常喜欢他。不过亚伍若是个例外，因为这个孩子不是她生的，她嫉妒丹亚沃因为这个孩子而受到国王的宠爱，进而又对戈图产生了怨恨。

在戈图小的时候，她还能把这种情绪深藏心底，装出一副慈母的面孔。可是嫉恨的种子一旦发芽，总会有长成参天大树的一日。就在戈图十二岁生日的这天，国王举行了盛大的宴会，邀请了朝内的大臣和国内几乎所有的知名人士。看着戈图像个大人一样跟在国王后面接待来宾，看着容光焕发的丹亚沃和那些贵妇名媛兴高采烈地谈论着自己的儿子，亚伍若的心一阵阵的痛，如同有一条毒蛇在咬噬。她实在忍不下去了，嫉恨的情绪几乎就要像火山一样喷发了。但是她也知道，在这样一个盛大和正式的场合，作为国王的妻子她不能有任何的失态。于是她找了个借口，一个人躲在僻静的角落暗自落泪。看守大门的侍卫看到了，就从远处走了过来。

"尊敬的王后殿下，您怎么了？作为国王的妻子，您有享不完的荣华富贵，又有什么好伤心的呢？只有我们这些下等人才应该伤心呀。"他安慰着亚伍若。

亚伍若擦干眼泪，问侍卫："你有什么好伤心的？"侍卫回答说："我像牛马一样日出而作日落而息，只能得到一点微薄的薪酬。老婆穿得破破烂烂，孩子们食不果腹，老母亲卧病在床我却无力为她延医买药。可是又有谁会在乎我们这些穷人的感受呢！沉重的生活压力像大山一样压在我的头顶，要是谁能给我一笔钱，我愿意把命卖给他！"

听到这里，亚伍若立即有了一个恶毒的计划。"要是我给你一大笔钱，你能为我做一件事吗？"侍卫听到能有机会得到一大笔钱，不由得欣喜若狂，回答说，他可以做任何事情。亚伍若就把他拉到花丛后面，低声地告诉他："我是因为没有孩子才哭的。每次看到戈图的时候，都好像有人对我大喊'你没有孩子！你没有孩子！'我受不了，再也不想在宫里看到他了！只要你把他带到城外杀掉，我就给你一袋金币。"

利欲熏心的侍卫答应了她的要求。他利用工作之便想方设法接近戈图，逐渐取得了戈图的信任，然后引诱这个孩子出城打猎。

"咱们明天就去吧，"戈图说，"我都急不可待了。我想试试我的箭法，你教给我怎么射羚羊吧。""好吧，我们明天拂晓就去。不过你不能告诉任何人，不然我们就去不成了。我们回来的时候会带回来许多许多的猎物，让你的父母为你感到自豪。"阴险的侍卫一本正经地说。

翌日清晨，他们两人带着弓箭偷偷地出发了。这时田野上还笼罩着一层薄雾，太阳刚刚从地平线上跳出来，有些勤劳的农民已经开始出门干活了。侍卫带着戈图绕过城周围的小村庄，免得有人知道是他带走了这个孩子。

他们走啊，走啊，从平坦的大道走到沙石小路，又走到狭窄的山间小道。路两边长着深深的杂草和高大的乔木，四处渺无人烟，偶尔能看到鸟从旁边的草丛中飞起，远处的山上传来猴子凄厉的哀啼。

戈图有点累了，几次问侍卫："我们还没到吗？"侍卫回答："快了，马上就到那个有羚羊的地方了。"

最后，他们来到一个又深又宽的河谷，戈图根本就不知道身处何方。"到了，我们下去吧！"侍卫带头走了下去，一直到河谷中的丛林深处，他告诉戈图："我们先休息一会儿，要不然没有力气打猎。"

他们躺在一块树荫里，戈图累坏了，不知不觉就睡着了。侍卫知道现在正是杀死这个孩子的良机。他几次举起了猎刀，又颓废地放下手。他发现自己无法做出这种罪恶的行为，虽然他有着太多的不满和贪婪，但他同样是几个孩子的父亲，知道失去自己的孩子有多么痛苦，所以实在不忍心伤害他。"算了，就让他自生自灭吧！"他站起身来偷偷地溜走了，把酣然入梦的戈图独自留在那里。

当侍卫回到王宫的时候，亚伍若正心神不宁地等候着他。侍卫不敢把自己不忍心杀害戈图的真相告诉亚伍若，就撒谎说戈图死了，永远也不会在王宫中出现。

亚伍若高兴极了，就把那袋金币给了侍卫。

当天晚上，王宫里的人开始慌乱了起来，人们已经一天没有看见戈图了，他究竟在哪儿？丹亚沃焦急万分，"他不会出事了吧？前面我梦见戈图躺在宫门口死了。"国王也是十分焦急，把所有的仆人派出去寻找他的儿子。虽然他们找遍了王国所有的村庄，向他们看见的每个人询问戈图的消息，可是仍然没有戈图的消息。于是国王悬赏一百袋贝壳来打听这个孩子的消息，可是没有一个人来领赏。丹亚沃因为儿子的失踪天天以泪洗面，国王虽然沉默不语，内心也是悲痛欲绝。

戈图睡醒之后发现侍卫不见了，感觉很奇怪，心想侍卫是不是自己去狩猎了。他大声叫着侍卫的名字，却一直没人答应。他觉得侍卫肯定是碰上野兽送了命。这时候他有些害怕了，打消了打猎的念头，就想离开森林回家。可是他迷路了，四周的森林还是那么密，一直找不到回家的路。夜幕降临，野兽的吼声此起彼伏。他不敢再往前走了，就爬上一棵树把自己绑在树枝上开始睡觉。

他做了个梦，梦见一个老人站在他身边说："向东走，孩子，不要改变方向，一直走下去，你会看到一条河。你到岸边大声喊'卡比尔！'河里就会出来一个人，按他说的做，有一个珍贵的机会在等着你。"

戈图醒了，梦境是那么清晰，就像现实中真实发生的一样，梦中的每一个细节他都记得清清楚楚。他决定按照梦中的提示向东走。不久他就来到一条宽阔的大河边。他站在岸上喊叫："卡比尔！卡比尔！"话音刚落，水面上就泛起了阵阵涟漪，一个可爱的姑娘从河里出来了。"跟我走吧。"说完她就拉着戈图的手往水里走去。

戈图犹豫了一下，又想到他做的梦，就跟着姑娘走进河里。

水下是那么静、那么蓝。戈图感到惊讶的是，在水中竟然没有什么不舒适的感觉，就像在空气中一样。她拉着戈图在礁石和水草间左旋右转，一直没有说话，最后来到了一座美丽的城市。

"这就是我父亲王国的都城。"她笑吟吟地说,"跟我去见见他吧!"她把他带进一座用灰色岩石建造的恢宏壮观的宫殿。国王正坐在宝座上和大臣们议事。

国王见到戈图很高兴,吩咐仆人为他准备最好的房间,又下令马上设宴招待他。同河里的人们相处没有多久,戈图就喜欢上了这里。国王得知他的遭遇后就邀请他留下,愿留多久就留多久,并且答应把他当自己的儿子对待。

几年过去,在和卡比尔公主的朝夕相处中,两个年轻人产生了浪漫的爱情。王国的人们也很喜欢这个勇敢帅气的小伙子,所以当他们结婚的消息传出来以后,整个王国都沸腾了,人们用各种方式祝福着他们。

他们的婚礼浪漫而又隆重,那整齐的仪仗、遍地的鲜花、丰盛的宴席,许多年以后还让人们难以忘怀。国王为了表达对女儿的爱意,把一半王国当作嫁妆送给了他们。

戈图和卡比尔住在自己的宫殿里,那是国王特地给他们划出的一部分。每天傍晚,当戈图处理完他的工作后,就会和卡比尔携手在河中散步,有时候甚至会走到他们第一次相见的河岸。月朗星稀,清风徐徐,鸟语花香,古树清幽,怡人的夜色让一对璧人如同神仙中人。

后来,国王病倒了,所有的医生和大臣都尽了最大努力,可是于事无补,国王还是去了天国。爱戴他的臣民为他举行了隆重的葬礼后,王位继承人的问题摆到了大家面前。当然这个问题很容易就解决了。因为戈图夫妇已经得到河中人的爱戴,顺理成章地成了新的国王和王后,来带领他们的臣民奔向更幸福的未来。

可是,国王的逝去给了戈图极大的触动,他想起了家中的父母,在他们的有生之年还能够见到自己吗?这天晚上,当他和卡比尔在河岸散步的时候,他说:"亲爱的,我想在我父亲去世之前去见一见他。我常常想,他现在还活着吗?要是他活着还记得我吗?"卡比尔回答道:"别胡思乱想了,或许他们已经又有了孩子,早就把你给忘了。我们现在生活得很幸福,难道你忍心抛弃你的妻子和王国吗?"

可是,戈图渴望见他父亲的念头非常强烈。他告诉卡比尔他必须回去,并且保证七天之内肯定回来。"好吧,既然你非回去不可,我也不能再逼你留下。我能理解你内心的痛苦,可是我又不愿意和你分开,那么我也去吧,和你一道去见你的父亲。"

戈图听到卡比尔同意他回去,十分高兴。他告诉卡比尔他不知道回家的路,卡比尔笑了,说:"这有什么难的?我们就骑我父亲的神马去,这匹马曾经驮着我父亲到过大地的每个角落,只要告诉它你父亲王国的名字,马就会把我们送到那里。"

第二天,他们告别了大臣和王国的人民,骑上那匹神马,对马说出一个地址后,马便腾身飞出了水面,飞上了天空。他们飞呀,飞呀,最后,神马慢慢地停下了。戈图向下一看,马上高兴地叫了起来:这里就是他自幼长大的城市,城中央那座宏伟的建筑就是他父亲的宫殿!

他们开始降低高度,在王宫大门外的广场上让神马停下。当戈图敲响王宫的大门后,看门的侍卫出来了。戈图看到这个人大吃一惊:竟然是那个带他出去打猎、在森林失踪的侍卫!

这个侍卫当然认不出长大后的戈图,他傲慢地询问戈图来干什么。

"我要见国王。"戈图说,"我给他带来了好消息。"

"年轻人,你必须先把好消息告诉我,然后由我转告国王。"侍卫一本正经地回答。

"这不可能!我有非常重要的事,必须亲自告诉国王。你马上去禀报国王,就说有一个叫尧塔的人要求见他。"戈图不想让侍卫知道他是谁,就随口编了一个名字。

侍卫感觉戈图小看了自己,就开口骂道:"滚开!马上离开王宫的大门,不然我就把你抓起来。嘿，就你这样的下等人连和我讲话的资格都没有，竟然还想去见国王？快点滚，不然我揍你。"侍卫说着就举起手要打戈图。

可是卡比尔走上前来，一把抓住他的手臂，严厉地说道："放肆！作为国王的侍卫，怎么能够以这样野蛮的态度对待求见陛下的人？现在你就去通报国王，立刻！马上！"

看到卡比尔华贵的衣着，自信的气质，看门的侍卫蒙了，不由自主地进宫内报信去了。可是他刚进宫内大门，就闻见一股诱人的香气：午饭的时间到了。他马上就忘记了一切，转身就去厨房吃饭了。过了好一会儿，他才腆着肚子走出来，嘴里还嚼着一节甘蔗，这是厨房里的仆人给他的。迎面碰上一个国王的内侍，才蓦地想起他进来的目的，就问他国王是否从午睡中醒来。"没有，正睡得香呢！"内侍漫不经心地回答。

侍卫重新回到大门外面，轻佻地告诉戈图和卡比尔："国王还在睡觉，谁也不敢叫醒他。当然，你们要是给我意思一下，在他醒来的时候，我倒可以设法送个信给他。"

戈图生气了，正要发火，王宫中的一条老狗慢吞吞地来到大门口，抬头嗅了嗅，接着高兴地狂叫一声冲向戈图，狂喜地舔着戈图的手。

"真奇怪。"侍卫嘀咕着，"这条老狗从来没有对陌生人这么亲热。"

戈图蹲下了身子，从毛皮的颜色就认出这是他小时候养的小狗。狗在戈图脚下卧了下来，眯着眼睛享受他的抚摸。戈图从手上摘下一个戒指，用布包起来系在老狗的脖子上，又在它耳边小声说了几句话，然后轻轻拍了拍它的脑袋。只见老狗站了起来，跑进王宫，然后消失在一个走廊中。

"这是怎么回事儿？"看门的侍卫有点莫名其妙，"好像哪里有点不对。你说你叫什么名字，年轻人？"

"我说过我叫尧塔。既然你不肯替我通报国王，那我就自己想办法。你一会儿就会后悔的。"

老狗跑进国王的卧室，轻轻地舔了舔国王的脸。国王醒了，它就在国王旁边躺下蹭了蹭国王的手。国王注意到了狗脖子上的布包，哆哆嗦嗦地解开，刚看了一眼就叫了起来：这是多年前他送给儿子的那只戒指！

一个内侍闻声跑了进来，看见国王坐在床上又哭又笑，禁不住觉得十分奇怪，就问："陛下，您这是怎么了？"

就在这时，国王的妻子丹亚沃进来了。国王把那只戒指交给她，说："你还记得这个吗，王后？"

"我当然记得！它多少次曾在我的梦中出现！这是我们可爱的儿子戈图的戒指。天啊，我可怜的戈图！你从哪儿找到的？谁给你的？"王后激动得有点语无伦次了。

国王转向内侍，急迫地说："告诉卫队长，立即集合全体卫兵，搜索王宫的里里外外，不许漏过一个角落！必须找到那个往狗脖子上系这只戒指的人，把他带到这里来。"

王宫内马上人声鼎沸，一片混乱。不久就有卫兵来到了王宫门口，在了解清楚情况后把戈图和卡比尔带走了。

这时，国王已经来到议事堂，大臣们坐在他的周围。几个强壮的士兵粗暴地把戈图和卡比尔带进来的时候，国王并没有马上认出这个英俊的青年就是他的儿子，因为在他的印象中，儿子一直都是十二岁时的样子。

"你叫什么名字，年轻人？你找我有什么事呢？"国王问。

"我的名字叫尧塔。"戈图回答，"我希望能和国王单独谈谈。"

国王有点儿吃惊，但他对这对年轻夫妻有着莫名的亲切感，所以他命令其余的人退出议事堂，又把丹亚沃喊了进来。丹亚沃一进来就看见了戈图，她走到戈图身边，死死地盯着他，身体有些颤抖，脸上一会儿红一会儿白。戈图也认出了他的母亲，虽然现在她已经不再是年轻时的模样。

戈图见只有他们几个人了，就说："父亲，我是你的儿子戈图。那个戒指是我十二岁时你送给我的生日礼物。"

丹亚沃一把抱住了戈图，哭着对国王说："这是真的！他确实是我们可爱的儿子，他又活过来了。"

戈图微笑着告诉他的母亲："我没有死，而是去了水中的王国。妈妈，再告诉你一件喜事，这是我的妻子卡比尔。"

戈图给他们讲述了他是如何被看门的侍卫骗出王宫打猎的，以及他在水中王国的经历。老国王和王后听得又哭又笑，抱着他们的儿子不放。

国王为他的儿子和儿媳举行了盛大的宴会，邀请了戈图的所有小时候的伙伴，而那个侍卫和狠毒的亚伍若却被永远地驱逐出王宫了。

人们看到失踪多年的戈图回到了王宫都非常高兴，他们也喜爱卡比尔的美貌，敬服她的智慧，所以，在老国王驾崩后戈图自然成了新国王。新国王公平睿智地治理他的王国，可他并没有离开水中王国，借助神奇的飞马，戈图和卡比尔继续作为国王和王后同时管理着陆上和水中的王国，受到人民的爱戴，享受着应该得到的幸福生活。

勇敢智慧的卢卡拉

恩达拉辛比酋长的妻子初次怀孕的时候,孕期反应非常大,除了刚从河里打来的鲜鱼,其他的食物吃了就要吐。因此,酋长命令仆人卡东那天天去打鱼。

一次,卡东那起网的时候发现网很重,就像有什么东西把网拽住了一样,他竭尽全力也无法把网拉出来。

"松开,快点松开,不管你是个什么东西!我是恩达拉辛比酋长的仆人,他妻子怀孕了,只能吃刚从河里打出来的鱼。如果你不松开酋长一定会给你好看!"网突然松开了,他因为用劲太大摔了个仰面朝天。接着更令人恐惧的事情发生了:从水里走出来一个人首鱼身的怪物,有胳膊有腿,可只有卡东那的膝盖那么高。

"你是谁?"卡东那浑身抖颤地问道。怪物开口了,声音很好听,如同微风拂过琴弦,又像小溪流过深涧。"我是土地老爷,大地与水之王。恩达拉辛比酋长和他的妻子必须亲自来河边取得我的允许,否则你一条鱼也捕不到。去吧,把他们领到我这里来!"怪物说完就消失了。

恩达拉辛比酋长和他的妻子得到汇报,就穿上最好的长袍,带着村里见多识广的老人来到河边。"土地老爷,遵照你的要求,我们来了。"酋长对水说道。水面上泛起了涟漪,那个人首鱼身的小怪物出现了,用音乐般的优美声音说道:"我是土地老爷、大地与水之王，你的领地就在我的管辖范围。既然你妻子除了河里的鲜鱼别的都吃不下，那么我可以允许你的仆人来打鱼。可是有一个条件：如果你们生的孩子是姑娘，她必须成为我的妻子；如果是男孩，他必须过继给我，而且要以我的名字命名，叫卢卡拉。"说完他又消失在河中。

他们的儿子出生以后，酋长就给他起名叫卢卡拉，可是他没有按照土地老爷的要求把儿子过继给他。

男孩一年年地长大了，成为一个聪明勇敢的棒小伙。有一天晚上，他梦见有人用音乐般的声音告诉他："我是你的另一个父亲——土地老爷、大地与水之王卢卡拉。你已经长大，现在必须要来水里照顾我的生活，如果你不听从我的命令我就亲自来抓你！"卢卡拉醒后觉得这个梦很可笑，人怎么可能有两个父亲？第二天他就把这个梦当作笑话讲给了他的父亲。

可是他的父亲却没有笑，反而严肃地告诉他："我很久以前就知道这件事要发生，这是我以前给予土地老爷的承诺。孩子，现在你必须离开这里，走得越远越好。把我的那匹最好的马骑上，带上两条猎犬，它们可以帮你警戒和打猎。嗯，再带上一群山羊、猪和小鸡，这样万一哪天打不到猎物也不会饿着。离那条河远远的，不然土地老爷就会把你抓走。走吧孩子，或许用不了多长时间我们就可以相聚。"卢卡拉对父亲的话非常震惊，可他也知道深爱他的父亲是不会欺骗他的，便只好按照父亲的吩咐带着那些动物离开了家乡。

五天后，他来到了一片森林。森林的中间有一大片空地，各种动物——天上飞的、地上跑的、水里游的，甚至还有各种昆虫——在那里争吵不休。那片空地是必经之路，勇敢的卢卡拉也根本就不怕这些动物，所以就面不改色地向前走去。刚走到空地的中心，那头正站在一具羚羊尸体旁的狮子喊住了他："嗨，年轻人！来帮个忙吧。你看，这里的每个动物都想吃到这只羚羊的肉，可是猎物太小了，我们的牙齿和爪子也比不上锋利的刀子，不可能把这只动物分成足够的份数。那么，你能帮我们分一下吗？"卢卡拉答应了，按照动物们的数量，他小心翼翼地把肉分成相同的份数。显然，每个动物所分到的那一丁点肉不足以填饱它们饥肠辘辘的肚子，反而让它们觉得更饿了。看到动物们眼巴巴地看着自己，卢卡拉的心软了，他把马、山羊、猪和小鸡（那两只狗他已送给一位酋长，因为途中遇到的酋长款待过他）都杀了，让动物们吃了个饱。

狮子说："你的慷慨大方将会得到酬报。我们都是有魔力的动物，我们将赋予你变成我们模样的能力。如果你想变成我的样子，就在心中默念'台来兹，狮子'就行了。"所有的动物都同意了狮子的提议，它们一个接一个地告诉了卢卡拉如何变成它们模样的咒语，甚至小小的蚂蚁也来了。

每个动物告诉卢卡拉咒语后就离开了，在年轻人上路的时候，林间空地已经变得空荡荡的，好像这里什么都不曾发生过。

卢卡拉现在可以过河了，因为他能变成鹰从河流的上空飞过，土地老爷、大地与水之王卢卡拉对此无计可施。当他感觉饿的时候，就变成一只豹子，偷偷地溜进村庄咬死两只公鸡。当村民们听到鸡叫跑出来追豹子时，他已经变成了人开始生火烤鸡了。村民们问他有没有看见豹子，"没有，我没有看见豹子。你们说这两只鸡是怎么回事？哦，这是我送给亲戚的礼物，不料却在路上死了，所以我干脆烤着吃了吧。"

傍晚，他走到另一个村子附近。他又饿了，所以他变成一只狼去偷了一只小乳猪，到了村子外面就开始烤。可是烤猪的地方离村子太近了，而且他吃完没收拾骨头就开始睡觉。这个疏忽给他带来了一个小小的麻烦。

第二天早上，有两个姑娘从村里出来打水时看见了他，他旁边凌乱地堆着一些猪骨头。她们回到村里，告诉村民们："偷走我们小猪的恐怕不是狼，而是在村子外面睡觉的那个年轻人。我们看见他身边有烤猪的痕迹，旁边还有猪骨头。"

村民们认为她们说得对，于是村里的小伙子们就拿起武器，迈着整齐的脚步，喊着嘹亮的口号准备把那个年轻人抓回村子。卢卡拉被吵醒了,但是他没有逃跑,抱着胳膊冷冷地站在那里。就在领头的村民离他只有几步远的时候,他大声喊道:"台来兹,狮子!"只见他马上变成了一个狮子,狮子一声大吼,这些乌合之众吓得落荒而逃。他又变回成了卢卡拉,笑得前仰后合。

不久,他来到安哥拉的一个村庄,这里是伟大的莫西·东亚酋长的领地。他变成一只鹰,盘旋在村庄的上空。他又变成一只羽毛艳丽的鸟,在东亚酋长的房子上上下下翻飞。酋长美丽的女儿契尼出来了,被小鸟漂亮的羽毛吸引住了。她问她的女仆:"有什么办法捉住这只美丽的小鸟吗?我从来没有见过这种美丽可爱的小东西。"卢卡拉也未曾见过她这样漂亮的姑娘,同样被她的美貌所吸引。姑娘在草地上坐下,他就在她旁边跳来跳去;姑娘轻轻地伸出手,甜甜地呼唤着,他就蹦到了她的手上。契尼高兴得跳了起来,她喊道:"父亲,快看呐,我抓住了一只小鸟,可漂亮了。你那个一直空着的金笼子能送给我吗?我想把它放到那个笼子里。""当然可以,我的宝贝!"酋长答应了他的女儿。

于是卢卡拉就被关进了金笼子里,悬在檐下晃来晃去。女仆给他送来米和水,他只是看看,却一点都没吃:因为他虽然变成了鸟,但实际上他还是人,一点点米和水远远不能满足他身体的需求。更令他难以忍受的是,笼子下面就有一张长长的餐桌,上面摆满了鸡鸭鱼肉,各种美酒和点心,还有芒果、木瓜等水果。卢卡拉馋得直流口水,可是那女仆一直在那里,他无法变成人去享用这些美食。

晚上,她们围在笼子周围欣赏这只美丽的小鸟,叽叽喳喳地交流着彼此的想法,到了很晚才离开房间去睡觉。卢卡拉都快饿坏了,女仆们一走他就施展了变形术。如果女仆们没走的话,她们就会看到笼子里的鸟不见了,有一只蚂蚁顺着绳子爬到了房顶,又沿着墙壁爬下来,忽然变成了一个人。这个人狼吞虎咽地吃完桌子上的一切食物,然后变成蚂蚁,摇摇摆摆地爬进笼子,又变成美丽的小鸟。当然没有人看到这一切。第二天,酋长得知桌子上的食物都不见了,严厉地批评了女仆们，认为是她们偷吃了。女仆们自然是无辜的，可她们又无法说出是谁吃掉了这些东西，只能默默地流着委屈的眼泪。

三天过去了，笼子里的水和米一点都没动，笼子下面桌子上的食物仍然每天晚上都神秘地消失。契尼伤心极了，"鸟都快饿死了，要是到今天晚上它还不吃东西，我明天早上就把它给放了吧。它是属于天空的，应该在那里自由、无忧无虑地飞翔，是我把它关进了笼子，如果饿死了我永远都无法原谅自己。可是外面又是那么的危险，隼和老鹰会把它抓去吃掉。哦，天哪！我究竟该怎么办呢？"她的善良再次打动了卢卡拉。

女仆们可不会关心一只鸟的未来，人们都认为是她们偷吃了食物，每天都被别人侧目而视。为了证明自己的清白，她们决定夜里藏在另一个房间，从门缝里观察这个房间里究竟发生了什么。自然而然地，她们发现了卢卡拉的秘密。

翌日清晨她们就找到了契尼，"小姐，可能你不相信我们的话，可我们所说的每一个字都是真的：那只鸟是个神鸟。昨天晚上，它先变成一只蚂蚁从笼子里逃出来，再变成一个人——很帅很帅的小伙子——吃掉了所有的食物，接着又变成一只蚂蚁爬回笼子，再变成一只鸟。所以那些食物不是我们吃的，那只鸟一点米不吃也不会饿死的。"

契尼不相信会发生这种匪夷所思的事，所以当天晚上她就和女仆们一起躲到了那个房间。夜深了，不可思议的事情果然如女仆们说的那样发生了。当年轻人吞下最后一口水果，准备变成蚂蚁的时候，契尼出现在门口。不用说别的，从两个年轻人脉脉含情的目光中就知道他们相爱了。

早上，卢卡拉跟着契尼去见了酋长，把他的来历一五一十地讲给酋长听，并且说他希望娶契尼为妻并把她带回家。"卢卡拉，既然你是恩达拉辛比酋长的儿子，如果契尼同意，我当然不会反对。不过你必须要给我做件事情。"

"当然可以，伟大的莫西·东亚，什么事都行。"

莫西·东亚说:"多年以前,我们在战争中失败了。敌人抢走了我的小女儿,尽管她是酋长的女儿,也改变不了变成奴仆的命运,她每天早晨都要把灰烬倒在路旁垃圾堆上。他们离这儿很远很远,中间隔着三座山脉、一条河流,还有一个湖,所以我们一直没有能力把她找回来,这是我人生中最大的遗憾。"

卢卡拉答应了酋长的要求,随即就变成了一只巨鹰,两个巨大的翅膀轻轻一振就飞上了天空。巨鹰越飞越远,直到消失在遥远的天际。莫西·东亚和契尼用手遮着眼睛,一直看着巨鹰消失的方向,那儿有他们的亲人,父亲盼着女儿,姐姐想着妹妹和爱人,希望他们能够顺利归来。

卢卡拉飞过高山,飞过河流,高山驮着郁郁葱葱的森林,河流泛起波光闪闪的粼光。每到一个飘着炊烟的村庄,他都会飞下去寻找那个往垃圾堆倒灰烬的姑娘。累了,就变成隼在天空滑翔着休息,饿了就变成猛兽抓只猎物烤着吃。他渴望尽快回到美丽的契尼身边,每到夜晚他都会感到孤寂难耐,这是他从前未曾有过的寂寞。

卢卡拉不知道飞了多少日子,更不知道经过了多少村庄。这天早上,当他又一次从天空飞向一个村庄时,终于发现一个正往路旁垃圾堆上倒灰烬的女孩,她长得几乎和契尼一模一样。卢卡拉知道,自己寻找已久的目标出现了。"我该怎么把她带走呢?要是直接冲下去把她抓走,肯定会把她吓坏的。"他跟着女孩来到村庄,一面在村庄上盘旋一面想着救人的方式。忽然一支利箭从他身边呼啸而过,看来此地不宜久留,他只好振翅而起,飞到附近一座大山的峰巅。

他苦思冥想了半夜,终于想出了合适的办法。

第二天一大早,他就变成老鹰飞到村庄外面,然后又变成一只山羊跑向那姑娘住的茅舍,这时村子里的人们都还在睡梦之中。

空气中忽然传来扇动翅膀的声音,他恐惧地抬起头,只见一只隼正在向他扑来,锋利的爪子就要抓到他了。他马上变成了一只昆虫,隼的爪子无法抓到这么小的猎物，只好从他头上一掠而过。然而危机并没有解除，隼落到了地面，对于他这个小昆虫来说隼就是一个庞然大物。隼的脚步声震动着大地，用尖利的喙向他啄来。他一闪身变成一只公鸡，迅速地跑到一边，咯咯咯地叫起来。听到公鸡的叫声，周围的人们开始一个个地起床了，隼也无奈地飞走了。

卢卡拉得意地进了姑娘的茅舍。契尼的妹妹刚醒过来，就看见一个青年站在门口，她害怕得正要大叫，卢卡拉一把捂住了她的嘴说："别出声，是你父亲派我来带你回家的。你马上起来到房子外面的空地上，会有一只隼把你带走，不用害怕。什么都不要问，现在就跑！"

女孩惊喜交加，紧闭着嘴冲出茅舍。卢卡拉正打算变成隼，一名战士出现在门口，挥舞着长矛喊叫："该死的家伙，竟然来抢我们的奴隶！"他猛地投出长矛，卢卡拉侧身闪开，长矛插到了墙上。卢卡拉看到周围有更多的人向这里跑来，就变成一只大象。

这时几个跑在前面的人已经到了女孩的旁边，其他人还在门口没有进来，大象移动庞大的身躯把他们踩成肉泥。大象又变成一只隼，用爪子抓着女孩的衣服升上天空。没有飞多远，就从女孩身上发出"呲呲"的衣服破裂的声音：女孩的衣服太破旧了，无法承受这样的重量。女孩吓坏了，以为自己就要从天空落下了，却不知道隼已经发现了这个情况，开始降低高度在一棵树上面盘旋。她抓住了树枝，爬下来落在地面。卢卡拉又施展变形术偷了一条结实毯子，用毯子把女孩裹上，再变成隼把她带回她父亲的村庄。

在姐姐契尼同卢卡拉举行婚礼的时候，她充当了姐姐的伴娘。

造雨者

从前,有个国家出现大旱,赤地千里。

有几个孩子在田地里玩耍,在枯干的玉米秆上找到了一些干瘪的玉米,就想把玉米煮熟了吃,可就是没有水。这时一个孤儿从路边走来,他们问孤儿有没有水。孤儿说:"我可以给你们水,但是你们今天在这里看到的事情不能告诉任何人。"他们答应了,孤儿就让他们把所有的容器都放到一起。然后那个孤儿走过去,站在容器旁边,抬头看着天空嘴里念念有词。孩子们看到他的头顶上出现了一块云彩,刚好是那些容器所占面积的大小。接着就有雨落了下来,刚刚把容器装满,雨就停了,云也消失不见了。孩子们高兴极了,就用雨水煮玉米粥,然后邀请孤儿和他们一起喝玉米粥,并且请求他第二天还来下雨,孤儿答应了。

孩子们把剩下的水带回了家。因为村子里没落一滴雨,所以他们的家长很奇怪,就问他们从哪儿弄到的水,可是孩子们谁也不说。

第二天,他们又去了那个地方。孤儿也到了,在他们把壶准备好后又仰望天空。同昨天一样,又来了一片云彩,下了一阵大雨。

有一个男孩带了一大壶水回家,并且向他的老祖母说了事情的原委。他认为这是个聪明的做法,这样就可以让更多的人喝到水了。老祖母告诉了她的邻居,邻居又告诉邻居的邻居。

消息一传十、十传百，最后传到了苏丹的大臣那里。大臣又把这个消息报告给了苏丹。苏丹问大臣："雨是怎么下的？"大臣回答："是那个可怜的孤儿造的。"

苏丹下令全城的人都要挖井。接着，他派人找来那个能造雨的孤儿，给了他很多金银财宝，把他带到集会的广场上。

苏丹命令这个孩子："现在给我们造雨，把所有的井和坑都下满。"他仰望天空，突然间云彩从四面八方出现了，翻滚着向孤儿的头上汇聚了过来。刹那间乌云密布，电闪雷鸣，瓢泼大雨倾盆而下。

广场上的人们欢声雷动，却没有人注意到这孩子飞向了天空。雨下完了，他们才发现那个孩子不见了，而且后来人们再也没有见过他。

水中大王和公主

特福拉科是一个大酋长的儿子,也是一个赫赫有名的猎人。

有一次他和伙伴们外出打猎,回来的时候因为夜雾弥漫在森林中迷失了路。第二天早上,他们发现了一片光秃秃的、寸草不生的山间平原,这个地方以前他们从来没有来过。太阳越来越高,天气也越来越热。这些青年带着大量的战利品——大型动物的毛皮和颅盖骨、小型动物的尸体,还有他们的衣服和打猎工具。尽管他们又渴又饿,可是附近没有树木、木柴和水,无法在这里宿营。他们拖着疲惫的双腿继续前行,身上的东西变得愈来愈重,肚子也愈来愈饿,喉咙渴得冒烟。

日过中天的时候,他们突然来到两座大山之间一块肥沃的谷地。山脚下面有一片高大的丛林,里面有一个泉眼,从里面流出的清凉的泉水形成了一个不大的水塘。年轻的猎人们欢呼了起来,把战利品放在树荫下面的青草上,直奔水塘而去。因为水塘不大,他们就按打猎时分成的小队分批去喝水,特福拉科和他的队员是最后一批。就在他跪下弯腰喝水的时候,水塘里的水突然没有了,就连泉眼也干了。几个年轻人退了回来,茫然地看着水塘。他们互相看了看,交换了一个了然的眼色,但什么也没说。特福拉科站在那里看了一会儿,向他的队员打个手势,让他们走到水塘边做出喝水的样子,水塘又满了,泉眼里又像以前一样地流水。等特福拉科要喝水的时候,水又没有了;他退回来,水又出现了。等伙伴们喝足了,特福拉科一声不响地回到他在树荫下的位置,举起手让大家靠近他。

"伙伴们,刚才发生的事你们大家都看见了,我发誓我不知道这究竟是怎么回事。你们都很了解我,我根本不会巫术。我从来就没有做过伤天害理的事情,所以我也没有什么好忏悔的。伙伴们,这里面肯定有问题,可是我们却不清楚究竟是为什么。现在我建议你们各自分工采集木柴、点火、剥猎物,为我们的午餐做准备,就当什么事情也没有发生。我们要吃好饭,不能亏待自己。可是在离开这个水塘之前我必须喝上水,因为在这块奇怪的土地上我们不知道何时何地才能再找到水。"

这些年轻人分头去干分给自己的任务:有的去猎野兽,有的采集木柴,有的生火,有的熏烤。特福拉科也试图吃些肉片,可是渴得厉害,根本吃不下去。于是他走到了一旁,默默地注视着水塘。水塘里的水又满了,水像小溪一般又顺着河道流淌。

午餐准备好了,他也想和伙伴们一道享用,可是喉咙干得什么都咽不下去。所以他只能坐在那里和大家一块儿聊天,看着他们吃饭。吃了饭,自然还要喝水,于是他们又轮流到水塘边喝水。特福拉科又一次和他的小队走上前来,他一弯腰去喝水,水塘就又一次干涸了。

现在没有任何疑问了,水塘针对的就是他,就是让他喝不上水,让他渴死饿死。他离开水塘,深入地思考水塘这样做的原因。他听说过水中大王可以随意地让河水流淌或干涸。他断定,水中大王——虽然不知道他是谁,也不知道他是什么样——必定就在这个水塘里。这个大王肯定知道自己是大酋长的儿子,所以他要让自己付出代价才能喝到水,不然就等着渴死吧。水中大王到底想要什么呢?想到这里,他就走到水塘边缘,水塘果然马上再次干涸。他开始告诉水塘自己愿意付出什么代价，可是不管他说什么，水塘一滴水都没有出现。最后他绝望了，下意识地大声喊道：

"水中大王，我渴死了！让我喝水吧，我把我最漂亮的妹妹许配给你！"

水塘马上水满了，泉眼也开始汩汩地流水。特福拉科为自己说出的话惊呆了，可是事已至此，后悔也没有用。他心情复杂地弯下身子，开始喝起水来，然后回去默默地吃掉他的那份午餐。伙伴们默不作声地在旁边看着：这显然不是他们能帮着解决的。

此后，大家心情轻松了，年轻人脱下衣服，跑到清凉的小溪里洗去身上的征尘，再次精神焕发。特福拉科也参加了集体的活动，说说笑笑，好像刚刚发生的事情已经忘到了脑后。太阳要落山了，他们把葫芦装满水，扛起他们的战利品，开始走上回家的路程。

第四天下午，他们进入大酋长的领地。就像是宣布他们的归来，他们唱起最喜爱的打猎歌：

"我们是伟大的猎手，

在丛林中四处巡游，

带走所有的猎物，

不理动物的哀求。

呀嗨嗨，呀嗨嗨！

巨大的旋风，大水牛！"

特福拉科和他的伙伴唱着歌走向王宫，行吟歌手赞美着他们的勇敢，妇女们为他们巨大的收获欢呼。

欢迎猎手们归来的激动人心的欢庆结束了，特福拉科马上向他的亲人报告了在水塘边发生的事情。谁都不知道——就是最见多识广的族中长者也不知道——水中大王是个什么样子。有人说，他既然在水中生活，就可能像巨大的水獭或者硕大的爬虫；也有人认为他是像人的妖怪。对于特福拉科把妹妹许配给水中大王这件事，每个人——包括美丽的公主——都认为那是他的权宜之计而不以为然。所以，他们根本不在意那个水中大王是否会来。

一晃就是几个月过去了。这天下午，一股巨大的旋风从远方向王城逼近，人们看见旋风，赶快跑进房子里把门关紧。旋风愈来愈近，它的目标就是美丽的公主和其他姑娘住的房间！然而奇怪的事情发生了：它不但没有把这个房子卷走，反而越来越小，最后竟然在门口消失了！

看到旋风没有了，姑娘们打开了她们的房门，却发现有条很长的蛇蜷缩在门前。蛇的身体比王国内最粗壮的男人的大腿还要粗，她们以前从来没看见过这样大的蛇。看来这个家伙就是水中大王恩肯扬巴，要来迎娶他的新娘了。姑娘们惊恐地一个接一个地走出房间，最后只剩下公主。公主决定跟随她们一道出去，可是她刚出了房门，水中大王就伸展开来缠住她的身体，头伸到她的胸间，饥饿的目光直盯着姑娘的眼睛。

公主带着身上的那个大麻烦跑了出去，没有告诉任何人就动身到她姥姥家去，姥姥家在大山那边，离这儿很远很远。她一边走，一边高声哀叹：

"我是特福拉科家的最宠，

貌美如花，

家务精通，

怎么能够嫁给一个长虫？"

水中大王则以深沉的声音唱答：

"我的身材那么修长，

我的大脑充满智慧；

你只不过是个女人，

我和你怎么不般配？"

他们穿过森林、穿过峡谷，一直争吵着赞美自己，贬低对方。

在第二天夜幕降临的时候，他们到了公主的姥姥家。但是公主害怕蛇会吓到舅舅家的孩子，就决定在外面把蛇哄下来。她看见舅舅家外面有个茅屋，发现里面没人就走了进去。把门关上后，她告诉那条蛇：

"你的身材优美，

你有无上的智慧！

你能呼风唤雨，

你还救了我的哥哥。"

水中大王听了非常高兴，暗想，她是不是改变了主意愿意嫁给我了？就抬起头让公主继续说。公主骗它说：

"我累了，身上都是汗水污垢。你先松开我在这儿休息一会儿，我去告诉舅舅，你将要拜访他。然后我再洗个澡，换身衣服，只有这样才能展示出水中大王——伟大的恩肯扬巴的妻子的风姿。好不好，伟大的水中大王？"

水中大王对公主的话非常满意，什么都没说就松开了，蜿蜒滑行到茅屋的墙边蜷缩成一盘，几乎跟茅屋的房顶一样高。

公主进了舅舅家，哭着告诉舅舅、舅母她的困境。他们对她百般抚慰，并且告诉她：只要她机智勇敢，他们当天夜里就可以让她摆脱那个恩肯扬巴的纠缠。她立时擦掉眼泪，向他们保证：她有勇气有决心这么做。舅舅吩咐舅母烧水让外甥女洗澡，又给了妻子一些油脂和公主从未见过的香粉混合起来的东西，告诉她等公主洗完澡就把这些东西涂抹在她的全身。接着，公主和她的舅母就出去了，只有舅舅独自坐在那里，脸上带着狠厉而又坚决的神色。

她们回来了，公主看上去精神振奋，活泼可爱。她原来的穿戴都脱掉了，换上了新的漂亮衣衫。现在她戴着金光闪闪的铜质头饰，项链的饰物悬垂在胸前，优雅大方；还有一副臂环和脚镯，一副楚楚动人、我见犹怜的模样。

"你舅母告诉你要怎么做了吧？"舅舅站起来问道。

"是的，舅舅。"公主郑重地回答，愉快地笑了笑。

"你确定不会忙中出错吗？"

"现在我十分冷静，舅舅。我保证会在正确的时间做好正确的事情。"

舅舅听完点点头，拿出一件豹子皮做的美丽的披肩，打开披到外甥女身上。"现在去吧，孩子。我相信这条蛇不是你的对手。"

这位公主步态轻盈地走回外面的茅屋。她一进茅屋就甩掉了披肩，对水中大王说："水中大王！我来了。快来拥抱我吧！"她一边说一边向水中大王伸出美丽的手臂，娇俏的模样诱人极了。

水中大王当然拒绝不了这种诱惑。它爬过来试图像以前那样把她再次缠住，可是刚到腰间就滑了下来，"砰"的一声摔到了地上。公主嗔骂了一句，又伸开她的手臂，让它再来一次。它又一次"砰"地摔到地上，公主再次伸开她的手臂，这个姿势很是旖旎，水中大王忍不住一次次地缠上去，可是她的身体很滑，无论如何都不能抓住她。它终于没有了力气，身体被摔得几乎不能动弹，只好眼巴巴地看着公主美丽的身姿。

"这是我的失误，亲爱的大王。"公主放下手臂说，"我只想着让自己漂亮些，取得水中大王的欢心，所以身上涂的油太多了。我现在去舅舅家把油擦掉，然后我再回来让你拥抱。我太需要你的拥抱了。"

她优雅地说完，就拣起披肩走出茅屋，并且在外面把门牢牢地闩住。她的舅舅和舅母早已准备好了燃烧着的火把，等她一闩住门就悄无声息地把火把交给她。她抓住火把，从四面点燃了茅屋，最后又把火把投到茅屋的顶上。茅屋形成了一个巨大的火堆，火焰照亮半个夜空。

茅屋里一点动静都没有，水中大王早就没有了力气，既没有力气移动它庞大的身躯，也没有力气呼风唤雨把它带走或者浇灭炙热的火焰。水中大王就这样被烧死了。

这件事他们处理得很迅速，所以邻居们赶来救火的时候，除了一堆烧得噼里啪啦的大火，他们没有发现水中大王的任何痕迹。

"出什么事了？出什么事了？"邻居们乱纷纷地问。

"不小心着火了。"

"你们家的人都没事吧？"他们问。

"都没事，这是不幸中的大幸啊。邻居们都回去睡觉吧，到这个月的月底，我要为我姐姐的女儿举行一次盛宴，到时候我把你们都请来。然后我再告诉你们发生了什么。"

第二天清晨，舅舅很早就起了床，仔仔细细地检查了着火的地方。他发现，恩肯扬巴除了头颅，其他的一切都化成了灰烬。他找了一些木头堆在灰烬上，点上火，然后把恩肯扬巴头颅内部的突点一个个全部刮掉，让它像泥壶一样光滑。等刮下来的东西全部焚化后，他把头骨拿回家用滚烫的热水冲洗干净，又用公主头天夜晚用剩的油脂和香粉里里外外地全部擦了一遍。

这时候，公主还在酣睡之中。舅母已经告诫过家人：二十四小时之内，除了她自己谁都不得进入姑娘睡觉的房间。因此，舅舅放下恩肯扬巴的头骨开始去干活了，并且远离外甥女的房间，生怕打扰她睡觉。

翌日清晨，他听到妻子说公主已经起床了，就赶紧拿着头骨过去。公主看到头骨不禁抖了一下。"摸一下，孩子，"她舅舅说，"摸一下以后你就不会害怕了。"

公主摸了一下，可舅舅注意到她仍然有点儿怕，就把头颅放到一边，坐在旁边跟她闲聊一会儿。

当天晚些时候，舅舅和舅母讨论了公主的情况。他们认为，应该让村里的姑娘们去公主的房间同她聊天，时间可长可短，以快速消除公主的恐惧心理。

有一天，舅舅和舅母在和公主聊天时，公主漫不经心地起身，走过地板，从墙上取下挂在那里的头骨，放在手中把玩着，同时还不停地同他们谈话，好像根本没有意识到那是恩肯扬巴的头骨。两位长辈交换一下眼色，相互点点头，满意地笑了。

"现在，我认为她可以回到她父母那里去了。"当舅舅和舅母单独在一起的时候，他说，"她再也不害怕那个头骨了，看着它就像看家里的一个日用品一样，所以我们可以做些准备工作。"

两三天过去了。舅舅和舅母为这位公主举行了盛大的宴会。所有的邻居都来了，舅舅向他们讲述了特福拉科向水中大王如何许诺以及后来发生的事情。邻居们盛赞公主的勇敢行为，并且代表姑娘的父母和哥哥向舅舅致谢。接着，舅舅牵出五头牛作为礼物送给外甥女带回去；舅舅的富裕朋友和邻居们也以小牛犊作为礼品陪送，总计有二十多头。公主接到一头小牛犊，就吻一次送礼人的右手。舅舅最后向邻居致谢，他感谢邻居送给外甥女带回家的礼品，他为邻居们的慷慨感到骄傲。

村里的妇女在舅舅家的另一个地方聚会。男人们送的是牛，女人们送的则是其他东西，诸如席子、锅、碗，还有各种各样的装饰品。收拾完这些礼物，舅舅就陪公主过来看望她们。有几位年长的妇女简单说了几句话，就代表所有的妇女把这些"小礼品"送给公主，并祝愿她回家旅途愉快。舅舅和舅母向她们表示了感谢。

正在宴会热烈进行的时候，村里的年轻小伙子们派来了代表，提醒他们的父辈：公主需要人护送，避免路上发生意外。

"我们明白你们的意思，"一个老者微笑着说，"可是你们不能都去。我提醒你们，去的人不但要赶牛，还要拿着妇女们送给公主的东西——例如锅呀，还有其他所有的东西。"

"知道了，长者。"带头的代表郑重回答，"我们会把所有的东西都送去的。我们一致认为，最好让公主的哥哥特福拉科那个年龄段的小伙子护送。"

"你们的意见很好。"有个男人小声说。

几天以后，公主在舅母的帮助下收拾东西，舅舅把杀死恩肯扬巴那天夜晚公主穿过的那件豹子皮做的披肩拿了过来，公主非常高兴地接受了，并且为这件极好的礼物拥抱舅舅。接着他又拿来恩肯扬巴的头骨交给她。

"我要这个东西干什么，舅舅？"公主非常吃惊地问。

"它是你的。"舅舅郑重回答，"是你消灭了水中大王，它是你的战利品。"

公主谢过舅舅后用双手接过那个头颅，看了一会儿，不由得笑了。

"我知道用它做什么了。"她把它放到旁边说道。

"能告诉我们吗？"她舅舅问道。

"没有什么是不能告诉你们二位的。"公主回答，"将来等我哥哥特福拉科成了酋长，我把这个送给他当洗手盆。"

"你的想法不错，孩子。"她舅舅说。

"你为什么说这么说，舅舅？"

"因为我也希望你这么做。"

公主和表兄弟，还有她哥哥那个年龄段的小伙子愉快地上路了。他们没有急着赶路，因为他们必须边走边让牛群吃草，而且每到一个风景秀丽的地方，他们都会停下休息一阵子。他们一边走路一边唱歌，公主教他们唱她同水中大王对唱的歌，她唱高音，年轻的小伙子们合唱水中大王的低音。

他们一路前行，在第三天的下午走近王宫时，他们开始大声唱这支歌。在刮旋风那天听到过这支歌的人马上听出来了，也听出了公主的声音，可是让他们迷惑不解的是为什么会有这么多深沉的噪音。

谁也没有注意到特福拉科跑进他的房间抓起了他的长矛和盾牌，他独自站在大门口，用手打个眼罩，以便可以随时看见出现在地平线上的歌手。

当他看见歌手和牛群的时候，他认为这是令人厌恶的恩肯扬巴带着他妹妹来了，后面的大队人马是按照习俗来送彩礼的喽啰。

"怎么会这样？"他怒火中烧地喊叫起来，"难道说我妹妹一直没有摆脱那条可恨的蛇？我要给妹妹解决这个麻烦！"他说着就冲出了家门。

"等等，年轻人，你自己去太危险。等他们到这里再说。"族中的智者说。

"我决不会让那些蛇进入我家的大门。我不稀罕他们的牛群。即使没有人帮助，我自己也要和他们战斗。让所有的恩肯扬巴都来吧，我要为我的妹妹打败它们。"

他开始向那些歌手跑去，没跑出多远，那些年轻的猎人都跟了上来。因为王宫已经敲响了警钟，周围的村子也都接到了警报，所有的战士都拿起他们的长矛和盾牌，朝歌声响起的方向奔来。

歌声突然停了下来，接着那群人爆发出一阵哄笑。有一个人大喊："把你们的长矛收起来，这儿没有敌人。那个水中大王已经被特福拉科的舅舅烧成灰了。特福拉科朝阳般美丽的妹妹就在这里。"

公主跳过去一把抱住了跑过来的哥哥。

"原谅我吧，妹妹。"特福拉科惭愧地说。公主被哥哥的话深深地感动了，但公主是不会让哥哥在其他年轻人面前丢脸的。她离开了哥哥的怀抱，笑着说："原谅你什么？原谅你给我一个机会，证明我是值得骄傲的妹妹——杀死了水中大王？"

特福拉科还没来得及回答，她就开始唱他最喜爱的打猎歌，稍微做了修改，让它更适合现实情况。两伙年轻人友好地汇合在一块儿，她拿出恩肯扬巴的头骨，高高举起，她领着这些人唱着歌走入村庄，穿过王宫的大门：

"我们是伟大的猎手，

不怕水中的大王，

我们烧焦了它的皮肉，

高高举起它的头颅。

呀嗬嗨！呀嗬嗨！

巨大的旋风——

恩肯扬巴！"

火焰树

在风景秀丽的维多利亚湖畔有一种美丽的树：树干亭亭玉立，绿叶伸展如伞，满树火红的鲜花，朵朵迎着太阳。当地人叫它火焰树，它还有个名字叫情人树。关于这种树，当地流传着一个凄婉的爱情故事。

很久以前，村里有个美丽的姑娘，因为她美丽非凡，人们干脆叫她"美人"。

美人长大了，上门求婚的人络绎不绝。父母希望她嫁给一个有势有财的酋长，但她已经有了意中人。她告诉父母："我不想嫁给酋长，我爱的是勤劳勇敢的杜图。"杜图的父亲是一个农民，杜图是方圆百里有名的猎人，曾经独自猎杀过斑豹。

酋长得知美人宁愿嫁给贫穷的杜图也不嫁给自己，觉得自己的尊严受到了损伤。此时正好发生了战争，酋长就利用权力把杜图送到了战场。美人伤心欲绝，在送别时告诉杜图，她会一直等着他，直到他胜利回来。

战场就在维多利亚湖畔。美人思念着爱人，担心着他的安危，每天都到山顶上眺望着大湖的方向，希望能够看到爱人回来的身影。

几个月过去了，杜图始终没有回来。美人心里十分焦急，就对在空中翱翔的老鹰说："您能飞到湖畔问问我的杜图何时归来吗？"老鹰很同情这个痴情的姑娘，便展翅飞向维多利亚湖畔。

老鹰飞到湖畔的时候,敌我双方又一次的攻防正在激烈地进行着。战场上人喊马嘶,号角齐鸣,刀枪并举,箭如飞蝗,英勇的杜图手执长矛所向披靡。不幸的是,敌方显然注意到了这个勇士,几支暗箭飞来,美人的心上人倒在了血泊之中。

老鹰看到了这一切,但它无能为力。它不忍心回去告诉美人这个噩耗,无奈地飞向了远方。

美人见老鹰一直没有回来,更是心急如焚,就又请蜜蜂去湖畔察看情况。蜜蜂来到战场一看就明白了老鹰为什么没有回去。它也不忍心回去,还不如让她有个希望呢。蜜蜂也飞走了。

美人一直在山坡上等候着,心上人始终没有回来,老鹰和蜜蜂也一去不返。她一个弱女子也没有更好的办法,只好哀求太阳说:"太阳老爷啊!请您帮帮我吧!用你的光束把我带到大湖岸边,让我见见我的杜图吧。"

太阳一直关注着这场战争,知道杜图已经战死沙场,很同情这个痴情的少女,就用一道光束把她送到大湖的岸边。

她看到了杜图的尸体,抱着尸体跪在地上,悲痛欲绝,朝着太阳哭诉道:"杜图死了,我独自一人生无可恋。生不能同衾,死也要同穴!请您用火焰把我火化,让我跟我心爱的人埋在一起吧!"

太阳十分赞赏这位少女对爱情的忠贞,便发出一道炙热的光线满足了她的愿望。杜图的战友也为这对恋人的不幸潸然泪下,就收起她的骨灰同杜图一起埋葬在湖畔。

不久,战斗胜利了。当附近的居民来到维多利亚湖畔时,发现埋葬美人和杜图的地方长出一棵美丽的树。火焰树或情人树的神话从此在维多利亚湖畔广为流传。

伊儒瓦和他的孩子们

在乞力马扎罗山的山脚下有一个叫恰盖的国家。在这个国家有一个穷人,他生了许多孩子,可后来却一个接一个地都不见了。他坐在冰冷的屋子里,思索着为什么孩子们都不见了。最后有人告诉他是伊儒瓦(太阳)把他的孩子带走了,他怒不可遏,随即爆发了:"伊儒瓦为什么把我的孩子带走?我要用箭射死伊儒瓦。"

于是他来到一个铁匠铺,让铁匠给他打些铁箭头。打好了铁箭头,他把它们放进箭袋,拿起弓,说道:"现在我要去太阳出来的地方,哪怕到世界的尽头。太阳一出来我就射死他。"

他动身了,走啊走,一直走到一块宽阔的草地。在那里他看见一个入口,还有许多小路,有的上通天空,有的下达九幽。他站在那里,屏住呼吸一动不动地等候太阳出来。

过了一会儿,他听到一阵很大的嘈杂声,大地被脚步声震得东摇西晃,就像浩浩荡荡的游行队伍走近一样。他听见有人喊:"快!快!快给大王打开门!"很快他就看见草地上出现了许多人,看上去漂亮可爱,散发着像火一样的光。他害怕了,躲到灌木丛里。接着他又听见这些人喊叫:"给大王让路!"他们很快就到了他附近。他认出那个闪闪发光，像火焰一样明亮的人就是太阳，他后面还有长长的一队人马。

前面的那些人突然停住脚步，开始相互询问："怎么有生人味？好像有地上的人来了。"他们开始散开四处寻找，不一会儿就找到了这个人，把他抓到大王面前。

大王问道："谁带你来的？来这里干什么？""没有谁，老爷，就是待在家里太烦了，想出来散散心。还让我回灌木丛吧。""可是我怎么听说你想要射杀我？"这个人说："啊，老爷，我不敢了——现在不敢了！""你想要什么？""不用我说，您知道我是来干什么的，老爷！""你想带走你的孩子是吧？"大王指了指背后，说："他们就在那儿，你把他们带回家吧！"这个人抬头一看，他所有的孩子都在这里，他们是那样漂亮，容光焕发，几乎都认不出了。他说："不，大王，现在我不带他们走了。他们是你的，你把他们留下吧。"

于是伊儒瓦就让他回去了，并且告诉他在路上留点心，因为伊儒瓦给他准备了一些礼物放在路边了，他以后也会有别的孩子。

事情就这样过去了。在回去的路上，他发现了大批象牙，邻居们帮他把这些象牙运到家里，足够他后半辈子衣食无忧。后来的日子里，他果然又生了几个孩子，而且都活下来长大了。

第三章 动物神话故事

聪明的青蛙

很久很久以前,在非洲有一个强大的部落,这个部落的酋长有很多儿子,其中他最喜欢的是基曼纽勒。这一天,他对基曼纽勒说:"孩子,你长大了,该娶媳妇了。你希望谁做你的新娘呢?一定要选个好姑娘,因为你以后要继承我酋长的位置,而且这个位置还要传给你的儿子。"

基曼纽勒答道:"大地上的姑娘我一个都看不上,我希望娶太阳和月亮的女儿!"酋长认为这是不可能的,可基曼纽勒却坚持自己的意见。父亲无奈,就让他给太阳老爷和月亮太太写信提亲。

信很快写好了,可是信使的人选却难住了他。他找来了鹿、羚羊、鹰隼还有秃鹫,可是每个动物和飞鸟都摇头说不行,没办法完成这样的任务。后来青蛙米纽蒂来了,他眨巴着两只大眼,用颤抖的喉咙说:"基曼纽勒,我听说你有封信要送到太阳老爷和月亮太太那里,这个任务就交给我吧。我还真有办法,但详细的过程我不能告诉你。"于是基曼纽勒非常感激地把信给了青蛙。米纽蒂带着信跳进了一口盖着灯芯草的井。在这片大地上只有他知道这口井的秘密。

夜幕来临,万籁俱寂,人们都进入了甜美的梦乡。忽然,一条用金蜘蛛吐的丝编成的绳子从天空垂了下来,两位浑身发光的姑娘紧紧地抓着那根绳子下到了井里。姑娘们前面缀着金子，后背缀着银子，还带着几个大瓮。青蛙藏在井里一声不响，他以前见过这种情景，知道她们是太阳老爷和月亮太太的佣人，因为上面没有水下来取水的。在她们打水的时候，青蛙偷偷溜进了一个水瓮。水瓮开始上升了，虽然在黑暗之中，可是他能感觉水面上升时的晃动。在这摇篮般的晃动中青蛙不知不觉地睡着了。不知道过了多长时间，水瓮"砰"的一声被放在桌子上。青蛙被惊醒了，他等到没人的时候跳了出来，把信靠在一只水瓮上，自己则躲在一个不引人注意的角落。

第二天早上，有人来取水做饭的时候发现了这封信，马上喊来了太阳老爷。太阳老爷光芒四射地来到房间。"真是不可思议，这封信是怎么从下面的世界送到这里的？"他感到十分惊讶，接着大声念信，"尊敬的太阳老爷和月亮太太，我是非洲最了不起的酋长的儿子基曼纽勒，希望能娶你们漂亮的女儿为妻。"太阳老爷大笑："这孩子是个冒失鬼！不过他的这种敢想敢干的精神和匪夷所思的手段还是令人称道的。我就很好奇：他住在下面，我在上面统治，他是怎么把信送到我这里的。"说完他把信搓吧搓吧扔到了墙角。既然看到太阳老爷收到了信，青蛙就安心地睡了。等他醒来的时候已经又是晚上了，那些穿金戴银的姑娘们正准备再去取水。青蛙又悄悄地跳进一个空瓮，在姑娘们打水的时候跳了出来。

到太阳升起的时候，他来到基曼纽勒的父亲面前，说："大酋长，我已经把你儿子的信送到太阳老爷那里，他已经知道基曼纽勒想要娶他们的女儿了，而且很惊奇信是如何送过去的。不过他没有明确表示是否同意这门婚事。如果您不介意的话，我建议六天后让您儿子再写封信。"

酋长同意了。过了六天，基曼纽勒把一封信交给青蛙，信上说："尊敬的太阳老爷月亮太太，我曾给你们写信说我要娶你们的女儿。我清楚你们已经知道了我的愿望，因为我的信使看见你们读信了，可是你们没给我答复。希望这次我的信使可以带回你们的回信。"

青蛙又一次坐上水瓮被提到天上，像上次那样躲在一个黑暗的角落，看着太阳老爷写信并且把信绑在一个水瓮上。夜晚青蛙又回到大地，他把信交给酋长，酋长高兴地读信："看来你是一个有恒心的小伙子，连我都有点佩服你这种积极主动的精神了。我不反对把女儿嫁给你，不过你的聘礼是什么？我觉得黄金更能代表你的诚意。"

米纽蒂再次上天了，当天夜里太阳老爷就见到了信和黄金。太阳老爷激动地对月亮太太和他的女儿——一个明媚动人的美女——说道："你们看，这儿有一小袋金子，还有一封信，信上说'太阳老爷，这只是第一批聘礼。对于其他的聘礼，请让信使带回你的宝贵意见，我再送上去。'"太阳老爷并不急着嫁出女儿，那样他再想见她就不容易了。他感叹道："天这么高，地那么远，连老鹰都不敢轻言能飞过这遥远的距离。能把信和金子送到这里，那个神秘的信使真有本事。走了那么远的路，他肯定是又累又饿，今天夜晚给他送只烤鸡！"仆人马上送来一只烤鸡，当太阳老爷第二天来写回信的时候，桌子上只剩下一碗骨头。

青蛙又把太阳老爷的回信带给了酋长，上面写着："求婚者基曼纽勒，你的第一批聘礼我已经见到了，但是这远远不够，你必须还要再送一大袋金子。"

青蛙用了三天的时间把一大袋金沙带到了天上，然后把它和基曼纽勒的信一块儿放到太阳老爷的桌子上。基曼纽勒在信上郑重地写道："尊敬的太阳老爷，您要的彩礼我已经按照您的要求送来了。不久我将亲自上天，把您的女儿娶回家。"

"给神秘的信使烤一头猪吃！"太阳吼道。

早上，在仆人把桌子上的骨头收拾掉以后，太阳老爷开始写信："基曼纽勒，选个日子来天上领你的新娘子吧，我已经给她准备好嫁妆了。"

青蛙又回来了，这次他发现基曼纽勒很沮丧。"我们为了我的婚事已经做了很多工作，但是现在我们无法进行下去了。这一段时间我咨询过许多智者，可是他们谁都没有办法让我飞上天去娶回新娘。米纽蒂，我知道你是个有本事的青蛙，已经为我做了许多事情，在这件事上你有什么好主意吗？"青蛙说："让我试试吧。"

夜晚，青蛙又被穿金戴银的姑娘们带到太阳老爷的桌子上，这次他没有到以前藏身的那个角落睡觉。姑娘们刚打着哈欠走出房间，他就顺着走廊进入太阳女儿的卧室，开始了他的计划。这个明媚动人的美丽姑娘正在睡觉，青蛙从一个小得不可思议的葫芦里倒出几滴药水，滴在她的眼睫毛上，然后躲在房子的角落里睡觉。第二天早上他是被太阳老爷女儿的叫声惊醒的，青蛙并不感到奇怪，他知道他滴在她眼睫毛上的药水使她失明了。太阳老爷和月亮太太闯进了房里。"我看不见了！"他们的女儿呜咽着说，"我成了瞎子！"

太阳老爷叫来了恩贡波。恩贡波是个枯瘦的老头，他不但是个医生，还是个智者。他仔细检查了这姑娘的眼睛之后，颤颤巍巍地说："她这是中了魔法，施法者就是您在大地上的女婿，她的丈夫。你问为什么？因为他上不了天，就只有让她下去。能够让法术穿过遥远的空间仍然生效，看来这是个本领高强的人，我敢肯定他可以治好她的病。"姑娘的父母认可了这个说法。

于是太阳老爷就命令无数的金蜘蛛开始织网，要求是这样的：长度要足以到达地面；要非常结实，要足以承受他的女儿及众多随从和嫁妆的重量；第三要高贵典雅，能够反映太阳家族的地位、文化和素养。

青蛙米纽蒂又回到了地面，他告诉基曼纽勒和大酋长："六天之后，太阳老爷将把女儿送来，我想你们应该有足够的时间来准备婚礼。"

经过五天五夜的辛勤工作，金蜘蛛们把网织好了。太阳老爷和月亮太太又忧又喜：一方面为女儿的离开感到忧伤，另一方面又为她长大成人组成新的家庭而高兴。穿金戴银的姑娘负责送她来到大地。她们让她站立在井口，又用复杂的蜘蛛网的末端拖住她。夜晚，蜘蛛网同星星交相辉映，悬在天空，而且永远悬在那里，以后被人称为银河。

姑娘站在那里耐心地等待，直到青蛙把一种紫浆果的果汁滴在她的眼睫毛上让她恢复了视力。她在大地上首先看到的就是旭日东升，火红的太阳仿佛点燃了山丘的顶端；火焰般的木槿、粉红与白色交汇的含羞草沐浴在晨曦中；成千上万的燕子翩翩起舞，仿佛是它们把太阳举到非洲的天空。这样的美景着实让她目眩神迷。青蛙米纽蒂讲了让她来到大地的经过之后，她对青蛙的智慧拍手称赞。

她在大地上经历的第一件事就是她的婚礼，场面那么大，那么豪华，至今非洲那块地方的讲故事人还能绘声绘色地一一讲出。她和基曼纽勒相亲相爱，白头到老，而且生育了许多孩子。

青蛙米纽蒂谢绝了人们给予他的一切奖赏和荣誉。但是他所做的这一切实在太出色了，直至今天，非洲人还认为青蛙是最聪明的动物，比乌龟还要聪明，可以说这是人类对他的最高赞赏。

牛背上的孩子

从前在非洲有一个酋长,在他的妻子怀孕的时候,一头小公牛出生了。这头白色的小公牛长得骨架匀称,非常漂亮,所以酋长说:"我给这头牛起了个名字叫乌邦古帕,它以后将成为我儿子的坐骑。"

酋长的儿子出生了,起名叫卡马盖。卡马盖从懂事起就一直待在牛背上不肯下来,吃饭睡觉都在牛背上,即使在寒冷的冬天也不愿意回到房间,而是待在牛栏里。

每天早上,当太阳升起的时候,卡马盖开始说:

"起来吧,乌邦古帕,起来吧。

站起来吧,太阳出来了。"

当这头公牛站起来的时候,这孩子在他的背上说:

"我们出发吧,已经该走了。

唤起所有的牛,

告诉它们,又是新的一天。

青草鲜,露水甜。"

乌邦古帕大声吼叫,把整个牛群唤醒。牛群排成长队出来,走进草地啃草和散步。到了傍晚，卡马盖说：

"该回牛栏了，太阳西斜了。

豹子要来了：

它急着战斗，饿得要吃牛肉，

它就在草丛里。

回去吧！该去睡觉了。"

当夕阳染红大地的时候，他们回到了牛栏。牛群一入栏，牛栏的大门就关上了。这时候，卡马盖开始在乌邦古帕的背上吃晚饭。星星出来了，他说：

"现在睡吧，我的牛呵，

一夜酣甜梦。

直到公鸡打鸣，唤醒黎明。

露水太凉，夜间寒冷，

明天甜美的青草将呼叫。"

日子一天天地过去，卡马盖长成了年轻的男子汉。

一个伸手不见五指的夜晚，附近部落的人来偷他们的牛。窃贼们开始赶牛，可牛群卧在那里一动不动。窃贼们生气了，就用棍子打，但是棍子刚打到牛身上就断了，窃贼们没有办法，只好走了。第二天夜里他们带了更多更粗的棍子又来了，但还是没有偷走。一连几天都是这样。第五天夜里，他们用几根棍子捆在一起打牛，结果棍子散开在手里断了。第六天夜里，窃贼们同样白费了力气。窃贼们的首领说："你们看，白公牛身上坐着一个人。我怀疑就是因为他我们的棍子才断的。"他走到卡马盖跟前，说："让牛群出去，不然我就把你杀死在牛背上。"卡马盖轻声地说道：

"我们出发吧，已经该走了。

唤起所有的牛，告诉它们，又是新的一天。

青草鲜，露水甜。

因为强盗的逼迫，

我们要去陌生的地方。"

乌邦古帕一声低吼，牛群走出了牛栏。窃贼的首领对卡马盖喊叫："你也骑牛跟着走，否则我让人杀了你。"年轻人沉着地答道：

"没人能杀我，

刀断枪会折。

我会跟你走，

无论走多久。"

天亮了，人们发现卡马盖、乌邦古帕和牛群都不见了。酋长让祭司占卜儿子去了哪里，祭司说："按照我们的传统，如果儿子能在父亲不知道的情况下赶走牛群，就说明他长大了。这是个好事，要准备酒宴庆祝。"于是族人就为卡马盖的成人欢庆，谁都不知道他去了哪里。

他被带到邻近部落的酋长那里，窃贼的首领对酋长说："为了偷牛我们费了六天的时间。这个叫卡马盖的有魔法，我们的棍子打到牛身上就断了。我们怀疑这头白公牛乌邦古帕就是他魔力的来源，或许杀了这头公牛他就没有魔力了。"酋长说："也可能他只要离开那头牛就没有魔力了，先让他从牛背上下来试试。"

酋长吩咐卡马盖把牛群领进围栏。卡马盖说：

"乌邦古帕，把牛带走，

带到酋长指定的地点。

因为强盗的逼迫，

我们来到陌生的地方。"

牛群进了牛栏，酋长马上命令卡马盖从牛背上下来。卡马盖说："就像你们在地面上生活一样，我一直在牛背上生活，我的双脚从来没接触过地面。"酋长再次命令他下来，这时候他说：

"乌邦古帕，我要下来，

在地面、在大地上走动，

自从我出生的那一天，

我一直生活在你坚实的脊背上。"

卡马盖下到了地面，他们把他带到一个烂房子里，抬头就能看见星星。窃贼们给卡马盖送来了食物，他大声说道："把饭拿走，我不会在地上吃饭，只在乌邦古帕背上吃。"他厌恶地往地上吐了口唾沫，唾液变大了，而且越来越大，人们看见吓得马上跑到旁边的山上。唾沫里面发出隆隆的声音：

"我们就像大山一样了不起，

我们是神奇的唾液；

现在开始下雨吧，

雷鸣电闪，电闪雷鸣！"

一片乌云笼罩在村子上方，瀑布般的暴雨哗哗地下了起来，但是村子外面一滴雨都没有下。山上的人看着雷电肆虐暴雨如注的村庄，认为卡马盖肯定会被淹死在那里，他的牛群也活不了。

雨终于停了，太阳又出来了，温暖的阳光照耀着大地，他们回到了村庄。房子里的积水如同沙子般向外流淌，那个年轻人就坐在关押他的房子前面，他的牛群安静地卧在他的周围。这个地方好像什么都没有发生，一切都是他们走之前的样子。

窃贼首领说："看见了吧？他身上有魔法，魔法来自这头白公牛。我们要先把这头牛杀了。"

酋长同意了。窃贼首领就握着一柄长长的标枪向乌邦古帕刺去，结果标枪从牛身上反弹回来，反而把他给扎死了。剩下的人谁都不敢再动手，酋长就对卡马盖说："你告诉这头牛，要么它死，要么你死。"年轻人安慰牛：

"乌邦古帕，

不要怕死，

死得很快。

没有痛苦，

还能相见。

我有法术。"

这次他们顺利地把牛杀了，然后扒了皮，把肉切成小块准备烤熟吃掉。酋长说："我们烤肉前先到河里洗个澡，把这头牛带给我们的晦气洗掉。"村民们认为酋长说得很有道理，就一窝蜂地去洗澡了。他们一走，卡马盖就把切碎的牛肉放到摊开的牛皮上，在一旁说：

"复活吧，乌邦古帕，

醒过来，站起来，

太阳出来了，

你该起来了。"

这头公牛立即复活站起来了。卡马盖又说：

"我们动身吧，

已经该走了，

到大山里面去，

在那下面的河谷，

青草鲜，露水甜。"

卡马盖又坐到牛背上准备带着牛群离开，刚出大门就迎面碰上洗澡回来的村民。酋长看见他们要跑，就命令："勇士们，杀了这个孩子。"卡马盖笑了，就让牛群停下，说：

"乌邦古帕，站住吧！

我们不用跑，

准备战斗吧。

虽然他们有标枪，

我们一定会胜利！"

他从白公牛身上下来，无惧地走向村民们。酋长一声令下，标枪雨点般飞向卡马盖，可是卡马盖的身前好像有一堵看不见的墙，标枪纷纷落地。村民们害怕了，但还是壮着胆子又投了一轮标枪，标枪再次落到地上。这一次所有人都不敢攻击了。

"现在轮到我了，你们谁都活不了。"卡马盖说着从地上捡起一根标枪，轻轻一挥，酋长和他的村民都倒在地上死了。卡马盖用标枪地柄轻轻捣了一下酋长的身体，所有的人就复活了。大家都害怕地退到很远的地方，酋长却还不死心，亲自抓起一根标枪投向卡马盖。卡马盖向地上吐了口唾沫，唾沫落地就变成一个高高的栅栏挡住了标枪。唾沫变成的栅栏又发出隆隆的声音：

"我像大山一样高，

如同大山入云霄。

恶人向我投长矛，

长矛反把他干掉。"

标枪自己从栅栏上飞起，闪电般插入酋长的身体。酋长死了，其他的人也都倒了下去。卡马盖又用标枪的柄轻轻敲打了他们的尸体，村民们一个个地又复活了，只有酋长仍旧躺在那里一动不动。村民们不敢反抗了，就跪在卡马盖的周围，齐声歌颂：

"你是我们的领袖，

我们是你的人民，

你的责任是指挥，

我们的义务是服从。

从此时此刻，

从今天开始！"

卡马盖带着他们征服了三个部落，成为他们的王，可他还是像以前一样骑在牛背上。

后来他想家了，就派人去告诉他的父亲。可是他父亲根本不相信，卡马盖只好让人把他带来的一头公牛送去作为证据。父亲给儿子写了一封信，信是这样写的："回来吧孩子，亲人们期待着全家团聚，臣民们等待着他们未来的领袖。我还为你定了亲，女孩很漂亮。她爸爸是乌宾盖尼，爷爷是伟大的乌玛库拉。"

不久卡马盖就回去了，带着三个部落的人民以及他们所有的牛群。他们又听到他在唱：

"该回牛栏了，太阳西斜了。

豹子要来了：

它急着战斗，饿得要吃牛肉，

它就在草丛里。

回去吧！该去睡觉了。"

他父亲高兴得抱住他不放，为他举行了盛宴，欢庆了整整一夜。但是婚礼却无法举行，因为卡马盖说他不能同大地上的凡人结婚，命运决定了他一生都要生活在乌邦古帕背上。他活了许多年，他的魔力让他变成了传奇。

几百年过去了，在非洲仍然流传着他的故事。每当星星升起，那里的牧牛人也会学着卡马盖告诉他们的牛群：

"现在睡吧，我的牛呵，

一夜酣甜梦。

直到公鸡打鸣,唤醒黎明。

露水太凉,夜间寒冷,

明天甜美的青草将呼叫。"

老虎身上的斑点

上帝造出老虎的时候赐予他的颜色是浅棕色,这种颜色一直伴随着老虎,直到有一天……

那一年,森林中的动物决定在人类的牧场庆祝奥鲁伊博节(即森林大王节)。它们提前告诉了人类的国王:节日那天谁都不能到牧场去,谁去把谁吃掉。

为了防止臣民发生危险,国王就派出信使通知所有的臣民。

信使到达最后一个村庄时,已经是节日前最后一天的晚上了。信使在村子里摇响了手铃,告诉围拢过来的人们:"明天谁都不能到牧场去,动物们要在那里聚会。如果有人去了动物们会把他吃掉。"

这时候,一个淘气的男孩想起他把喇叭忘到牧场里了。他自言自语地说:"无论动物们聚会还是不聚会,我都得拿回来我的喇叭。我离不开我的喇叭。"

于是他走到父亲面前,说:"爸爸,今天我把喇叭忘在牧场了,明天我去找它。"

"你没听到国王的命令吗?明天是奥鲁伊博节,谁也不能到牧场去!如果你去了动物们会把你吃掉的!"父亲为孩子的愚蠢想法感到害怕,就严厉地训斥他。

"啊,那是动物们害怕有人打扰它们吓唬人的。我必须要去,万一它们把我的喇叭弄坏了呢?"孩子坚持他的想法。

他父亲劝他:"那个喇叭咱们不要了。明天你不要去牧场,我带你去买个更好的喇叭。"男孩没有回答,转身就去睡觉了。

第二天,这孩子天不亮就去了牧场。他竭尽全力地跑着,还抱着侥幸的心理:或许等我找到喇叭回家,动物们还没有到牧场呢。

不幸的是,他刚跑到牧场的茅屋,动物们就从四面八方涌入了牧场。它们有大有小,有的漂亮,有的丑陋不堪,每一个动物都不一样。动物们发现了这个孩子,把他包围在茅屋前面。孩子吓坏了,站在那里动都不敢动,连口水流出来都不知道。

大猩猩诡异地笑笑,然后低声问:"小家伙,你来这里干什么?难道你不知道我们今天要庆祝奥鲁伊博节吗?"

"不知道。昨天我的喇叭忘在这个茅屋里,我来取它。"他解释说。

动物们往茅屋里看去,发现那里真的有一个小巧玲珑的喇叭,它们就让出条路让他去拿。孩子这会儿不怎么害怕了,就走过去拿起了喇叭。

有了这个喇叭,孩子的信心和勇气也回来了,他觉得在吹喇叭这方面他是举世无双的。

动物们要求男孩为它们吹喇叭,要是他不吹,它们就拿他当祭品献给奥鲁伊博。孩子答应了动物们的要求,他把喇叭擦干净放到嘴上,吹出一曲非常优美动听的音乐。他用脚打着拍子,晃动身体,吹啊,吹啊,喇叭声传遍了整个牧场。

动物们眯着眼睛听着,摇头晃脑地散在牧场各处跳着舞,根本没有发现孩子正一步步地慢慢走向牧场外面的灌木丛。这孩子一到灌木丛就收起了喇叭,拔腿就往家里跑去。

动物们听到喇叭声停了就睁开了眼睛,发现男孩逃跑就马上追了上来。从灌木丛这里到孩子的家有七座山丘,动物们刚到灌木丛这孩子已经在爬第三个山丘了。

"他为什么要跑掉？是怎样逃跑的？"狮子怒气冲天地说。

"不论是死是活我们都要抓住他。"鹿提出建议。

大猩猩嘟嘟囔囔地说："这是我们动物界的奇耻大辱！一个看见我们过节的男孩竟然在我们的利爪下跑掉了，他会向人类宣扬我们的无能的！"

动物们乱七八糟地提建议、发表自己的意见。最后，大家一致同意让老虎去追，不论是死是活都要把他带回来。

这时孩子已经爬上第五个山丘。老虎没有耽搁，一溜烟地向孩子追去。老虎平常说自己跑得快还真不是吹的：孩子到了第七个山丘，老虎也到了第六个山丘。

孩子看到马上就要到家，认为自己已经安全了，便回过头想看看动物们在干什么。使他大吃一惊的是，老虎正在后面追他，而且就要追上他了！他赶紧加快了脚步，可就在他到了门口的时候，老虎追上了他。他一下子跳进大门，大声喊叫他的父亲。

当时孩子的父亲正在洗澡，听见孩子叫他拿着丝瓜瓢就从浴室里跑了出来。看见老虎要抓他儿子，就把带着肥皂沫的丝瓜瓢朝老虎扔了过去：老虎的皮肤就被肥皂的白点污染了。

母亲正好在染布，也连忙端起染色锅向老虎砸去，里面的颜料水溅了老虎一身。

老虎被打蒙了，就跑出了村子。他没有抓住孩子，没脸面回去见其他动物，就只好独自去了另外一个地方。从那时起，老虎在森林里就单独行动了。

老虎找到一条小溪，准备洗掉身上的染料和肥皂沫，却发现怎么都洗不掉。从此他的毛皮就由浅棕色变成了黑白相间的斑点。

猴子的传说

很久很久以前,非洲丛林深处有一个部落,他们在空地上建起茅屋,过着安静平和的生活。这个部落有一对老人,因为年纪大了无法劳作而食不果腹,饿得骨瘦如柴。邻居们都很同情这对老人,便经常让他们到家里一块儿吃饭,可他们每次去邻居家里,总要偷点儿什么带回家。时间长了,邻居对他们的行为开始有了疑心,但是苦于没有证据也没法拿他们怎么样,只是邻居们以后再也不请他们吃饭了。

后来部落里有人生了重病卧床不起,就变卖家产换了一袋子贝壳准备让人抬他去治病。那对老人得知了这个消息就偷偷溜进病人家,准备把贝壳拿走。那时候没有钞票,贝壳就是钱币!满满一袋子贝壳当然就是一笔巨款。对病人来说,丢了这袋子贝壳就意味着生命的终止。尽管病人无法动弹,但他的神志是清醒的,看见那对夫妇偷了他的贝壳,就拼命地呼喊。邻居们听到喊声急忙赶来,可是那对骨瘦如柴的老夫妇已经带着贝壳跑回家了。

邻居们就到那对老夫妇的家里讨要,可他们牙尖嘴利,一口咬定没有见过贝壳袋子,硬说是病人烧坏脑子胡说八道,还说如果大家不信就随便搜。由于这笔钱事关病人的性命,邻居们只能在他们家搜一下了。他们搜来搜去,竟然连皮袋子的影子也没发现。邻居们只好走出茅屋，准备再去问问病人是不是看错了。

邻居们刚离开，那对老夫妇就立刻把袋子从隐蔽的地方拿出来，急匆匆地跑向丛林深处。有人发现他们行踪可疑就叫他们停下，他们却跑得更快了。这下子人们就明白了，就是他们偷了病人的贝壳！于是全村人都跑出来追赶他们。

他们毕竟年纪大了，没有年轻人腿脚麻利，很快就被人们围了起来。眼看走投无路，为了逃避惩罚，这对骨瘦如柴的夫妇就爬到一棵又粗又大的树上，准备等村里的人离开再从树上下来。可这次村子里的人下定决心，非要抓住这对贪婪的老夫妇用棍子狠狠地惩罚他们一顿不可。他们有的站着，有的坐着，把那棵大树团团围住。为了方便吃饭休息，就在树下搭起窝棚。后来，全村人干脆合伙造了几间茅屋，日夜监视着那对老夫妇。

日复一日，月复一月，几年的时间很快就过去了，村人一直没有放弃，那对骨瘦如柴的老夫妇还是趴在大树上面。大树下面不时飘来煎鱼炒蛋的香味，那对老夫妇馋得不得了，好像从喉咙里伸出小手，急得百爪挠心。刚开始他们还能吃树上的果子，后来只有吃树叶。到了冬天，树上既没有果子也没有叶子，只好剥点儿树皮，塞进饥肠辘辘的肚子。

最初他们还只能苦苦忍受凄风苦雨的侵蚀，可随着时间的推移，他们身上长出了长毛，也就不觉得冷了。他们常年在树上爬来爬去，结果手指变成了锋利的爪子。甚至连话也不会说了，因为他们早已不同别人交谈了。

有天早晨，骨瘦如柴的老头儿突然告诉老太太："我怎么感觉屁股后面多了个东西！"干瘪的老太婆看了一下，惊讶地喊道："你长了个尾巴！"老两口儿面面相觑。不久，老太婆也弱弱地开口说道："我感觉我也在长尾巴！"老头扑上来一看，无奈地说："是，和我一样，你确实也长了尾巴！"

这些就是他们最后讲出的人类的语言。后来他们再也不会说话了，只能发出"吱吱"的毫无意义的音节。

尾巴越长越长，全身也毛茸茸的。他们学会了新的本领，从这棵树跳到那棵树上，地面上人类的包围圈已经困不住他们了。他们已经不再是"人"，变成了一个新的物种——猴子。有一天，他们争吃一个果子，那袋子贝壳掉到地上。可他们再也想不到把它捡起来，因为这时候他们已经忘记了贝壳的价值。

在树底下等候的村民立即把皮袋子捡了起来，分掉里面的贝壳。因为病人拿不回来这袋贝壳，又无力另外筹款，早已死去了。

不久以后，这对皮包骨头的老夫妇就消失在浓密的丛林里，永远地消失了。

到了今天，每当猴子来到茅舍附近的时候，人们总是嘲笑他们，说他们是那对骨瘦如柴的老夫妇的后代，那对老夫妇很久以前偷过一口袋贝壳。

被诅咒的蛇

从前,大河的旁边有一个村子,村里有一家人,女主人很早就去世了,只有父亲带着两姐妹生活。两个女儿都很漂亮,只是姐姐骄横野蛮,蛮不讲理又不爱干活;而妹妹贞静娴雅,待人接物温和有礼,家务女红样样精通。

两个女儿都长大了,该让她们嫁人了。可是父亲却发了愁,因为附近的几个村庄都没有适龄青年。于是他决定到河对岸的村子里打听一下,看看有没有合适的人选。

这天,他渡过大河来到一个村子。那村子一看就是个幸福快乐的地方,人们热情地向他问候:"欢迎您,远道而来的客人!您有什么重要的消息要告诉我们吗?"

"我只是到这里随便玩玩。"他礼貌地回答,"你们这里有什么喜事吗?"

"我们的酋长正在挑选妻子。"人们回答。父亲终于得到了对他有用的信息,就高兴地告诉人们,他第二天就会给酋长送来一个妻子。他满面笑容地转身回家了。

傍晚,当两个女儿回来时,他叫住她们,说:"我终于找到一个人适合做女婿。河对岸的一个酋长正在挑选妻子。你们谁愿意嫁过去?"大女儿抢着回答:"当然是我了！妹妹还小，她还有的是机会。"小女儿也同意让姐姐先嫁人。

父亲说："那好吧，我明天就把朋友们请来，再请来鼓手送你过去。"

"说实在的，你不必这么麻烦。"大女儿傲慢地说："我自己就可以到我丈夫家去。"

那个时候的非洲，每一个新娘子都要亲友吹吹打打地送行，而不是一个人奔向夫家。所以，尽管父亲知道女儿从小就刚愎自用一意孤行，听到女儿说要自己去也禁不住大吃一惊，他郑重地说："从来没有一个女人自己去结婚的，这不符合风俗习惯。""那么我就开个新风俗。"女儿说，"除非我独自去，不然我就不去了。"父亲见女儿铁了心要自己去，只好同意了。

第二天一早，父亲把她送过河，告诉她酋长村庄的方向，就闷闷不乐地回去了。

大女儿头也不回地向前走去。不久，她碰见一只老鼠坐在路边，两个前爪互相抱着，彬彬有礼地问道："美女，你是去酋长村子应选新娘的吗？需要我指路吗？"姑娘停都没停，几乎踩在老鼠身上，轻蔑地回答："肮脏的老鼠，我看都不想看你，用不着你的帮助！"老鼠气愤地大叫："你会有报应的！"

又走一会儿，姑娘碰上一只青蛙，青蛙坐在路边的一块石头上。"要我指路吗？"青蛙呱呱地叫着。姑娘一脚把青蛙从石头上踢了下去摔了个仰面朝天，"别和我说话！我就要做酋长夫人了，我这么尊贵的人怎么会和一只小青蛙废话！""你会有报应的！"青蛙翻过身来，一蹦一跳地消失在灌木丛里。

走了一段时间，这姑娘觉得累了就坐在树下休息。一个牧童赶着一群羊走过来。"你好，姐姐，你在长途旅行吗？"他很有礼貌地说道。"关你屁事？"姑娘粗鲁地翻了个白眼。"我饿了，能给我一点吃的吗？"牧童问。"没有，就是有也不给你。快点滚开！我没有食物。"男孩很失望，眼里噙着眼泪赶着羊群走了，临走时回过头来说："你会有报应的！"

姑娘又上路了。从对面走来一个白发苍苍的老婆婆。"你好，闺女。"她对姑娘说道，"我告诉你几件事，你一定要按我说的做：前面有一片树林，它们会嘲笑你的，你不要还嘴；要是看到变质凝固的牛奶，千万别喝它；你会碰上一个把头夹在腋下的怪人，不论他给你什么，千万别喝。"姑娘伸手把老太婆推倒在旁边，喊叫起来："你这个丑陋的老东西！我说过要你指点什么吗？""你要是不听我的话，肯定会倒霉。"老婆婆摔在地上疼得浑身颤抖，可是姑娘没有理睬，继续走她的路。

过了一会儿，路旁果然出现一片茂密的树林。在她走近时，树林发出一阵又一阵的嘲笑声。"不准嘲笑我。"她向树林怒吼。可它们就是不停地嘲笑，于是她回过头来对它们大骂了一顿。

她又看见路上有个金色的羊皮袋子。打开一看，里面竟是她最爱吃的奶酪，便津津有味地吃下肚子，并且称赞说："运气真好呀，正想吃东西呢就捡到这东西！"她吃完就把袋子扔进灌木丛，继续走路。

前面又出现了一片茂密的树林，她刚走进幽深的林荫处，就发现一个没有头的人朝她走来，不禁吓了一跳，仔细一看才发现是个把头夹在腋下的怪人。怪人看着她，张开嘴说话："闺女，你喝水吗？"怪人用那只不夹脑袋的手向姑娘递过来一个葫芦。她其实并不渴，但她想尝尝里面装的究竟是什么，就接过葫芦抿了一下，发现甘甜清洌，便一气喝得精光，连声谢谢都没有说就走了。

她随着道路拐了个弯，发现前方就是她要去的村子，马上就要到终点了。不过前面还横亘着一条小溪，她要跨过去才能进入村庄。

在小溪旁，她发现一个女孩正弯着腰往水壶里灌水。她走了过去，那女孩向她问好，说道："你好，请问你要去哪里？"她头也不抬地说："我去那个村子和酋长结婚。你没有资格和我说话，我比你大，也比你地位高。"其实这个女孩是酋长的妹妹，可她没炫耀自己的身份，淡淡地说："给你个忠告：别从这边进村子，不然有麻烦。绕过这片树林，从那边进村吧。"姑娘没有理睬，昂着脑袋从最近的入口进村。

她进了村子,一群妇女就围了上来,七嘴八舌地问她是谁、她来干什么。"我来这里同你们的酋长结婚。"她解释说,"让开,我要休息一会儿!"

"你自己来怎么能做新娘呢?"她们问道,"送亲的队伍呢?连鼓手都没有吗?"

姑娘没有回答,坐在茅屋的背阴处揉搓着酸疼的双腿。

这时候几个上了年纪的老太婆朝她走过来,对她说:"你要是打算嫁给我们酋长,就必须给他做一顿晚饭。这是一个酋长夫人应尽的责任。"姑娘知道这是必需的,就说:"告诉我粮食在哪里。"她们给了她一些粮食,把石磨的位置指给她。她是个粗心大意的姑娘,只是敷衍了事地磨一磨,所以面粉粗得像沙子一样。当其他妇女看见她做出的面包后一哄而散,四处去嘲笑她的无能。

太阳落山时,刮起一阵大风,茅屋的房顶几乎都要被刮起来了,姑娘吓得蜷缩在土墙的角落。更糟的是,一条五头蛇突然出现在她的面前,长长的身体盘在茅屋门口,吩咐她把做好的晚饭拿过来。"你以前不知道我就是酋长吗?"蛇问她,然后开始吃面包,随即他就发出一声怒吼,把面包也吐了出来,暴跳如雷地叫道:"面包烤得糟透了,这样的笨女人不配做我的妻子,我要杀死你。"他挥动巨大的尾巴,把她击毙了。

她死去的消息传到她父亲那里时,妹妹姆庞赞雅纳还没有找到丈夫。

"让我到酋长那里去吧。"她恳求父亲,"我相信如果我去的话,他肯定能够接受我。"

父亲害怕二女儿遭到同样的命运,就勉强把所有的亲友召集起来,让他们护送他的二女儿出嫁。亲友们都很高兴,回去穿上最好的衣服,她的父亲又召集乐师和鼓手在前面带路。

他们一大早就渡过村前的大河出发了,乐师吹着欢快的曲子。他们走的同样是不久前大女儿走过的路,所以很快他们就看到了那只老鼠。"需要我告诉你到那里去的路吗？"老鼠问姆庞赞雅纳，姆庞赞雅纳小心地走着，以免踩到老鼠。"那可太好了，谢谢您的热心帮助。"她回答，在老鼠告诉她走哪条路时很有礼貌地倾听着。

他们继续往前走，在一个深谷中发现一个白发苍苍的老婆婆坐在一棵树旁边。这个满脸皱纹的老人颤颤巍巍地走到这位姑娘的前面，说："前面是个三岔路口，走那条小路，不要走大路，不然你会有麻烦。""谢谢您的指点，老奶奶。"姆庞赞雅纳回答，"我会照你说的走小路。"

他们又走了好长时间，突然一只兔子从路边草丛中跳到他们面前的路上，伸着脑袋看这位姑娘，说："你快到目的地了！让我给你个建议吧：不久你会碰上一个从小溪取水的姑娘，你跟她讲话要礼貌点；到了村子后，她们给你米让你磨碎给酋长做晚饭，你一定要做好；最后，看到你丈夫的时候，不要害怕，至少不要表现出来。""谢谢你的忠告，小兔子。"姑娘说，"我记住了，会按照你说的做。"

果然，他们在转最后一道弯时，看见了那个村子，也碰到了头顶水罐从溪边打水回来的酋长的妹妹，她问道："你要到哪里去？""我们要到那村子去，我希望做酋长的新娘子。"姆庞赞雅纳回答。

"我带你去酋长家吧。"小姑娘说，"见到他你不要害怕。"

姆庞赞雅纳跟着小姑娘走，陪伴新娘的队伍在姆庞赞雅纳后面。所有人都从家里出来了，指点着赞叹送亲队伍的壮观。他们很客气地接待客人，给他们食物吃。

很快，酋长的母亲给姆庞赞雅纳送来谷米，说道："如果你想做酋长的妻子，就必须亲手给他准备晚餐。这是一个酋长夫人应尽的责任。"

姑娘动手干活，把米磨得细细的，又加上各种调料做成香气扑鼻的面包。

太阳落山的时候，一股强风刮起，摇晃着房屋，她吓得浑身哆嗦。接着，她想起了兔子告诉她的话，即使支撑房顶的柱子都被吹倒在地上，她也安静地站在那里，等待她丈夫的到来。

随后姆庞赞雅纳听见有人说："酋长来了。"当她看见巨蛇时，差点喊叫起来，可是她仍然压下心头的恐惧，平静地把食物递给他。巨蛇摇头晃脑地吃着，显然对他的晚饭非常满意。"这面包烤得不错，那么，你愿意做我的妻子吗？"听到巨蛇开口说话，姆庞赞雅纳吓得身体都僵了，可是当她想起别人的忠告时，她鼓起勇气笑了笑，回答："是的，酋长，我愿意嫁给你。"姆庞赞雅纳刚说完，闪闪发光的蛇皮就从酋长身上脱落下来，原来是一个身材高大英俊的男子汉。"蛇魔对我施加了诅咒，除非有个姑娘心甘情愿地亲口说出愿意嫁给我，否则我就变不回人形。"他解释说。

当天夜晚，酋长就命令人杀牛，酿造啤酒，在村子里摆了流水席，一连摆了二十天。而且还请来了乐队，人们在吃喝之时还可以欣赏到优美的音乐。

从此，姆庞赞雅纳成了一个富裕而又威严的酋长的妻子。后来他们有了许多孩子，那个村子也在她丈夫英明的管理下越发兴旺发达。

蝙蝠恨见太阳

世界刚形成的时候，上天派鸽子去通知月亮，派蝙蝠去通知太阳。上天安排它们上路的时间是不一样的，这样它们就可以在同一天回来。

鸽子按时把月亮带了回来，上天给月亮安排的任务是让它夜晚发光。蝙蝠因为在途中闲逛，导致太阳迟到而没有安排工作。因此太阳对蝙蝠耿耿于怀，一直想要找机会报复它。

一天，蝙蝠的妈妈生病了，就去找羚羊为它妈妈治病。羚羊对蝙蝠的母亲做了详细的诊查后告诉它："这个病我治不了，除了太阳谁也救不了你母亲。"

蝙蝠知道太阳对它有意见，但是为了挽救母亲的生命只得去求太阳。第二天，蝙蝠七点钟动身去请太阳，十一点的时候正好在路上遇见了它。蝙蝠对太阳说道："我母亲病了，求你帮帮忙，为她配一些药吧。"太阳心想终于找到报复你的机会了，就告诉蝙蝠："我身上没有带药，再说这儿也不是配药的地方，你明天到我家里来吧！"

次日，蝙蝠六点钟就去请太阳。大概九点的时候，它又在途中遇见了太阳，再次请太阳配药。但太阳说："我不是给你说过嘛，在路上没法给人配药，而且我事情很多，没有时间专门回去给你配药。回去吧，明天你早点来。"蝙蝠只好又回去了。

已经连续四五天都没法让太阳给蝙蝠配药，因为它每天都迟到，每次见到太阳时太阳都在急急忙忙地赶路。

最后，蝙蝠的老母因为耽误了治疗去世了。蝙蝠悲痛地说："是太阳害死了我的母亲！如果它配了药，她是不会死的！"

在为死者送葬的那一天，许多动物从远处聚在一起。蝙蝠请兽类同它一起把尸体抬到坟墓去。当兽类看到死者后，纷纷说："我们不是她的亲属，她不属于我们兽类。她虽然也有锋利的牙齿，看起来像兽类，但她有翅膀，这是典型的鸟类的特征。去找鸟类帮忙吧！"于是兽类都离开了。

蝙蝠不得已又去请鸟类帮忙。大大小小的鸟类，鹦鹉、鹰、苍鹭和其他的鸟，都来到了墓地。当鸟类见了尸体后也摇了摇头说："她虽然像我们一样有翅膀，但她有牙齿，不属于我们的同类。"所有的鸟类也都不愿帮忙而飞走了。

蝙蝠只好自己干，费了很大的劲，最后总算把老母亲埋葬了。事后它对自己说："我所遭受的这一切都是因为可恶的太阳。我发誓和太阳永不相见，更不可能成为朋友。不管是什么情况，我都不会和他出现在同一个场合。"它最后补充说："为了永远忘掉我母亲受到的苦难，我从此不再拜访任何人。我以后只在夜晚出来，而不是在白昼，否则会看见可恨的太阳，我永远都不想见到它。"

黑背豺吠月的传说

有一只黑背豺生活在刚果境内一个茂密的森林里,它长得高大强壮,其他动物都害怕它。每到夜晚,它总是拎着金头竹矛出去打猎,而且能够打到很多猎物。

这天晚上,黑背豺一如既往地去森林里打猎。两个小时不到,它就用金头竹矛打到了两只纹羚和一只野猪。高高挂在天空的月亮一直在关注着它的打猎活动,月亮看到黑背豺利用金头竹矛收获巨大,妒火中烧,就想把它的长矛偷走。

第二天夜晚,黑背豺又猎到两只羚羊。在它回家的时候,月亮利用云彩做掩护,偷偷地跟着黑背豺,看它把长矛藏在哪里。最后发现黑背豺把长矛藏在家里一棵小树的后面。

过了几天,月亮变成一只猫头鹰来敲黑背豺的门。"你有什么事吗?"黑背豺问它。"行行好吧先生。"猫头鹰回答,"我走了一天的路,脚都磨破了。求求您,让我在您家里睡一晚吧。""没问题,进来吧。"黑背豺同意了。

夜深人静的时候,月亮悄悄起床把长矛拿出来,蹑手蹑脚地开始往外走。还没有出大门,月亮就"咚"的一声撞到大鼓上。黑背豺惊醒了,赶快跑到院子里,立马就看出发生了什么事。黑背豺冲上去一把夺回了长矛,"走开,可恶的贼!"它喊叫起来。月亮灰溜溜地返回天上的家。

又过了一天，月亮变成一只猫来敲黑背豺的门。"你有什么事吗？"黑背豺问它。"行行好吧先生。"猫回答，"我走了一天的路，脚都磨破了。求求您，让我在您家里睡一晚吧。""没问题，进来吧。"黑背豺同意了。

当天夜里，除了虫子在轻轻地歌唱，四周没有一点声音。月亮再次行动了，可她拿着长矛出门的时候，"哗啦"一声，又倒霉地踩到一堆骨头上。黑背豺听见响声，立即赶到门口。它抢回长矛把月亮赶走了。

"两天来了两个贼！"黑背豺嚎叫，"走开，再来我打断你的腿！"月亮悻悻地走了。她还没有死心，决定最后再试一次。

于是，她第二天又去敲黑背豺的门，但是这次她用的是自己本来的模样。

"你要干什么？"黑背豺问，语气冷得像冰一样。"天上太冷了。"月亮回答，"今天夜晚，让我睡在你舒适的床上吧！"

黑背豺已经被小偷骗了两次，对陌生人的警惕性非常高，严词拒绝了月亮的请求。月亮开始搔首弄姿地勾引黑背豺，黑背豺一时心动就让月亮住下了。夜深了，月亮听到黑背豺的呼噜声越来越大，就趁机拿起金头长矛。这次她非常小心，几乎每走一步都要观察一下周围的环境。终于出了黑背豺家的大门，她一激动，"扑通"，又倒霉地被一个树根绊倒了。她顾不上疼了，爬起来抓着长矛就跑。黑背豺也被惊醒了，立即赶来。不过这一次黑背豺没有追上月亮，他的长矛也从此换了主人。

金头长矛有魔力，所以黑背豺总能打到猎物。可现在没有它，只凭着爪子和牙齿的黑背豺几天都抓不到一只猎物，饿得皮包骨头，身体素质越来越差，最后沦落到只能跟在别的动物后面，拣点人家不吃的骨头为生。

黑背豺恨死月亮了，天天夜晚爬到山丘上面，对着月亮狂吠，要求她归还长矛。

鸽子为什么会飞

鸭子和火烈鸟是两个辛勤的农民,他们主要种植和售卖卡萨瓦。一般来说他们都是在当地卖,偶尔卖不完也会去外地。

这一年,他们不仅种了卡萨瓦,而且种了很多玉米。也不知道是他们的幸运还是不幸,当年的玉米大丰收,他们收获了许多玉米;但也正是大丰收,当地人自己种的玉米就够用了,也就没有人买他们的玉米了。好在天无绝人之路,有人告诉他们,几十里外的某个城市需要大量的玉米,他们就决定把玉米卖到那个城市去。

他们一大早就动身了。急急忙忙走了一天,太阳就要落山了,可他们的旅程才走了一半。他们加快了步伐,终于在天黑透的时候看到一个村庄,在这里他们一个人都不认识。

他们本来想要在村庄外面祭坛那里睡觉,但又怕有人偷走他们的钱和玉米,伸手不见五指的夜晚也不可能继续赶路,所以他们决定找户人家投宿。他们敲响了村子边缘的一户人家的大门,主人出来了,非常热情。听到他们的情况后,主人给他们安排了一个房间,还给他们送来了晚饭。

"我们把钱放到哪里呢?"就寝前鸭子问他的伙伴。

"放玉米篮子里。"火烈鸟回答。

主人和他的妻子听见了他们的对话，在半夜的时候偷走了他们的钱。

第二天，鸭子和火烈鸟发现钱丢了，马上告诉了屋主一家。"怎么会发生这样的事！"屋主装成很惊诧的样子，还虚伪地带着他们去报告了酋长。

"影响太坏了！"酋长说，"在我的领地上竟然有人去偷客人的钱，这种恶劣的行为一定要受到惩罚。"

他亲自勘查了现场，却没有发现任何线索。用巨额奖金作为悬赏也没有效果。酋长没有了办法，就去找他的邻居——不会飞的禽类动物——寻求帮助，因为他经常听人们说这些动物都很聪明。他告诉他们，如果有谁能够破了这个案子，将得到丰厚的奖励。"你所说的奖励是什么？"有动物问。"我将给他飞行的能力。"酋长拍着胸脯说。于是鸽子就毛遂自荐去追查罪犯的踪迹。

鸽子给了两个农民一个铃铛，又把他们带到这个村子的广场上，说："这是一个有魔力的铃铛，现在你们把它放到头上，然后回到你们住的地方。如果铃铛响了就说明你们没有丢钱，反之就是丢了钱。"

两个农民按照鸽子的要求回去了。在他们回去的时候，鸽子躲在暗处注视着他们的一举一动。铃铛一直没有响，于是鸽子知道鸭子和火烈鸟是真的丢了钱。

随后他又把屋主人和他的妻子带到广场，把铃铛戴到妻子的头上后告诉她："你带着这个铃铛回家。它有着非凡的魔力，如果是你们偷的，铃铛就响；如果不是铃铛就不响。"说完鸽子就离开躲了起来。

丈夫和妻子面面相觑，不敢肯定这个有魔力的铃铛会不会发现他们是小偷。为了防止铃铛响，丈夫就拿下了妻子头上的铃铛。铃铛立刻响了起来，鸽子从藏身的地方走出来，用无可辩驳的逻辑驳斥得夫妻俩哑口无言，只好承认是他们偷走了客人的钱。

看到盗窃案成功告破，酋长十分高兴，因为这不仅挽回了客人的损失，更保住了酋长本人和他的领地的名誉。于是酋长就履行诺言给予了鸽子飞行的能力。

神鸟与两兄弟

在非洲，历史悠久的班图族流传着一个神鸟的故事。

很久以前，有两兄弟一起去看亲戚。哥哥头上插着乌鸦的羽毛，弟弟头上插着苍鹭的羽毛。他们在路上遇上了几个姑娘，就开玩笑地问："俺们俩你们喜欢谁？"姑娘们笑着回答，插乌鸦羽毛的那个。他们继续赶路，又问了第二群姑娘同样的问题，姑娘还是同样的答案。第三群第四群姑娘仍然这样回答。

于是弟弟就要求哥哥将头上的羽毛换着戴。换过以后他们继续走，又遇见了几群姑娘。他们又问了同样的问题。这次的答案变了，姑娘们都说喜欢头上插苍鹭羽毛的小伙子。于是弟弟失望地对哥哥说："很明显，姑娘们喜欢的是你的人而不是外表。看来我难以找到妻子了。"

不久，他们走到一片沼泽地，在这里要休息一下。这时，被姑娘瞧不上的弟弟产生了一个恶毒的想法：如果没有了哥哥，那么姑娘们不是只能选择自己了吗？他就给哥哥说，咱们做个游戏吧，挖一个很深很深的坑，然后把各自的羽毛扔进去，看谁能最快地找到自己的羽毛爬出来。哥哥不知道弟弟的险恶用心，愉快地同意了弟弟的提议。坑很快就挖好了。哥哥刚跳下去，弟弟就用刚挖出来的大堆大堆的土把哥哥活埋了。

他独自一人来到了亲戚家。亲戚们问他为什么哥哥没有来,他就编了个谎言应付了过去。

说了一个谎言需要一百个谎言来圆。就这样,只要亲戚们问到有关哥哥的事,他就撒谎欺骗亲戚,撒的谎多了,难免有些地方前后不一,亲戚们对他已经有了怀疑。有一次,当他又一次撒谎时,被天空飞过的一只神鸟听见了,神鸟用一种古怪的腔调说:"哥哥被活埋了。"听到神鸟说话,亲戚们感到十分奇怪,认为必须找到事情的真相。在弟弟又一次诉说哥哥死因的时候,只要他一说话,神鸟就会抢着说:"哥哥被活埋在地里了。"

最后神鸟说得更清楚了:"哥哥被活埋在沼泽地里了。"

亲戚们听了就决定到沼泽地去看看。按照神鸟的指点,他们来到沼泽地,挖开了那个坑,终于找到了被害小伙子的尸体。在事实面前,弟弟不得不承认自己杀害了哥哥。于是,亲戚们把凶手埋在了那个坑里,恶人终有恶报。

吉巴拉卡和神奇的巨马

很久很久以前，有个叫吉巴拉卡的青年。这家伙的运气好极了，饿了有猎物自己跑到他跟前，渴了有猴子用水果砸他，人送外号"幸运王"。

有一天，他正在荒野中郁郁独行，突然被一个妖怪抓上了天空。妖怪带着他像只鹰似的在云层里飞了一天，然后落在一个城堡前。妖怪把他推进了大门，然后就把门锁住了。

第二天早晨，妖怪对吉巴拉卡说："我抓你来没有恶意，只是听说你运气极好，想让你陪我办点事。我现在必须要出去做好出发前的准备，你自己留在这儿。你可以自由活动，所有的钥匙都在这儿，你可以去任何地方，但唯独不能去地窖。如果你去了我就吃了你。"妖怪说完就化成一缕轻烟从钥匙孔里飞出去了。

吉巴拉卡一个人待着无聊，就想去各个房间看看。他打开了第一个房间的门，发现里面有一把剑。没有人掌控，那柄剑自动地在那里战斗，在空中嗖嗖作响。它一看见吉巴拉卡就把剑柄朝他转去，以吉巴拉卡能够听懂的语言说："我的主人应该是一个真正的勇士。我的使命就是战斗。"吉巴拉卡抓住剑柄，发现长剑的重量、造型、长度都很适合他，就像是专为他打造的一样。他挥舞几下，就把剑放下了，说："我会把你带走的。"然后关上门离开了。

在第二个房间，他发现一把短剑，也是自动在空中做着战斗动作。当它看到吉巴拉卡开门进来，它就飞过来躺在他的手上，说："我的目标就是敌人的心脏。把我带走吧。"吉巴拉卡小声说："不要着急，会有这么一天的。"接着他把门关上。又进了一个房间，他看见一只母狮，饿得张着大嘴吼叫："快去给我拿点吃的！"吉巴拉卡走到储藏室拿了一块肉给母狮送去了。在它忙着吃肉的时候，他关上了房门。

随后他走进第四个房间，这里有一只母豹子，豹子在那里喊叫着："我都快饿死了！快给我点食物吧！"吉巴拉卡也给豹子送了一块肉，然后出去锁上了门。

接下来他走遍了所有的房间，发现各种奇怪的人和动物。这时他产生了去地窖看看的念头，且越来越强烈，已经压抑不住了！

他下去打开了地窖。其实这里已经不能算是地窖了，完全可以说是个非常大的大厅。里面拴着一匹巨大的马，马用人类的语言说："我是萨拉姆·阿莱卡。人类，既然你来到了这里，早晚逃脱不了要被吃掉的下场。如果你是个聪明人，就把我放了，这样你可以得到我的帮助，我们都可以逃出这个该死的地方。不过你现在去给我找些吃的吧。"吉巴拉卡给这匹马找来食物，马把食物吃掉了，又说："在某个地窖里——具体是哪个我也不知道，但是我保证绝对有——你可以找到七个瓶子，它们分别是：海瓶、泥瓶、火瓶、荆棘瓶、砾石瓶、针瓶和爬虫瓶。"吉巴拉卡搜遍了城堡下面的所有地窖，终于找到了那七个瓶子，里面都装着神秘的东西。他带着瓶子又回到了马所在的地方。

马说："现在你打开所有的房间，把人，还有母牛、绵羊、驴和山羊等所有的牲畜都放出来。"吉巴拉卡打开所有的房间，把狮子、豹子、人都放了出来，又拿走了那两柄剑。然后打开牛圈，所有的牲畜像泄洪一样涌了出来。令这个年轻人吃惊的是，马竟然张开大嘴把它们一个一个地吞了下去，至于体型较小的山羊他一次可以吃下两个。吉巴拉卡明白了：这匹马也是一个妖怪。马吃完了，对吉巴拉卡说:"骑在我身上来,把那七个瓶子放在触手可及的地方。"

马跑得很快,天上的飞鸟都赶不上。但是不久之后,吉巴拉卡发现后方尘土飞扬,并且逐渐拉近了与他们的距离。"这是妖怪们追上来了,有城堡的主人,还有他的朋友们。"马听到吉巴拉卡的报告后告诉他,"现在你把那个爬虫瓶子扔到后面。"吉巴拉卡扔出了爬虫瓶子,从瓶子里出来了许多爬虫,立即变成攀缘植物和蔓生植物的森林。许多妖怪被缠住了,费了好大劲才摆脱了这些植物,但是也有几个永远留在了这里。

它们又追了上来,巨马又让吉巴拉卡把荆棘瓶扔下去。后方迅速长出来一片荆棘,像森林一般,又有一部分妖怪被有毒的荆棘毒死,不过大部分的妖怪安然无恙。

吉巴拉卡又按要求扔下了针瓶。针落地后见风就长,很快就有芦荟那么高,密密麻麻地挡住了妖怪前进的方向。许多妖怪的脚被扎伤无法前行,甚至有些倒霉蛋受伤摔倒的时候躺到了针上送了命。

可是其他的妖怪不久又追上了他们,吉巴拉卡不得不扔下泥瓶,地面上出现了大片的沼泽、湿地和泥浆,许多妖怪陷进去淹死了,还有些妖怪害怕了,就转身回去了。

其余的那些意志坚定的妖怪很快又赶了上来,砾石瓶也不得不扔了出去。空中顿时飞沙走石,巨大的石块雨点般地砸向正在追赶的妖怪。

然而幸存的还是有,它们还是锲而不舍地追赶着,这次迎接它们的是火瓶,火瓶一扔出地面立马燃起了熊熊大火,就连水塘、河流上都铺满了炙热的火焰。这次绝大部分的妖怪都被烧死了,只有一个天知道是因为什么原因得以幸存。然而它的幸运到此为止了,吉巴拉卡扔出了最后一个瓶子——海瓶。海瓶落地就化成了一望无际的大海,这个妖怪找不到可以横渡大洋的路,在海岸边气得跳着脚骂了一阵子,最后郁郁地回去了。

第三章　动物神话故事

吉巴拉卡他们又走了好长时间，最后马在一座大房子的旁边停下来，旁边有一大片茂密青翠的草原。马说："我们就在这儿安家吧。"这时候又发生了一件使吉巴拉卡惊讶万分的事：它张开了嘴，原来所有它吃进肚子的人、野兽、母牛、绵羊、山羊和驴子全部完好无损地从马嘴巴里走出来，人开始干活、野兽开始狩猎、食草动物平静地啃起青草。

吉巴拉卡就在这个大房子里住了下来，每个星期他都到附近的城镇去卖一头驴或几只山羊，买回所需要的日用品。

那个城镇的领主没有儿子，只有七个如花似玉的女儿，她们都到了婚配的年龄。有一天，她们要举行特别的仪式挑选她们未来的丈夫：每个姑娘向未婚男子组成的人群投一个柠檬，接到柠檬的男子将成为她的丈夫。第一位公主开始了，抓住这个果子的年轻人是丞相的儿子；第二位公主的柠檬果被法院院长的儿子接住……接住前六名公主柠檬的都是当地高官显贵家的孩子，可第七个柠檬果却被吉巴拉卡抓住了。领主就问这个陌生人是谁，有人认识吉巴拉卡，就告诉领主他是一个从外地来的牲口贩子。

领主十分不高兴，就下令这次投掷无效，让小女儿再投一次，可吉巴拉卡又接住了这个柠檬。领主下令继续投掷，结果柠檬第三次落入他的手中。这次围观的人群和领主的大臣都认为这是上帝的意志，他希望公主能够嫁给这个年轻人。领主也无可奈何，只好同意了这门婚事。

七位公主的婚礼放在了同一天，婚礼一结束吉巴拉卡就把他美丽的新娘带回了家。他的连襟们嘲笑他是癞蛤蟆吃了天鹅肉，无法给予公主幸福的生活，其他公主也为妹妹嫁给一个卑贱的牲口贩子感到惋惜。可是当小公主来到他的大房子，看到绿色的草地上牧养着大群大群肥壮的牲畜时，她终于知道她的丈夫是个富翁。他还有许多奴仆，这些奴仆原来都是妖怪的囚犯，现在为他们的恩人服务，放牧他的牲畜。

他们婚后的生活是幸福的，但是也是平淡的，一直没有大事发生。领主也对吉巴拉卡漠不关心，除了偶尔会派信使给女儿送个信，问候一下女儿的生活有没有困难。

过了大概一年的时间，领主病了，而且越来越重，王宫中的御医束手无策。于是领主就把领地内所有有经验的医生都请到了王宫，他们会诊后得出了权威的结论：只有狮子的奶水才能治好领主的病。领主喊来了七个女婿，吩咐他们去找这种药。那六个女婿出去转了一圈就回来了，谁也不敢到荒野里去挤母狮的奶。吉巴拉卡最后一个回到宫廷，他把母狮给他的一瓶奶带来了。领主喝了奶，立时从床上起来，神采奕奕，对吉巴拉卡的印象也有了改观。

此后不久，领主得了另一种病。这次医生们宣布，只有豹子的奶才能治好病。领主的六个女婿被派出去，可是不久又回来了，因为他们谁也不敢跑到森林里，去找一头母豹挤奶。这次又是吉巴拉卡送来了豹子的奶水。领主喝了，马上就行动自如了。领主对他的印象更好了，认为这是一个有办法的人。

又过了一段时间，这个国家受到来自荒野的野蛮人的袭击。领主的年纪大了，已经无法带领勇士们在战场上厮杀。同时他也想在六个女婿中找到一个可以继承他位置的人，就让他们担任军队中的指挥官。这一次倒不是他对吉巴拉卡有偏见，而是觉得他是平民出身，没有从政和从军的经历，想必在这方面比不上他的六个连襟。但是后来发生的事情证明他又一次错了。

六个女婿穿着华丽的盔甲，骑着高大的骏马，拿着精良的武器带着部队走上了战场。然而，老子是英雄，儿子未必是好汉，就在敌人冲锋的时候，领主的这六个女婿可耻地逃跑了。这一下子军队的士气就降到了冰点，眼看防线就要崩溃，要不是发生了一件奇怪的事，野蛮人肯定会是胜利者：一个年轻人从森林里冲了出来，右手挥舞着长剑，左手拿着短剑。更令人恐怖的是，他的坐骑竟然是一只豹子！他及时地冲上了战场：他的长剑在空中舞动，所过之处人仰马翻，人头像西瓜一样滚了一地；即使有人受伤未死，那把短剑就像有生命一样自动插入敌人的心脏。敌人被这个诡异的现象吓坏了，攻势顿时瓦解，四处逃窜。领主的六个女婿还是有点眼光的，眼看危机解除并且有了胜利的希望，就重新回到战场痛打落水狗。那位青年骑士在危机解除后也消失在森林之中。领主的六个女婿回到宫殿，大吹大擂，说他们打败了野蛮人。

然而战争还要继续，野蛮人不会因为一个偶然事件导致的失败而认输的。第二天，规模更大的会战开始了。六个人一夜之间也提高不了指挥水平，要不是那位青年骑士再次出现，他们不久就会因为错误的指挥横死于战场。青年骑士这次的坐骑换成了狮子，长剑和短剑还仍然和昨天一样分工合作，可狮子却让战马惊恐害怕。野蛮人部落再次被打败了，骑狮子的人也失踪了。六个女婿又回到宫殿，吹嘘说他们调度有方、勇猛善战。不过一个有资格面见领主的将领对他们的无耻行为极度不满，他私下里告诉了领主："陛下，他们全都是吹牛。事实上，要不是一个骑着猛兽的骑士，我们早就败了。这个骑士就像魔术师一样拥有神奇的能力，因为他不仅能够降服野兽，而且有把长剑，砍起敌人的脖子就像砍瓜切菜。他还有一把短剑，扎人就像扎豆腐一般。"领主听了对那个骑士很感兴趣，决定第二天亲自到战场上看看，一来是看看六个女婿的本领，二来就是看看那个骑士究竟是何方神圣。

同样的一幕再一次戏剧性地出现了：在六个女婿的乱指挥下，他的军队再次到了崩溃的边缘，就在这个紧急关头那个年轻骑士又出现了，这次他的坐骑又换成了一匹巨马，长剑杀人，短剑补刀。野蛮人也再一次败了，不过这一次他们肝胆俱裂，永远地逃了。

领主早就派人堵住了骑士退往森林的路，免得他再次玩失踪。吉巴拉卡被带到领主面前，领主笑了：这是他最小的女婿，救了他两次命的"有办法"的平民子弟！看来他在军队指挥上也有着非凡的天赋，至少在战场形势的判断，战机的把握上就有着超人的敏锐意识。他承认自己小看了吉巴拉卡的才干,就把他立为领主继承人,在各方面加以培养。

几年后,他把领主的位置交给了吉巴拉卡就退休了。

第四章 关于"善良与贪婪"的神话故事

第四章　关于善良与贪婪的神话故事

没有孩子的女人

一个没有孩子的妇女请求伊马纳让她可以生个孩子。伊马纳最了解人的心，对她说道："回去吧。如果你在路上看见小孩子，就把他带回家，好好地对待他。"她回去了，一路琢磨着这些话的意思。

当她走到她姐姐家附近的时候，看见一群小孩正在泥土里玩耍。有一个小孩跑过来想拉她一起玩，她却把他推开，并且气愤地说："滚！看看，你全身都是泥！"孩子的母亲听见了，就过来把孩子抱回家，给他洗得干干净净。

她回家足足等了一年，却根本没有怀孕的迹象。她决定再到伊马纳那里去，问问他究竟是怎么回事。伊马纳就问她："你上次回家的路上没有看见小孩吗？"她回答："没有。""不，你看见了。可是你却没有抱他。"她还是矢口否认。伊马纳就把她上次回家路上发生的事原原本本地告诉了她，认为她不适合做母亲，就应当没有孩子。

贪心的农夫

塞布古古古是个农夫，他仅有的财产是一头白色的母牛和一个牛犊。

有一天，他的妻子去锄园地的草，他坐在茅屋外面晒太阳。一只鸟飞到他的门柱上开始唱歌，他倾听着，好像听见这样的词语："塞布古古古，赶快杀白牛；杀了这一头，还你一百头！"妻子回来的时候，他说："喂，老婆子，你听，鸟在说话。"她回答："胡说！不就是鸟在叫嘛。"鸟又叫了起来。塞布古古古说："你听见了吗？伊马纳在告诉我，要是我杀了这头白家伙，我会得到一百头母牛。""你怎么能这样干？我必须用它的奶养活孩子。你要杀了它，孩子们就要饿死的。你怎么可以相信一只鸟告诉你的话？"可是他根本不听妻子的劝告，拿起斧子就把母牛杀了。全家吃起了牛肉，过了一段好生活，但是并没有出现新的奶牛，一头也没有。

过了一段时间，那只鸟又来了，这次告诉他把牛犊杀掉。尽管妻子不同意，塞布古古古还是把牛犊杀了。肉吃完了，还是没有母牛出现，他们全家开始挨饿。当时正是青黄不接的时候，塞布古古古对妻子说："孩子们没有东西吃，这可怎么办呢！"她回答说："当你要杀白母牛的时候，我没告诉你后果吗？"他们没有办法了，就决定去要饭。

第四章 关于善良与贪婪的神话故事

他用席子把几个孩子包起来，再用篮子装上其余的孩子，让妻子用头顶着，他拿着包裹，就动身了。他们走啊走啊，后来实在走不动了，就在路旁坐了下来。塞布古古古绝望地喊叫起来："我怎么养活我的孩子呀？"这时候造物主伊马纳出现了，说道："塞布古古古，你遇到什么麻烦了？"塞布古古古就告诉了他自己的遭遇。伊马纳指着远处的山丘说："你看，那里有个牛栏，去那里喝牛奶吧。那群母牛是一只公鸡为我看管的，你必须经常给它奶喝，保证不打它也不骂它。"于是他们往牛栏走去，虽然没有在那里发现母牛，但是他们看到有装满牛奶的坛坛罐罐。塞布古古古喝够了，又让妻子喝，妻子又用牛奶喂孩子。然后他们都坐了下来，等着看过会儿会发生什么事。

太阳落山的时候，他们看见牛群回家了。既没有大人也没有孩子驱赶它们，只有一只白头大公鸡在它们头上飞去飞来，呼唤着它们，把它们集合在一起。当牛群来到以后，塞布古古古在牛栏外面点起火把蚊子驱走，又拿来一个桶挤牛奶喝，还按照伊马纳盼咐的那样给牧牛的公鸡满满一碗牛奶，然后他们才开始吃晚饭。

他们就这样无忧无虑地过了一段时间，塞布古古古又不满足了，谁也不知道他有什么不满意的。他对妻子说："现在孩子大了，可以看管牛群了。这样还要公鸡干什么呢？还不如把它杀了吃肉呢。"妻子极力反对，但无济于事。晚上牛群回来的时候，塞布古古古拿着弓箭藏在牛栏外面，公鸡刚一靠近他就朝它射箭。第一箭没射中，他又射了一次，还没有射中。公鸡吓得飞走了。他失望地站了起来，却发现牛群不见了，连一头小牛犊都看不到。这个家庭再次陷入衣食无着的处境。塞布古古古说："这咋办呢？"当然他妻子不会安慰他。

他们只有包起孩子再次流浪。走累了，他们就坐在路旁休息。他又一次呼唤伊马纳，怜悯世人的伊马纳告诉他，在灌木丛里有一枝奇异的瓜藤，在那里他不仅可以得到瓜和葫芦，而且可以得到各种各样的水果，但是他不能修剪瓜藤或做别的什么事情，每天从瓜藤得到供应就是了。他找到了瓜藤，把葫芦摘下来让他的妻子蒸煮葫芦。过了段不愁吃食的好日子后，塞布古古古又产生了新的念头：如果把瓜藤分开，它会不会结出更多的东西呢？然而他刚一动手瓜藤就枯萎了。

他又绝望了，但仁慈的伊马纳却再次给了他机会：在他去灌木丛砍柴的时候，碰上一块岩石，上面有几个小裂缝，裂缝里竟然流出高粱、牛奶、豆子和其他食物。他把能拿走的东西收集起来，回到妻子那里。第二天，他又回到岩石那里，随身带去一个篮子和一个瓮。可是他又没有耐心了，因为高粱等东西流得很慢，他得等好长时间才能装满篮子。他向妻子抱怨裂缝流得太慢，要去扩大岩石上的裂隙，让那些东西流出来的速度快些。妻子竭力劝阻，但结果和过去一样没能阻止他的行动。塞布古古古砍了一根树枝，又放在火里烤，让树枝更坚硬，然后用树枝去撬裂缝。但是刚一动手岩石就发出雷鸣般的响声，随后裂缝也合上了，再也没有东西流出来。他回到宿营地，发现什么都没有了，就连他的妻子和孩子也消失得无影无踪，只有他独自一人待在森林里面。

第四章　关于善良与贪婪的神话故事

缪里勒的故事

很久以前，在恰卡国有一对夫妻，他们有三个儿子，大儿子叫缪里勒。

有一天，他和母亲去挖芋头，看到一个很好看的芋头，缪里勒就把它单独收了起来，还说："哇！这个芋头真好看，和我小弟弟一样漂亮。"母亲听见后笑了，"傻孩子，芋头能和人比吗？"而他却把这个芋头藏了起来，趁无人注意的时候又把它放进树洞，还对它施了魔法。

第二天，他发现芋头变成了一个小孩。在以后的日子里，他每次在吃饭时都偷偷地留下些食物，在别人不注意的时候去喂那个小孩。小孩一天天长大了，可是缪里勒却越来越瘦。他的母亲十分担心大儿子的身体，就问他怎么回事，缪里勒没有说实话。不过两个弟弟知道他有一个奇怪的习惯：他从来不把自己的饭吃完，而是偷偷地藏起来一点。他们把这件事告诉母亲，母亲吩咐他们在缪里勒出去的时候跟着他，看看他把饭给谁吃了。在缪里勒又一次去喂树洞里的孩子时，两个弟弟发现了。母亲知道后马上去把树洞里的孩子给毒死了。

第二天缪里勒又去喂孩子，却发现那孩子死了，非常难过。他回到家里，一个人在那里伤心地哭泣。母亲问他哭什么，他说："烟太大，熏着了。"于是母亲就让他离火远点。但是他还是哭，有人问他哭什么，他还是说屋里烟大熏的。那个人说:"那你怎么不坐到外面去呢?"他就拿起凳子到院子里坐下,说:"凳子啊,上升吧,像我父亲把蜂窝挂在森林的绳子上那样。"凳子就带着他向天空上升,很快就有树那么高了。他又说了一遍,凳子又上升了。两个弟弟这时候正好从屋子里出来看见了,马上跑回去告诉母亲:"缪里勒上天了!"她不相信,说:"胡说八道什么呀?有上天的路吗?"他们说:"不信你出去看看!"她一出来就看见大儿子在空中,马上喊了起来:

"缪里勒,回来吧!

回来吧,我的宝贝呀!

快点回来吧!"

可是缪里勒回答道:"我不会回去的,妈妈!我永远不再回去了!"

两个弟弟叫他他也不回去,他的父亲、他的朋友叫他也同样如此。最后他舅舅听说了,也赶紧来叫他,他还是说:"我不回去,舅舅,我永远不回去!"他越升越高,人们再也看不到他了。

凳子带着他上升,最后到了一块坚固的地面。他四处打量了一下,发现已经到了天国。他开始向前走,碰上一群人正在砍柴,就问他们到月亮酋长那里怎么走。他们说:"你得去给我们拣些柴才会告诉你。"缪里勒就去捡了一捆柴火,他们告诉他:"继续向前走,然后你会碰上一些割草的人,再问问他们吧。"缪里勒按照砍柴人的指点继续走,果然碰上割草的人。缪里勒就向他们问好,割草的人也向他问好。当他问路时,割草的人要求他先帮助他们干一阵活儿,然后才给他指路。等他割了一会儿草后,割草的人告诉他继续走,会碰到一些锄草的妇女。她们还是要求他帮助干活再给指路。后面他又碰上牧牛娃、采摘豆类的妇女、收获谷子的人、采集香蕉叶子的人,还有打水的姑娘——他们都是同样的做法。打水的姑娘说:"沿着这个方向继续走,你会看到一个屋子,里面的人正在吃饭。"他找到了那个屋子,说:"主人好!能告诉我去月亮村的路吗?"屋子的主人很热情,说:"远道而来的客人,先坐下来吃饭吧。等吃了饭我们就告诉你。"于是缪里勒就坐下来吃饭,饭后屋主人也给他指了路。

缪里勒终于到了月亮村,发现那里的人们不知道把东西烧熟吃。他问他们为什么不用火做饭,他们却问火是什么。他说:"要是我教会你们用火做饭,你们用什么来感谢我?"月亮酋长说:"牛、山羊和绵羊。"

缪里勒让他们找来大量的木柴。当大家带来木头之后,他和酋长躲在屋子后面,不让别人看见。缪里勒用刀削了两块木头,一个扁,一个尖。他用尖木头在扁木头上使劲钻,木头慢慢地冒出了烟,接着出现了火星,然后火星点燃了一束干草,这样就生起火来。他烤了芭蕉,还烤了一些肉和各种各样的其他食物。

月亮酋长尝了食物之后非常高兴,马上把大家召集起来,对他们说:"这个来自遥远国家的人是个有本事的!他给我们带来了火,我们必须要给他回报。"人们问道:"给他什么呢?"他回答:"母牛也行,山羊也行,你们有什么就带什么吧。"村子里的人带来了许多家畜,缪里勒就这样变成了富翁。

他在月亮村住了好多年,娶了几个妻子,生了好多孩子,羊群、牛群也越来越大。缪里勒开始想家了,而且这种想法越来越强烈,可是贸然回去也是不行的,他想:"除非先派个信使告诉他们一声,不然我回家了他们也不认我呀,我跟他们说过我再也不回去了,他们肯定认为我已经死了。"

他召集了很多鸟儿,问它们:"如果派你到我家去,你会说什么呢?"渡鸦回答:"我会说'嘟嘟嘟!嘟嘟嘟!'"显然渡鸦无法完成这个任务,犀鸟、隼、鹈鹕和别的鸟也不行。最后轮到鹦鹉,鹦鹉唱道:

"缪里勒明天动身,

后天就能到家,

缪里勒就要回来了,

用长柄勺给他把肥肉留下吧!"

缪里勒很满意，就让鹦鹉去他家里报信。

鹦鹉飞到缪里勒家的门柱上开始唱歌。他父亲出来，说道："听听这个小鸟胡说八道些什么？说什么缪里勒后天回来！唉，缪里勒很久以前就上天了，再也不会回来了！"于是他把鹦鹉轰走了。鹦鹉飞回缪里勒那里，说把口信带到了。可是缪里勒不相信，让它再去把他父亲的拐杖带来，作为它真正去过他家的证据。鹦鹉只好再次飞到缪里勒家，正好那根拐杖放在外面，它捡起来就跑。屋子里的孩子们看见了，急忙出来想把拐杖抢回去，可是它飞得太快，还是把拐杖带到缪里勒那里了。缪里勒见了拐杖，就说："嗯，可以回去了。"于是告别亲戚朋友，让妻子回到娘家，带着牛群和孩子开始回家。

从天上到地面的路太远了，缪里勒走得腰酸腿疼。这时旁边的一头公牛突然开口了："看你这么累，就骑到我背上吧。不过他们杀死我的时候你不可以吃我的肉。"缪里勒回答："可以，我肯定不吃你的肉！"于是这头公牛让他骑在背上，把他送回家。缪里勒边走边唱：

"蹄也有呀角也有呀，

我的这群牛真是好——嗨！

该有的东西我都有呀，

小孩子我有一群了。

一只羊羔也没少，

羊儿都在路上跑。

我什么东西都不缺少，

带着孩子，带着牛羊，

缪里勒终于回家了——嗨！"

缪里勒就这样回到了家里。爸爸妈妈喜出望外，跑出去老远去接他。所有的人，不管是他的家人、亲戚还是朋友都为他的归来感到高兴。缪里勒专门给他父亲指出送他回来的大公牛，并且说："这头公牛要精心喂养、特别关照。即使它老了你杀它，我也不吃它的肉。"就这样他们一家人终于团聚了，十分幸福地生活了一段时间。

后来这头公牛老了，也干不动活了，缪里勒的父亲就把它杀了。一家人都在那里吃牛肉的时候，缪里勒却一口不尝。母亲心疼自己的儿子，觉得她儿子那么费心关照这头畜牲，在大家吃肉的时候他却不能吃，未免太可怜了。于是挑了一块肥肉，混在米里做成饭让大儿子吃。

缪里勒刚吃了一口，肥肉就说话了："我背你回来，你竟还吃我？你也要被吃，就像你吃我！"缪里勒听了很伤心，唱道："亲爱的妈妈啊，没和你说过吗？公牛帮过我，我不能吃它！"他再吃一口，一只脚就陷进地里。他又唱一遍，刚把母亲给他的食物吃完，就陷入地里，从此人们再也没有看见过他。

勇敢的瘸腿青年

太阳的女儿不仅有羞花闭月之容、沉鱼落雁之貌，还是一个非常能干的女孩。

有个吉库尤族人听说了，就准备去求婚。但是不知道消息怎么透漏了出去，族内的许多青年都知道了，谁都不想放弃这个机会。于是大家就决定一起去，让太阳的女儿自己选择谁做她的丈夫。

他们准备好了路上需要用的一切，然后集合起来开始出发。他们有整整六十个人，其中还有一个瘸子，名叫塞塔拉，大家都嘲笑他，认为手脚健全的人太阳的女儿都不一定能看上，他一个瘸子又有什么机会呢。塞塔拉不为所动，默默地收拾着东西。

他们开始上路了。天空中连一丝云彩都没有，炎炎烈日晒得他们浑身大汗，他们就这样走了整整一天，又累又饿。但是，荆棘密布的路上不但找不到合适的宿营地，连口水都没有。有些人受不了了，说："谁知道关于太阳女儿的传言是不是真的？如果不是真的岂不是自找苦吃，干脆回去吧。"当场就有十六个人回去了。

第二天，剩下的四十四人继续前进。他们穿越丛林，跨过河流。十多天后，他们带的食物吃光了，脚底起泡了。正好他们碰到一个猎人，就问："这里离太阳宫还有多远呀？"猎人说："最少还得走四五十天。"许多人一听泄了气，才走了十来天就这个样子了,况且现在连吃的都没有了,以后的路怎么走?于是,又有三十四人打退堂鼓了。剩下的十人却没有被这些困难吓倒,他们以野果充饥继续前进。

一天,他们来到一座高山前,遇到一个樵夫,就问:"这座山好过吗?"樵夫说:"山中虎豹横行,一定要当心;山路险峻陡峭,有的地段要爬着才能过去。"他们对是否坚持下去发生了争执,九个认为后面会有生命危险,为了一个女人是不值得的,还是趁早回去为好。只有瘸子塞塔拉不改初衷,认为既然决定了就要坚持下去,不能因困难就半途而废。

于是,塞塔拉独自进了山。开始还能正常走,后来因山陡路滑,又怕惊动野兽,就只能慢慢地爬着往前走,脚底和手掌都磨得鲜血淋漓,但他始终没有停下来。

最后他翻过山脊,来到一个湖边,只见太阳像一个大火球般徐徐向水面降落。他正观赏这奇特景色时,身边走来了一个须发斑白的老人,问道:"小伙子,你是谁呀?来这里干什么?"

"我是塞塔拉,前来寻找太阳宫。"

老汉听罢哈哈大笑道:"你不说我也知道,这些天来,我一直都在关注着你呀!"

塞塔拉觉得老人的话有点莫名其妙,他仔细地端详老汉:雪白的须发,闪闪发光;那圆圆的脸庞,和悦慈祥。他恍然大悟,兴奋地说:"莫非您老就是太阳公公?"

老人笑而不答。过了一会儿,他指着暮色苍茫的湖面说:"你瞧,湖里有一只恶兽,它经常在湖上为害,你能去把它杀了吗?"

塞塔拉毫不犹豫地跳下大湖,与怪兽搏斗了整整一夜。最后趁怪兽不备,卡住它的脖子将它掐死,然后游回岸边。这时老人已不知去向。

塞塔拉来到岸上，高声呼喊老人。不一会儿，只见老人从湖中慢慢地走了出来，身后跟着一个步态轻盈、光艳照人的少女。塞塔拉走上前去，向老人报告了与湖上怪兽恶斗的经过。老人说："在你之前已经有不少人来到了这里，但是他们不敢去湖中杀死害人的怪兽。你虽然身体有残疾，但是有着坚忍不拔的意志和舍己为人的高尚品德，这才是人身上最宝贵的东西呀。"

于是，太阳老人把自己的女儿许配给了塞塔拉。

第四章　关于善良与贪婪的神话故事

苏迪卡－姆班比

　　恩祖亚·迪亚·基马安那维兹的妻子是太阳和月亮的女儿，他们和恩祖亚的父母生活在一起，但是生活并不是那么富裕。结婚后不久，父亲就打发恩祖亚到娄安达做买卖补贴家庭的开销。新婚情热，恩祖亚舍不得离开年轻美貌的娇妻，支支吾吾地不想去。他的父亲开导他说，你结婚了，马上就要有孩子，如果现在不能多挣些钱，以后拿什么养活老婆孩子？恩祖亚觉得父亲说的有道理，就去了娄安达。

　　他走后不久，一些被称为马基希的妖怪跑到了他们的村子，烧杀抢掠，只有少部分人逃到了野外得以幸存。当恩祖亚回来时，发现村子被烧得只剩下残垣断壁，人也不见了。他四处寻找他的家人，最后在野地里找到了他的妻子。妻子蓬头垢面、衣衫褴褛，简直让人不敢相信这就是原来那个貌美如花的女人。妻子告诉他："马基希们烧了我们的房子，抢走了我们的家产，还杀死了我们的父母。"

　　他们搭了个茅屋安顿下来，靠狩猎和采集度过了土地收获前的日子。过了一段时间，他们的儿子苏迪卡－姆班比（意为雷电）出生了。这个孩子很神奇，刚出生就会说话，而且从母胎出来就佩带刀剑、棍棒和他的生命树基伦比，他让母亲把基伦比栽在屋子后面。他刚一落地，就听见另一个孩子说话的声音——他的孪生弟弟卡邦东古鲁也出生了。他们出生后做的第一件事就是砍下些树木为父母造房子。

房子造好以后，苏迪卡-姆班比告诉家人他要去杀死马基希为祖父母报仇，并且吩咐卡邦东古鲁："你留在家里小心照顾基伦比。如果它枯萎了，就代表我死了。"说完他就出发了。

他在路上遇到了四个自称为基帕兰德的家伙。听说苏迪卡-姆班比要去讨伐马基希，他们就要求一起去。并且大吹法螺，说他们多才多艺，甚至可以在光秃秃的岩石上建造房子（在当时那种条件下是不能的），一天可雕刻十个棍棒和其他玄妙的本领，等等，等等。但后来的事实证明，他们什么本领都没有。

苏迪卡-姆班比带着他们上路了。为了便于同马基希作战，他们必须要建立一个基地。苏迪卡-姆班比他们停下来要建造一座房子，他先砍下一根树干，让四个基帕兰德去砍其他树干。苏迪卡-姆班比命令那个说他能在岩石上建造房子的基帕兰德动手造房子，可是支柱刚竖起来就倒下了。他只好亲自动手才建好了房子。

第二天，他留下一个基帕兰德看家，带着另外三个基帕兰德去同马基希作战。他们走了不久，一个老太婆来到那个留守的基帕兰德面前，告诉基帕兰德：如果战胜了她基帕兰德就可以娶她的孙女。他们约定的比赛方式是摔跤，一会儿工夫老太婆就把那个基帕兰德摔倒在地，在他身上压了一块大石头，使他动弹不得。

苏迪卡-姆班比有魔法，留守的基帕兰德一出事，他马上就知道了，立刻带着另外三个基帕兰德赶回来把那个留守的基帕兰德解救了出来。这个家伙讲述了事情的经过，其他人都嘲笑他是个无能的家伙，要是自己留在家里肯定能打败那个老太婆。第二天，苏迪卡-姆班比让第二个基帕兰德留守。结果，他也没有比他哥哥做得更好，同样被老太婆压了块大石头。苏迪卡-姆班比只好再回来把他给救出来。第三天、第四天同样如此。苏迪卡-姆班比生气了，第五天把四个基帕兰德都派了出去，自己留在后方。老太婆又来向他挑战。他跟她战斗，最后杀死了她。原来老太婆是一个非常邪恶的女巫,她把孙女关在她们的石头房子里,以孙女为诱饵来谋取那些见色起意的陌生人的钱财。

后来,苏迪卡－姆班比同老太婆的孙女结了婚,在她们的石屋里安了家。

那些基帕兰德根本就不敢去和马基希作战,出去转了一圈就回去了,告诉苏迪卡－姆班比他们打败了马基希。苏迪卡－姆班比信以为真,就把马基希的事放下了。

然而,那些基帕兰德因为在他面前露了馅儿,又害怕将来苏迪卡－姆班比得知他们没有打败马基希而惩罚他们,就阴谋杀害他。可是他们也知道自己的那点本事,正面冲突根本就打不过苏迪卡－姆班比。正好有一个基帕兰德发现在他们平时坐着休息的地方有一个深不可测的小洞,就把那个洞的洞口挖大,用席盖上后在席上面放了一把椅子。这天,苏迪卡－姆班比疲惫不堪地从外面回来了,基帕兰德们殷勤地要他去坐下休息。苏迪卡－姆班比刚走到席子那里就掉进洞里,他们马上把洞盖住,心想这下子他死定了。于是他们就把苏迪卡－姆班比的妻子囚禁起来,自己住进他们的石屋。

苏迪卡－姆班比并没有死。那个深洞的洞口虽然很小,但是底部却很大。他在洞底四处寻找出路的时候,发现了一个新的洞口,那里有条路。他不知道那条路其实是通向死人国的,就顺着这条路走了出去。他走了一段时间,碰上一个老太婆正在路边锄草。那老太婆只有一只眼睛、一条胳膊、一条腿,其实就是半个人。他向老太婆问好并请她指路,她说:"年轻人,你看我这个只有半个身体的老太婆干起活来是多么艰难呀!如果你能帮我把这块地锄完,我就告诉你该往哪里走。"等他锄完草老太婆把他带到一个地方,这里有无数的大道通向四面八方,只有一条狭窄的几乎无法通行的小道。老太婆告诉他,上天让他来这里的目的是让他来迎娶他的第二个妻子——卡隆盖－恩共比的女儿。只有那条狭窄的小道通向卡隆盖－恩共比的家,大道的尽头是阴暗的地狱,还要带上一袋肉干和"智慧",

这些有助于他迎娶卡隆盖－恩共比的女儿。

他按照老太婆的吩咐,果然到了卡隆盖－恩共比的家门口。看门狗发现来了生人,马上扑出来对他狂吠,他怒目圆睁,对狗喝道"滚开!"狗吓得夹着尾巴逃跑了。卡隆盖－恩共比听见了外面的动静,就出来把他礼貌地迎了进去。进去后他告诉卡隆盖－恩共比,他来这里是想迎娶他的女儿的。卡隆盖回答,你必须帮我办件事我才能把女儿嫁给你。卡隆盖－恩共比把他引进客房,给床铺上席子,还给他送来了饭——一只活公鸡和一碗当地的稀粥。这时候"智慧"告诉他:"只能喝稀粥,不能把公鸡杀掉,否则会有麻烦。"于是他就只喝了稀粥,还吃了些他随身带来的肉干,把公鸡放在床下。到了半夜,客房里冲进来一群人,乱哄哄地说着"谁杀死了卡隆盖的公鸡就要他偿命",等苏迪卡－姆班比从床下拿出来那只公鸡后,他们只好讪讪地离开了。这都是"智慧"的功劳,如果苏迪卡－姆班比踏进了这个陷阱就再也回不到人间了。

第二天天一亮他就去问卡隆盖究竟让他办什么事。卡隆盖－恩共比说:"小伙子,我当然愿意把女儿嫁给你,可是我的女儿几天前已经被一个名叫津约卡·基亚·童巴的五头巨蛇带走了,你要是想娶她就必须先去把她救出来。"

苏迪卡－姆班比答应了,马上动身去找津约卡。到了地方后,津约卡的妻子说:"客人,他出去打猎了。你在这儿等一会儿吧。"然后就偷偷通知津约卡新来的客人不怀好意,于是津约卡就带着手下回来了。最先出现的是一群可怕的蚂蚁,能够吃掉任何动物,但是苏迪卡－姆班比不费吹灰之力就把它们打败了。接着又是一群红蚂蚁,一窝蜜蜂,还有一群黄蜂,都不是他的对手。最后,这个五头巨蛇亲自上场了,苏迪卡－姆班比毫不畏惧,把巨蛇的五个脑袋一个接一个地砍了下来。巨蛇死了,他走进津约卡的屋里,找到卡隆盖的女儿把她带到她父亲那里。

但是卡隆盖并不满意,说:"拯救妻子是一个丈夫的责任,这个不能算作条件。附近的河里有条叫作津比济的巨鱼,老是吃我家的山羊和猪。如果你能把他杀了我立刻让女儿跟你走。"

苏迪卡-姆班比把一只乳猪系在钩子上作诱饵，去捉津比济。津比济上钩了，可是他没有津比济的力气大，不但没有把鱼怪拉上岸，反而被津比济拖进水一口吞了。

远在家乡的卡邦东古鲁看到哥哥的生命树死了，立即出发去找他。他到了基帕兰德囚禁苏迪卡-姆班比妻子的屋子，询问四个基帕兰德是否知道他哥哥的行踪，四个基帕兰德说从来没有听说过这个人。这时他的嫂子在石屋里大喊："就是他们杀了你的哥哥！他们把他埋到那个洞里了！"卡邦东古鲁强迫他们打开洞口进去继续找他的哥哥。他也碰上那个老太婆，老太婆告诉他苏迪卡-姆班比去卡隆盖-恩共比家了。但是当他到了卡隆盖家时，却得到了苏迪卡-姆班比葬身鱼腹的噩耗。卡邦东古鲁决心为哥哥复仇，他向卡隆盖要了一头猪，把它系在一个巨大的钩子上作钓饵，又请了一些人给他帮忙。这次他们成功地抓住了鱼怪。卡邦东古鲁把它切开，找到了哥哥的骨头。他把骨头拼成人形，念了一段咒语，然后说："哥哥，起来吧！"一阵清风吹过，那些骨头上开始长肉了，然后是皮肤、毛发，苏迪卡-姆班比复活了！

苏迪卡-姆班比娶了卡隆盖-恩共比的女儿，带着她和他弟弟动身回家了。他们到了那个洞，发现整个洞都被那四个基帕兰德给占据了。不过天无绝人之路，一场地震震裂了地面，他们又回到了地面。他们没有杀死四个基帕兰德，只是赶走了他们。

苏迪卡-姆班比和他的妻子、弟弟安顿了下来，过上了幸福的生活。

从来不笑的女孩

从前，在非洲有个可怜的女孩，她的母亲在她很小的时候就去世了，她的父亲又娶了一个妻子。后母把女孩视为眼中钉肉中刺，不仅给她安排了许多的累活脏活，还经常让她饿肚子。她成了一个脏兮兮的发育不良的女孩。

因为水质的问题，当地人的牙齿都有着一道深深的沟槽，给咀嚼食物带来很多麻烦。爱美的姑娘们更是对此深恶痛绝。这天，先知告诉姑娘们，伊马纳同意为她们换上一副新牙齿。姑娘们高兴极了，一致同意马上去换新牙齿。

可是这个可怜的女孩却无法同大家一道去。她心里清楚，如果她干不完后母安排的那些活，连残汤剩饭都吃不上，后母是绝对不会同意让她停下工作去换新牙齿的。所以，当朋友们回来亮出她们美丽的牙齿时，她什么也没说，只是继续干她的活。

傍晚，牛群回来了，她在牛栏里烧火驱走蚊子，再帮助挤奶；牛栏里的事做完以后又去做晚饭；吃过晚饭，家人都睡觉了她还要刷锅洗碗，等到这一切收拾停当已经是深夜了。她悄悄地去村外的小河里洗了个澡，简单地整理了一下破烂的衣服就出发了，谁也没看见她。

她在黑暗中没走多远就碰上一只鬣狗。鬣狗说："姑娘，你去哪里呀？"她回答：

第四章 关于善良与贪婪的神话故事

"我去换新牙齿。白天后娘不让我去,所以我只能夜里去。"鬣狗说:"去吧,伊马纳的孩子!"她继续走,过了一会儿碰上一只狮子,狮子向她问了同样的问题,她像回答鬣狗那样回答了它的问题。狮子也说:"去吧,伊马纳的孩子!"她继续走,临近拂晓的时候她到了伊马纳住的地方。伊马纳看上去就像一个面孔和善的老酋长,他问:"小姑娘,你怎么这时候才来呀?"她回答:"我一直同后娘生活在一起,她总是给我那么多活干,所以当别的姑娘来求你给换新牙齿的时候,我不能出门,只能这时候来了。"伊马纳说:"不要伤心,你是一个好孩子,会得到更多的。"

他不仅给她换了新牙齿,而且还给了她新的身体,另外还有新衣服、臂环、脚镯和小孔珠等装饰品,把她打扮得漂漂亮亮的,简直就像变了一个人似的。伊马纳像一个慈祥的父亲一般把她送回去,一直送到她家门口。他说:"你回去后,无论在什么情况下,无论谁——哪怕是你的父亲、你的母亲,还是别的什么人——说什么,你都不能笑。"说完他就离开了。

后母看见她回来,开始没有认出来。可是她一认出来这女孩是谁时,不禁喊叫起来:"她在酋长那里偷了东西!她从哪儿弄到这些珠子、镯子的?她不会是把她父亲的牲畜赶出去卖了吧?瞧那布!你从哪里弄来的?"女孩没有回答。父亲相信自己的女儿不会做这些不道德的事,问她:"你从哪儿捡来的这些东西?"她还是不回答。他们见问不出什么,只好离开了。

后母的恶语中伤并没有给女孩带来什么麻烦,邻人们渐渐知道女孩交了好运。三天还没到,就有一个穿着体面的绅士来拜访她的父亲,要求女孩嫁给他的儿子。按照正常的礼仪举行婚礼后,她跟随年轻的丈夫到了他家里。

看到勤劳善良、美丽大方的新娘,婆家的所有人都非常满意,可是唯一让大家奇怪的是:她从来没有笑过。

过了一段时间,一个小男孩出生了,孩子的父母和祖父祖母都高兴得不得了。男孩健健康康、平平安安地长到四五岁,已经可以按照传统到户外去看管茅舍附近的牛犊了。孩子的祖母是个好奇心很重的老太太,还曾经和巫婆学过一些巫术。有一天她对孙子说:"下次你母亲喊你吃饭的时候,就说你不吃,除非她对你笑笑。要是她不笑你就哭;如果她还不笑,你会死掉!"孩子照祖母说的做了,可是他母亲没有笑;他开始哭,她也不理睬;他继续哭,不一会儿就死掉了。人们用席子把他的尸体包裹起来扔进灌木丛。可怜的母亲悲痛欲绝,却无法说出自己的苦衷,因为她不能违背伊马纳的旨意。

过了一年,第二个男孩也能说能跑了,他祖母又像她以前那样教唆孩子,结果是一样的:这个男孩死了,也被扔进了灌木丛。

第三个孩子是一个活泼可爱的小姑娘。小女孩差不多有三岁的时候,母亲担心她重蹈她两个哥哥的命运,就在晚上背着她到扔孩子的灌木丛去。这位母亲十分痛苦,向伊马纳呼叫:"啊,我的父亲!啊,伊马纳!我从来没有违背你的旨意,可是我已经失去了两个儿子。你愿意救救这个小东西吗?"

周围出现了柔和的圣光,她抬起头,发现伊马纳站在她的附近,就像她第一次看见他时那样慈祥。他说:"到这里来,看你的孩子们吧。我已经让他们复活了。现在你可以对他们笑了。"她走到伊马纳的身边,孩子们向她跑来,喊着:"妈妈!妈妈!"接着,伊马纳轻抚她憔悴的脸庞、哭得红肿的眼睛,还有她那变形的肩膀,再次给了她新的身体和新的牙齿,她又变得年轻、丰满、挺拔了,比以往更漂亮。伊马纳还给了她漂亮的衣服和珠子,给每个男孩一头母牛,最后亲自送他们回家。

丈夫看见妻子带着伊马纳和死去的孩子回来,简直不相信自己的眼睛,惊惶得说不出话来。他把茅舍里仅有的一个凳子拿给客人,可是伊马纳没有坐下。他说:"出去再拿四条凳子。"丈夫出去,从邻居那里借来凳子,这样他们才都坐下,伊马纳坐在贵宾位置。伊马纳说:"我把你的妻子和孩子们给送回来了,以后你要让他们幸福,舒舒服服地和你一起生活。不用担心她不笑的问题了,过去是我不让她对任何人笑的,她虔诚地遵从了我的旨意。可是后来有邪恶的人利用孩子考验她，导致孩子们丧失了性命。孩子们是无辜的，所以我让他们复活，并赐予你们幸福的生活。至于你的母亲，因为做了邪恶的事情，我要用雷把她劈死。你可以接受她的遗产，因为你没做错事。"说着伊马纳从他们的视线中消失了。正当他们目瞪口呆的时候，一大团乌云集聚在祖母的茅舍上面。先是耀眼的闪电，接着一声雷响，房子和里面的一切都安然无恙，祖母却变成了灰烬。他们惊魂未定，伊马纳再次出现在他们面前，环绕着圣洁的光辉，他对丈夫说："记住我的话，你会事事顺心的！"说完伊马纳便消失了。

姐妹两人的不同结局

从前有一位姑娘去河边打水。在打水的路上，她同伙伴们说说笑笑，不小心把陶瓮掉到地上打碎了。"哎呀，这该怎么办呢？"她害怕地哭了起来。因为这些陶瓮很不容易买到，是每个家庭的重要资产。她知道，回到家里肯定会被父母严厉地责骂。她的伙伴们除了安慰她也没有更好的办法。

她痛苦地喊叫："万能的造物主，求求你给我根绳子让我上天吧！我不敢回家了。"一个威严的声音在她耳边响起："好吧，孩子，我会给你一根绳子。在天上你会有一些收获，这样你就可以回家了。"她惊喜地抬起头，果然有一根绳子从云里垂了下来。

她抓住绳子就往上爬，很快就到了天上，那里看上去和她生活的环境并没有什么不同。不远处有一个破败的村庄，好像已经被人们放弃了。一个老婆婆坐在废墟中间，对她喊道："过来，孩子！你到哪里去？"她是个很有教养的女孩，知道要尊敬长者。所以她先是很有礼貌地问候了老婆婆，然后又回答她的问题。老婆婆对她的举动很满意，就告诉她继续走下去，前面会有一只蚂蚁往耳朵里爬，不过不用担心。"它不会伤害你的，反而会告诉你在一个陌生的国家该怎么办，怎样回答别人向你提出的问题。"

姑娘继续往前走。在路边休息的时候,她发现一只黑蚂蚁爬到她身上,一直爬到她的耳朵。"看来老婆婆说的没错。"她欣喜地站起来继续往前走。

又走了很长时间,她看见了一个村子,房子的顶是尖的,四周围着长满荆棘的篱笆。她刚走到村边,蚂蚁在耳朵里轻轻地告诉她:"别进去,就在这儿坐下吧。"她就在篱笆边坐了下来。村里很快就走出来几个威严的长者,穿着亮闪闪的白色的树皮衣裳,问她从哪里来,来这里做什么。她站起身,恭恭敬敬地回答他们的问题,并且按照蚂蚁的提醒告诉他们她来这里想要领养一个婴儿。长者们说:"可以,跟我来吧。"

他们把她带到一个茅舍,几个妇女正在那里干活。姑娘就问她们是否需要帮忙。有一个妇女给了她一个篮子,让她到地里去掰些新鲜的玉米。根据耳朵中蚂蚁的提示,她来到玉米地里,很快装了一篮子。回来后那些妇女表扬她又快又好地完成了任务,又让她把玉米磨碎做成粥。接着,她就按照蚂蚁的指导,先取出一些玉米放在旁边,再把剩余的磨碎;当粥快熬好时再把这些没有磨碎的玉米放进锅里:这好像是天国居民特有的煮饭方式。她们对这姑娘熬的粥赞不绝口,因此给她安排了一个舒适的房间。

第二天早上,长者们把她领进一座漂亮的屋子。屋里有许多婴儿,有的是用红布包裹的,有的是用白布包裹的。长者们告诉她:"你去选一个吧!"姑娘喜欢红色,就打算选一个红布包的婴儿,可这个时候蚂蚁却悄悄地对她说:"要白的。"长者们除了让她带走婴儿,还给她许多好衣服和珍珠,她能带多少就给她多少,然后把她送到回家的路上。

她很顺利地回到家,发现家人都出去干活了。她打开门,抱着孩子进了自己的房间。正值农忙季节,人们都是在田里干到很晚才回家,为了不耽误大家休息,母亲就让小女儿提前回去给大家做饭。小女儿回到家,刚打开门就发现了姐姐带到家里的金银财宝,她不知道这些金银财宝是怎么来的,非常害怕,急忙跑去田里告诉父母。他们也匆忙跑回家，惊喜地发现失踪很久的大女儿回来了，还带回了一个漂亮的婴儿和可以穿上一辈子的衣服。他们对这一切感到很神奇，兴奋地听着大女儿讲着她的经历。可小妹嫉妒姐姐得到的这一切，希望自己也能拥有这些，马上就告诉大家她也要去那个地方。姐姐知道她既做事毛躁又没有礼貌，就劝她不要去，如果一定要去也听听该注意什么。但是妹妹不以为然，"你能去为什么我不能去？我就是要去，不需要任何人指点也能做得和你一样好！"

因此，当那个老婆婆呼唤她的时候，她不肯停下来，甚至还骂老婆婆耽误了她的行程。老太婆说："那你就走吧！除非你死了，否则你无法再踏上这条回来的路！""是吗，谁会杀死我？"妹妹一边反驳一边继续赶路。蚂蚁爬进她耳朵的时候，她甩着头不耐烦地大喊大叫。蚂蚁告诉她是来帮助她的，她根本不听。所以蚂蚁就气愤地退了出来。

当村里的长者问她为什么来的时候，她回答的态度非常粗暴；要求她掰玉米的时候，她把玉米田弄得乱七八糟；因为没有带上蚂蚁，她也不知道怎样做玉米粥，或者说，她干起来漫不经心，马马虎虎。在她被带进放婴孩的屋子时，她急不可耐地抓起一个红襁褓，结果是震耳欲聋的一声爆炸，把她击死了。人们把她的骨头收拢起来，并派了一个男子把她的骨头送回家。

在经过她原先遇到蚂蚁的地方时，蚂蚁喊叫起来："你死了吧？你要是带上我就不会死。"在来到老妇人所在的废墟时，携带骨头的男子听见老妇人喊叫："姑娘，你心肠邪恶，是不会活着回来的。"那男子继续前进，到了她家上空就把骨头丢下去。她的父母都很伤心，姐姐说道："她有颗邪恶的心，所以老天生了她的气。"

死神的威胁

很久以前，非洲的东北方——现在的乌干达一带——有一个叫金杜的年轻人，他独自生活在这片土地上。

那时天上有个美丽的云雾国，国王叫吉鲁。他有许多子女，孩子们总喜欢以彩虹为桥梁到人间游玩。有一天国王最宠爱的女儿南比来到这里，正遇上金杜一个人在山脚下放牧。南比是个善良的姑娘，看到金杜孤单一人，很心疼。她说："我愿意做你的妻子。"金杜高兴地同意了。

南比回到云雾国，将自己的决定告诉了父亲，国王在女儿的一再坚持下同意了她的要求。但是国王告诫女儿，她必须悄悄地离开，免得被她的哥哥瓦隆贝知道。因为这个绰号叫"死神"的哥哥到了哪里就会给哪里带来死亡。

南比告别父王，正踏上彩云要走，突然想起要带些五谷杂粮，就又返回去取。途中碰上了"死神"哥哥瓦隆贝，其实瓦隆贝很喜欢南比的，瓦隆贝说："小丫头，你要去人间，用得着对我保密吗？你去吧，有时间我会去看你的。"

南比顺着彩虹来到人间，开始了新的生活。她带来了种子，教会了金杜种植、喂养家禽等。夫妻俩互敬互爱，生活过得很幸福。

这一天，南比的哥哥"死神"来了。南比悄悄地对丈夫说："父王曾告诉过我,哥哥'死神'会毁掉我们幸福美丽的家园,我们一定要让他离开这里。"于是,夫妻俩一再劝说瓦隆贝返回天上去。但是,无论怎么说瓦隆贝就是赖着不走。金杜夫妇无奈,说:"只要你离开这里,不再回来,我们愿把第一个孩子送给你。"瓦隆贝这才走了。

南比和金杜共同幸福地生活了好多年,生育了许多孩子。因为瓦隆贝一直没有来,他们就忘记了对瓦隆贝的许诺。

几十年过去了,瓦隆贝又来到人间,他向金杜夫妇要孩子。金杜夫妇舍不得孩子,就以各种理由拒绝,还想方设法地撵"死神"走。瓦隆贝恼羞成怒,狠狠地说:"既然你们违背自己的诺言不肯给我孩子,还要把我赶走,那我永远也不离开这里了。"

金杜夫妇儿孙满堂,生活得很幸福。但是他们和他们的后代经常受到"死神"瓦隆贝的骚扰,有时被他带走一个老人,有时被带走年轻人,有时甚至是一个婴儿。

第四章 关于善良与贪婪的神话故事

马尔威和沙沃耶

一天，父亲吩咐女儿马尔威带着弟弟去田地里看护豆子，如果有猴子来摘豆子就把猴子赶走。

姐弟俩一直听话地守在那里，可是太阳都偏西了，母亲还没有给他们送饭。他们饿极了，就掘开田鼠洞抓到几只田鼠，生起火烤着吃了。后来觉得口渴，就到一个水塘喝水。那个水塘离豆地很远，当他们回来的时候，发现猴子已经把庄稼破坏得一塌糊涂。他们害怕父母斥责，马尔威说："我们跳水塘自杀吧。"弟弟不同意，认为父母或许会原谅他们，就说："回家藏起来听听他们说什么，如果他们不肯原谅我们，我们就去跳。"

于是，姐弟俩偷偷地回到家，从门缝偷偷地向里面张望。父母都坐在那里，好像很生气的样子，父亲问母亲："我们怎么惩罚这些没用的孩子？是揍一顿算了还是直接打死？"母亲说："还是打死吧，天天惹我生气。"

孩子们吓坏了，拔腿就往水塘跑去。马尔威一下子跳了进去，可弟弟却没有那么大的勇气，跑回去告诉父母："马尔威跳水塘里了。"他们立刻往外跑，好像原来说狠话的不是他们一样。一边跑一边喊："马尔威，回来吧！豆子没有了我们再种！"但是水塘还是平静如镜，连一丝涟漪都没有。母亲天天以泪洗面，父亲天天到水塘呼喊，可是他们的马尔威一直没有出现。

其实这个水塘是通往鬼国的入口，马尔威刚进入水塘就发现了。她踏上鬼国的土地，没走多远就看到一个茅舍，这里住着一个老婆婆和一群孩子。老婆婆叫她进去，告诉她可以住在这里。

第二天，她派人出去打柴，让马尔威也跟着去，可她又说："你不用干活，看着他们打柴就行了。"然而，马尔威是个勤劳的女孩，不肯看着别人干活自己去玩。后来又被派出去割草或干其他活儿，她也这样。那里的人不断地给她食物，可她总找借口拒绝。如果活人到死人国，吃了那里的东西就真的变成了死人，永远无法回到人类的世界，但是不吃的话也不会感觉饥饿。

就这样过了几年，她对这里的生活厌倦了，开始想念父母和弟弟。她对别的女孩子说："我想回家了。"伙伴们让她去向老婆婆告辞。老婆婆同意她回去，并且告诉她："这几年你帮我们干了不少活，又不肯接受我们的食物。现在你要走了，我送你一些礼物吧。"老婆婆把她带到两口锅旁：一口散发着氤氲的水汽，一口漂着细碎的冰碴。问她："你是要热的还是要冷的？"马尔威选择冷的。老婆婆让她把胳膊浸入冷水，当她抽出胳膊，上面已戴上闪光的镯子；接着又让她浸湿两只脚，脚踝上套上了漂亮的铜环；然后又给了她缀满珠子的皮裙，说："你未来的丈夫名叫沙沃耶，他将把你带回家。"

老太婆带她到水塘，然后升出水面，让她坐在岸边，告诉她沙沃耶会来接她。马尔威在鬼国生活的这段时间，大地上发生了严重的饥荒，好多人包括她的家人都不幸饿死了。有人看见了马尔威，马上跑到村里，说有个姑娘坐在水塘边，穿着华丽的衣服，佩戴着最漂亮的饰物，都是贫穷的乡下人买不起的东西，如果谁能娶了这个姑娘，那可真是人财两得呀！所以酋长领头，全村的人都去了水塘那儿。大家见到她都惊为天人，所以非常尊重地向她问候。酋长要求她嫁给自己，她拒绝了；其他人的请求也没有得到她的同意。最后有一个病恹恹的人来到马尔威面前，因为他得了一种称为沃耶的疾病，人们都叫他沙沃耶。周围的人取笑他："嘿，沙沃耶，你这个病夫也想抱得美人归吗？"可马尔威一听见他的名字就说："他就是我的丈夫。"于是，沙沃耶把她带回家。

婚后，沙沃耶变成了健康英俊的小伙子。他们还用老婆婆给的镯子换了一群好牛，买了村子里最好的房子。本来日子会过得幸福愉快的，可是有几个邻居因为妒忌沙沃耶娶到了美丽的妻子把他谋害了。但是马尔威又去了鬼国找到老婆婆求到了复活他的法术，因为害怕邻居的再次谋杀就把他藏在房子的里间。后来，有一群土匪来到村庄烧杀抢掠，还要把马尔威抢走当压寨夫人，沙沃耶从里间全副武装地走了出来，把他们全部杀死了。从此，再也没有人打扰他和马尔威的幸福生活了。

霍路莫路莫和利陶伦

很久很久以前，大地上出现了一个叫作霍路莫路莫的妖兽，庞大的身躯一眼望不到头。它几乎吞吃了所有的人，只有一个妇女因为躲在牛圈里幸免于难。

虽然当时并没有男子，那个妇女却奇怪地怀孕了。十个月后她生下一个儿子，孩子出生时颈项上就缠着一串符，母亲给他取名利陶伦。她不知道孩子能不能长大，也不知道如何让他避开霍路莫路莫。

她在夜晚出去了，一方面是去割野草，这些野草用来让孩子睡觉，同时也为自己找点吃的。她很快就回来了，进了窝棚吓了一跳：她的孩子已经从婴儿长成了大人。他开口问道："妈妈，怎么这里就我们娘俩，其他的人呢？"妈妈说："孩子，以前大地上有很多人，可是他们全被一个恶兽吞噬了。""这个恶兽在哪儿？""就在附近，小声点儿，他听见我们的声音就会过来把我们吃掉。"

但是，利陶伦却一无所惧，抓起长矛就去找霍路莫路莫了。

激烈的战斗中恶兽把他吞进肚里，但他在野兽肚子里面毫不气馁地用长矛刺霍路莫路莫的内脏，最终怪物死了。

当他试图用长矛从霍路莫路莫的肚子上捅出一个出口时，却刺中了囚禁在那里的人类。一个声音喊道："别向这边捅，你的长矛扎住我了！"他换了几个方向，都有人在那里。费了好大劲，总算找到一个没有人的地方挑开了个缺口。所有部落的人都从这个缺口出来了。

因为他救了所有的人类，人们一开始对他非常感激，给了他很高的荣誉，到处都是赞叹声。可是过了一段时间，有些人有了另外的想法："没有父亲怎么会有孩子？他一出生就变成了大人，没有经过成长的阶段，这是一个异类。谁知道他以后会不会变成另外一个怪物把我们吃掉？不如现在就把他给杀了！"

于是他们挖了一个坑，把利陶伦睡觉的席子铺在上面，企图让他睡觉时掉下去摔死。利陶伦准备去睡觉了，那些想谋杀他的人就站在旁边。席子刚一下沉，利陶伦就反应过来了，用脚一蹬坑壁就跳到了地上。那些想谋害他的人急忙冲上来想把他抓起来扔进去，却有好几个人不小心掉进坑里送了命，剩下的一哄而散。

剩下的人不死心，就想出了千奇百怪的谋杀方式。利陶伦很聪明，躲过了一次次的暗杀，甚至提前就识破了他们的阴谋。曾有人想把他推进大火里，反而自己被烧死了；有人施展魔法求天神下雹子打死他，但是暴风雨把他们的孩子淹死在田地里，跟孩子们在一起的利陶伦毫发无损；有一天，有些人抓住了机会把他逼到大河旁边，利陶伦就变成一块石头。谋杀者围了上来却找不到利陶伦的人影，气得直跳脚。有个人气急败坏地拿起一块石头扔到河对岸，说："如果抓住他，我就像扔石头这样摔死他！"可是，石头一落到对岸就变回了利陶伦，平静地站在那里看着他们。想谋害他的人们终于害怕了，转身就逃，一边跑一边吓得叽里呱啦地乱叫。

马塔莱·山席的故事

从前，有一个国王。他的王后给他生了六个儿子，他的王妃给他生了一个儿子，王妃生的是最小的儿子。

有一天，国王和他的七个儿子在花园里聊天，突然一只漂亮无比的鸟落在他们头上的树上，对着他们叫了一阵后又飞走了。国王很喜欢这只鸟，就对他的王子说道："孩子们，如果你们真的爱我，就去把这只鸟给我捉回来。"

七个王子都说："父亲，让我去吧。"父亲说："很好，你们都是好孩子。"可他又对最小的儿子说："你就不用去了，你太小了。"可是这个叫山苏迪尼的小王子还是坚持自己的意见，国王拗不过他，只好让他去了。国王给了每个王子一匹马、一些仆人和钱，他们就一起出发了。

出发不久，王后生的六个儿子就凑到一起咬起耳朵，说起了悄悄话。突然间，他们转身对山苏迪尼说道："把你的马、钱，还有你的奴仆都给我们。我们要杀了你。"山苏迪尼说："不用杀我，这些东西都给你们，我走着去就是了。"他跳下马，开始步行前进。一个哥哥说道："我们的父亲疯了，竟然把我们都派出去抓一只鸟。咱们不用再走了，让仆人在这里为我们盖房种地。"另外五个哥哥都同意了。他们开始建设自己的村庄，把父亲的愿望抛到了九霄云外。

山苏迪尼走啊走啊，两天后走入一片无边无际的森林，森林中间有一棵巨大的树。他走了过去，坐在两个大树根中间休息。不久从森林远处传来可怕的嘈杂声，接着走出来一个怪模怪样的精怪，快速地向他走来，愈来愈近。精怪瓮声瓮气地问他："小孩，你从哪里来？你又要到哪里去？"山苏迪尼说："我不知道到哪里去，也不知道从哪里来。""那你跑这么远干吗呢？你还不够我吃一顿呢！"精怪有点失落地说。小王子郑重其事地回答："我还真不够你吃。"精怪说："既然你的肉不够我吃，那我就用你的血漱漱嘴，再用你的骨头剔剔牙，然后去森林里抓两头大象吃。"

王子说："上帝让你怎么干就怎么干吧。我没有什么可以坚持的，只有上帝和他的先知才能发号施令。我们的父王在花园里看到一只鸟，就让我们兄弟出来抓它。我们兄弟七个一起出来的，我是老七。但是没等我们找到那只鸟，六个哥哥就抓住我，要把我杀掉。我告诉他们，如果他们留我一条生路，我所有的财物都给他们。现在我来到了这里，除了一条命一无所有，至于这条命能不能保住，那就看上帝的愿望了。"

精怪说："你要想保住你的性命，就必须给我找到吃的东西。"山苏迪尼问精怪，一个孩子怎么能给他找到吃的呢？连可以飞很远的强大精怪也找不到填饱肚子的肉，他又能从哪里弄到吃的呢？精怪说："你要是不能给我找到食物，那我就只有吃你了。"山苏迪尼就拿出他的书开始读，背诵他所知道的祈祷词。他抬起头，发现前面出现了四十口大锅，每口锅里有二百磅精美的食物。精怪马上开吃，一口气把四十锅饭吃得干干净净，中间连停都没停。

吃完饭，精怪说道："好了，现在我吃饱了，心情也很好。咱们讨论一下后面我们要做什么吧。你刚才说你在找什么？"山苏迪尼说："一种鸟，看上去像金子和珍珠贝一样漂亮的鸟。"精怪说："我知道它在哪里，可那里很远很远。"

他带着王子像风一样快的走了三天，然后来到一座城市。精怪说："到宫殿去，那只鸟就在宫殿里，还有另外两只。记住，谈话的人其实是睡着的，默不作声的人都是醒着的。"

小王子走过去，进了宫殿，发现那儿有许多精怪，吵吵嚷嚷地乱成一片。他看见了那只鸟在笼子里装着，正想拿走笼子，精怪们发现了他，把他抓了起来，乱哄哄地争论着对他的处理意见。有的说："我们把他捉住当早饭吃。"还有的说："我们把他立为我们的国王。"但最后还是把他送到他们的大王那里。精怪的大王问他要这只鸟干什么，山苏迪尼把来龙去脉一五一十地讲了一遍。大王说："你去把雷剑给我带来。如果你办得到，我可以给你这只鸟，甚至三只鸟全都给你。"山苏迪尼站起来说道："上帝会帮我的。"他回去找到精怪，精怪问他是否拿到了那只鸟。他说："没有，大王让我用雷剑换。你知道雷剑在哪里吗？"精怪说："知道。但是我现在饿了，必须先弄点东西吃，然后我们就去找雷剑。"山苏迪尼又拿出书开始读祈祷词，果然又出现了四十锅饭。精怪立刻开始吃，山苏迪尼也吃了一点。随后他们又开始了新的旅程。

三天之后，他们到达另一个城。精怪说："到宫殿去，剑就在那里。"山苏迪尼照办。宫殿里和鸟城一样有许多精怪，那把剑同另外两把剑挂在墙上。他刚要从钩子上取下那把剑，宫殿里的精怪抓住了他。有的要马上吃掉他，但最后还是把他送到他们的大王那里。大王问他要剑干什么，他把他的经历告诉他们。大王说："我可以给你这把雷剑，甚至还可以给你另外两把，但我有个条件！你把黎明公主给我带来。"山苏迪尼回到精怪那里，精怪一直在城外平原上等他，问："雷剑呢？"王子说："大王让我先找到黎明公主。你知道她在哪里吗？"精怪说："知道。可是你得先给我东西吃，然后我才能带你去。"山苏迪尼坐下来，拿出他的书，诵读所有的祷词。果然又出现四十锅饭。王子吃了几小口，其余的被精怪吃了个精光。

吃完饭，他们又出发了，不一会儿他们就到达了海岸。精怪拔出一些大树，用这些树造了一艘大船。他们上了船,向黎明公主的城里驶去,她的父亲就是这个城的国王。

精怪说:"现在我们必须非常小心,谨慎行事。你进城时化装成一个有经验的医生,告诉城里的人你有生死人肉白骨的医术。一般的病人你用我给你的药治疗,等到国王让你给他女儿马塔莱·山席公主治病的时候,你就说给姑娘治病的药不能在大陆上用,只能在海上用。这女孩一上船我们就走。"

山苏迪尼就打扮成一个医生到宫廷去。他对国王说,他了解许多药和许多奇异的治病方法,可以起死回生。国王说:"给我、我的妻妾,还有我的子女配些药吧!"山苏迪尼回到船上让精怪准备他的魔药。接着,他把配制好的药带到宫殿里的人面前。当美丽的黎明公主被带到他面前时,他爱上了她。可是他却说:"哎呀,这姑娘的病太奇怪了,在这儿没法治,只能在我的船上才能给她治好。"国王说:"可以。明天就让她过去。"山苏迪尼回到船上,对精怪说:"明天公主要上我们的船。"精怪说:"好。我随时准备开船。"国王吩咐他的女儿:"明天你到有魔法的医生的船上去,他有起死回生之术。只带一个女仆去。"她说:"好的,父亲。"

第二天早晨,当她到达的时候,王子就邀请她进入船舱,向她展示他的许多假药。与此同时,精怪偷偷地起了锚,船悄无声息地离了岸。黎明公主兴致勃勃地同王子交谈,没有注意到他们已经到了大海上,直至夜幕降下,他们才停住。她问:"这是哪里?我要回家。"王子回答:"不用怕,美丽的公主,上帝把你送到了我的身边,我们先回到我家,在那里住一段时间后就送你回到你父亲身边。"

黎明公主的父亲在得知船和他的女儿已经失踪之后,气得暴跳如雷,一切理智都消失了,因为他太爱他的女儿了。他下令让他的整个舰队追赶那位冒牌医生的船。所有的船只都开动起来去搜寻,可是在茫茫的大海上想要找到一条船实在是太困难了,搜寻了几天以后就无功而返。国王为失去的女儿哭了好多天,最后他只有祈求上帝的保佑,病倒在床。

山苏迪尼、马塔莱·山席公主和精怪回到了雷剑王的城。王子对精怪说："现在，我的朋友，给我指点一下。我们要如何做才能既得到宝剑而不送掉这位公主？我发现我已经爱上她了。"已经成为他的朋友的精怪说："只有一种办法可行：用女仆冒充公主送给雷剑王。"山苏迪尼走到马塔莱·山席公主面前，说："我需要把你的女仆代替你送给雷剑王。"公主说："可以，我们听从你的安排。"王子带走了女仆，给她梳妆打扮，穿上公主的衣服，戴上公主的首饰，看上去就像个真正的公主那样。精怪又用他的魔法力量改变了女仆的气质和身材。王子把女仆带到雷剑王那里，说："这就是马塔莱·山席公主。现在我可以拿走这把雷剑吗？"雷剑王喜出望外，说："当然，那两把也可以给你。"王子并不贪心，只拿一把就走了。

他们又回到了金鸟王的城。王子对他的朋友精怪说："现在我们怎么办？我们必须想出个办法——既能得到鸟又能不交出剑。"精怪说："交给我了，大事小事我都能做得完美无缺。"他们在城外搭起帐篷。精怪说："你去给我砍一根树枝，我们用它造个剑。"王子找到一个木棍，精怪照着雷剑的样子把它刻成一把木剑，又涂上有魔法的药，把木头变成铁。接着，他说："把这个拿到金鸟王那里，说：'这是雷剑，现在拿宝鸟来交换吧。'"王子照办了。金鸟王得到雷剑喜不自胜。他说："这三只鸟你都拿走吧。"然而，王子仅仅拿走一只鸟。

他们拆了帐篷，开始向王子的国家走去。眼看就要到了山苏迪尼的六个哥哥的住地附近，精怪说："天下没有不散的筵席，我们在这里相识，也就在这里分别吧。小心点，你的哥哥们对你不怀好意。以防万一，我把我的一根羽毛给你，你要好好地保存。如果有什么不幸的事情落到你的头上，或者说，如果遇到了危险，你就把羽毛放进火里，我马上就能来到你的身边。"山苏迪尼收好羽毛，向他的朋友、伟大的精怪告别。精怪一下子消失得无影无踪。

王子带着公主、金鸟和雷剑，继续赶路，终于到了他的六个哥哥安家落户的地方。他们正在那里耕种田地。山苏迪尼很有礼貌地向他的哥哥们问候。他们问他带来的那个姑娘叫什么名字，他没有告诉他们。他说："她是在路上遇到的。咱们现在一起回去吧，这就是父亲要的那只鸟，我把这只鸟给他。"哥哥们同意了他的意见，然后他们都去睡觉了。可是到了半夜的时候，六个哥哥掐住了山苏迪尼的脖子，直至他失去知觉。他们把他扔到外面，带走了弟弟的一切，包括公主、金鸟和雷剑。他们回去了，到达了他们父亲的宫殿。

当父亲看到儿子们带着他希望得到的鸟回来时，高兴得不得了。但是他问他们："你们的小弟弟山苏迪尼在哪里？"他们说："啊，他自己走了。"国王听了这个很生气，就把他的王妃，也就是山苏迪尼的母亲赶了出去，因为她生的儿子不听他父亲的话。母亲不得不住在荒野中的一个小草棚里。接着，国王又问他的儿子们："这位漂亮的姑娘是谁？"他们说："我们也不知道。我们是在路上发现她的，当时她还带着这把剑。"黎明公主什么话也没说，只是坐在那里，看上去有点悲伤、沮丧的样子，什么也不吃，什么也不喝。这些兄弟也不知道公主为什么不高兴，认为她可能是想家了。后来老大决定同她结婚，就开始为婚礼做准备。

早晨，冰凉的晨露打湿了山苏迪尼的头发，他苏醒了过来。他生了一堆火，拿出羽毛投进火里。精怪出现了，问："我的朋友，出什么事了？"山苏迪尼诉说了他的遭遇，精怪说："不用担心，现在我把你送到你父亲那里。"他们启程了，像风一样快。

精怪把山苏迪尼送到国王的大厅里。六个哥哥、大臣和显贵都在那里，正在准备婚礼大典。山苏迪尼向他的父亲行礼，问安，并且把离开父亲后的所有经历告诉了大家。当他喊马塔莱·山席时，她朝他跑了过来，讲出了自己和王子分开后的第一句话，她对国王说："他是我的王子。"从大厅里也传出精怪瓮声瓮气的话语声："这是真的。"国王命令他的刽子手把他的六个邪恶儿子一个个地都装进袋子缝住，扔进了大海。山苏迪尼的母亲被请回宫，国王给了她很大的荣誉，和儿子一样体面、荣耀。

山苏迪尼同黎明公主马塔莱·山席结婚了，婚礼一连延续许多天。仪式过后，他们上了船，驶向马塔莱·山席的父亲的城。老国王看到女儿活着回来了，还成了英俊王子的妻子，不由得欣喜万分。他对山苏迪尼说："你原来带走了我的女儿，让我的生活失去了阳光。可现在你做了好事，你把她带回来了。"他命令他的仆人再举行一次宴会，持续了好多天。

南瓜妖怪

从前有一个男孩，他唱歌唱得很好，经常在河边一面走一面唱。这天傍晚，他在野外被一个妖怪抓住了，接着被塞进一个圆木桶里。

妖怪就带着装有孩子的圆木桶到处巡游，从这个村庄到那个村庄。在他进村子的时候，他总是先变成人的模样，再化装成一个职业歌手。接着他就在人群密集的地方告诉大家："我有一个孩子，唱歌唱得好极了，天上的飞鸟听到他的声音都会停下来。你们想听吗？想听就要给我米饭和鸡肉。"有些好奇的人会说："先唱支歌听听是不是真的像你说的那样。"妖怪就开始威胁孩子唱歌，人们被孩子的歌声所吸引，都会送给妖怪很多食物。不过妖怪总是把人们给的食物狼吞虎咽地吃个精光，因为妖怪们总是觉得饿。

有一天，这个妖怪到了孩子老家所在的村庄。那里的人们一听到歌声，就相互使眼色说道："这是我们失踪的那个孩子。"于是，他们给这个妖怪拿来很多啤酒，妖怪很高兴，觉得这个地方的人们真是太热情了，妖怪一直喝，最后喝醉了倒在地上睡了起来。村民们打开了木桶让孩子出来，又把一些蜜蜂和一条毒蛇放进鼓里。他们做完这一切后叫醒了妖怪，说："醒醒，该唱歌了！"妖怪拿起他的鼓敲了一下，没有人唱歌；又敲了一下，还是没有人唱歌。他急了，就"嘭嘭嘭"连敲了几下，但就是没有人唱歌。人们开始嘲笑他是个骗子，他没有办法，只好狼狈地出了村子。

他走到偏僻的地方，看看周围没有人，就趁机打开了木桶想看看究竟是怎么回事。木桶刚开了个缝，蜜蜂就飞了出来，蛰得他浑身是疙瘩，他手忙脚乱地驱赶蜜蜂，没看见那条毒蛇从鼓中滑了出来，在他脚上咬了一口。妖怪死了，变成一个南瓜秧，结了许多又大又圆的南瓜。

有一天，村里的孩子们跑到这里玩耍，发现了这些南瓜，他们就想把南瓜砍下来带回家。可是有一个南瓜朝他们滚来，像个公牛一样"哞哞"地叫着驱赶他们。孩子们惊慌失措地逃回了村子，南瓜滚动着紧紧跟在他们后面。这时大人们正围着火堆坐着聊天，看见这个南瓜在追赶孩子，便毫不犹豫地把它投进火里。这个南瓜妖怪在火海中发出痛苦的悲鸣，不久就变成了灰烬。

第五章 席姆温都的神话传说

大水蛇要向伊扬古拉求婚

很久很久以前，有个名叫席姆温都的酋长，他有个姐姐名叫伊扬古拉。

这位酋长在伊辛比国建了一个村子，名叫图邦都，这个村子很大，足足有七个城门供人们进出。

席姆温都的村子外面有一条河，河的上游有个水塘，大水蛇穆吉提就住在水塘里，他掌握着很多秘密。穆吉提听说，在下游有个酋长，酋长有个名叫伊扬古拉的姐姐，她漂亮极了，就像带着露珠的玫瑰花，国色天香，倾国倾城。穆吉提决定去向她求婚。

水蛇穆吉提到达图邦都的时候已是黄昏时分，席姆温都安排他住进客房并共进晚餐。穆吉提对席姆温都说："我来这里是想向你的姐姐伊扬古拉求婚的。"席姆温都给穆吉提一只黑山羊作为食物，对穆吉提说："明天我再给你答复。"穆吉提说："好吧，我等着你的好消息。"

夜去昼来。第二天早上，穆吉提打扮得风度翩翩地去见席姆温都。他手臂和腿上戴着一束束的酒椰叶子，腰间系着大羚羊皮带，头上有个大铜盘，里面有豹子的胡须和大象的尾巴尖。席姆温都和伊扬古拉也都穿戴上了他们最好的衣服和饰品。

穆吉提和席姆温都见面了，穆吉提说："我觉得很奇怪，自从我到这里，还没有见过伊扬古拉呢。"听了这番话，席姆温都便召集来了他所有的参事和贵族商量这件事。席姆温都说："穆吉提想要见见我的姐姐，你们有什么意见？"参事和贵族们的看法是一致的："让他先见见伊扬古拉有益无害。"

他们把伊扬古拉带到了穆吉提面前。穆吉提看到伊扬古拉艳光四射明媚动人的模样，暗暗地告诉自己："这就是我想要娶的妻子，她就像恩采比树那样美丽，那么迷人。"伊扬古拉今天打扮得确实漂亮，穿着两块树皮衣，而且染过红粉，身上还抹了姆比亚油。穆吉提和伊扬古拉见面之后都被对方深深吸引。按礼节相互问候之后，伊扬古拉对穆吉提说："你真的爱我吗，穆吉提？"穆吉提告诉她："你怎么能这样说呢？我的爱人。你看我高兴得都想要跳舞了，我的身体激动得像酒椰幼树一样颤抖，我的脸上挂满了笑容。"

看到穆吉提和伊扬古拉深情相视，席姆温都的参事和贵族说："穆吉提，我们对你的话深感满意。现在你要去给我们拿来一些财宝和有纪念意义的物品，不管多少，必须要给我们弄来。"听到这些人隐晦地答应了他的求亲，穆吉提心里非常高兴，就启程回家了。

穆吉提一到家就把他的亲人集合起来，告诉他们他求婚成功了，不过女方要他拿出大量值钱的东西作为彩礼，有九千头牛那么多。还要一头白山羊、一头泛红的山羊和一头黑山羊，一头用作祭祀，一头给母亲，一头给年轻人。他的亲人听了之后都拍手称赞，认为应该付出这些东西，姑娘的价值可比这点东西大多了。

经过七天时间的努力，聘礼全部准备齐全。一大早穆吉提带着随从和这些聘礼出发了。晚上，他来到班尼雅纳人的村子里过夜。班尼雅纳人给他一头公山羊作为食物，穆吉提和随行人员在他们的村子里过了一夜。早上穆吉提起来告别了主人继续赶路。傍晚他们走进巴纳米坦迪人的村子，巴纳米坦迪人是蜘蛛的亲戚，也是英雄的助手。他们也给穆吉提一头山羊作为食物，穆吉提在那里过了一夜。

翌日一早他们就离开这个村子继续赶路。到了下午他们终于来到伊扬古拉所在的村子图邦都，席姆温都安排了一间客房让他们休息。

第二天早上正好是一个假日，席姆温都把他的亲人和族中的长者都请到家里观礼。不久穆吉提就带着聘礼上门了，把聘礼一一放在席姆温都的面前。村里的长者非常高兴，对他说："很好，你是个男子汉———一个不会被困难压倒、无所畏惧、勇猛忠诚的男子汉。"他们收下了彩礼，随后席姆温都让穆吉提先自己回去，这边将会把他的妻子送过去。穆吉提听了说："这样做当然很好。我要是说有不满意的地方，那我就是骗人。"

他回到家后就召集手下准备大量精美的食物，用来招待即将到来的客人。

席姆温都在穆吉提离开一天之后才带着伊扬古拉动身。如果路面上有泥水或者不干净的东西，侍从们就抬着伊扬古拉过去，不让她的脚沾染上这些东西。席姆温都他们来到了穆吉提家里，穆吉提把他们引到客房，请他们坐下，接着抓住一只公鸡熬汤来"清扫牙齿"。在客房里，长者们让伊扬古拉坐在凳子上，表示这是一场隆重的婚礼。

伊扬古拉坐下后，就拿出在娘家早饭吃剩的香蕉糕分给穆吉提吃。他们一边吃，旁边还给他们准备着更多的香蕉糕和芋头叶。这些东西准备好以后，长者们让穆吉提也坐在伊扬古拉旁边的一条凳子上，把香蕉糕放在他们中间。长者们吩咐伊扬古拉用右手抓香蕉糕，再让穆吉提把香蕉糕和羊肉放到一起。伊扬古拉从盘子里取一片香蕉糕，放到丈夫嘴里，她丈夫也取一片香蕉糕放进妻子嘴里。在丈夫和妻子完成吃香蕉糕的仪式之后，长者们把一头健壮的小公牛送给席姆温都一行作为食物。

他们吃了小公牛之后，席姆温都对穆吉提说："不要让你的妻子挨饿，也不要让她吃苦。"说了这些，第二天一大早他们就动身回去了。他们出发的时候穆吉提给他们每个人都包了红包，还带着新婚的妻子把他们送到河边。送亲的人——

包括他们的酋长席姆温都——都为穆吉提的慷慨大方而高兴。

送亲的人走后,穆吉提在河边宣布说:"我在这里发布一个禁令:所有从下游往上游去的人只能走顺着河的这条大路,不能在河里逆流而上,否则就地处死。马卡的人、比如如姆巴的人、安科摩的人、图布沙的人,还有姆厌古的人,你们这些家族都要牢记。"有一个叫卡西亚比的头人和他住在一个村子,所以穆吉提又专门交代卡西亚比:"为了保证这一点,你必须同我的妻子伊扬古拉一样住在水塘边缘,而我穆吉提则住在干树叶集中的地方,这个禁令立刻生效,永远不会撤销。另外,水塘周围所有倒下的大树都堆到水塘中央,建成一个水坝。"

第一个男孩姆温都

席姆温都成为酋长的时候,娶了七个妻子。在成亲的当天晚上,他把他所有的亲人——不论是男女老少,官员还是平民——还有参事们都召集过来。人们集合起来以后,席姆温都就在他们中间坐了下来,他告诉七个妻子:"我的妻子们,以后我们只能留下女孩,要是生下男孩,我就杀掉孩子。"

人多了就分出了高低贵贱,在七个妻子当中,有一个最得宠,也有一个最受轻视。最受轻视的妻子住在垃圾堆旁,其他妻子住在村子中央开阔的地方。过了一些日子,七个妻子都怀了孩子。

因为崇高的地位和高尚的品德,席姆温都不仅在图邦都大名鼎鼎,在全国也是闻名遐迩。一年过去了,他的六个妻子都已经生了,全部都是女孩。只有他最宠爱的第七个妻子仍然没有分娩。这位最得宠的妻子为此极为苦恼,便抱怨说:"怎么会这样!现在就剩下我没生了。我是和她们同时怀孕的呀,她们都生了,可我还带着这个累赘。我这肚子里究竟是个什么怪物呀?"

她痛苦地思索着这一切。这天她打算出去捡些柴,刚到门口就发现这里有捆柴禾,还以为是丈夫派人给她送来的。她不知道这是她肚子里的孩子刚刚弄来的。过了一段时间,这位得宠的妻子在屋子里发现一瓮水;又过了一段时间,她在屋子里发现一堆生菜。这时她开始怀疑这些东西的来历了。当然，这些都是她肚子里的孩子做的。

村子里的居民看到这位得宠的妻子怀孕却一直不生，便开始背地里议论她："这个女人不会是假怀孕吧？"住在母亲肚子里的那个孩子听到了这些流言，觉得自己必须要出世了。

后来这位妻子开始阵痛，年老的助产婆、参事们的妻子都来了。那孩子从母亲的子宫里朝着肚子爬，顺着她的身体游走，最后从她的腰部出来。她们看到这个自己爬出来在地上走来走去的孩子都很惊讶，指着他说："这个孩子太奇怪了！"有一个老助产婆看到他是个男孩，很是担忧，就想告诉外面的人，其他助产婆都不同意，说："不要说这孩子是个男孩，席姆温都知道后会杀死他的。"席姆温都和参事们坐在一起在外面等待，他大声问："生的女孩还是男孩？"坐在屋里的妇女们都闭着嘴一声不吭。后来，助产婆们给他起个名字叫姆温都，意思是"第一个出生的男孩"，因为在他之前这个家庭还没有生过男孩子。

那天在生孩子的房间里，有一只蟋蟀趴在墙上。见产婆没有回答席姆温都的问题，蟋蟀就离开产房向席姆温都报告："酋长，你妻子给你生了个男孩。她们叫他姆温都，第一个男孩的意思，因此在茅舍中的人不敢回答你。"席姆温都听说宠妻给他生了个男孩怒火中烧，立即拿起锋利的长矛向产房走去。就在他准备把长矛投向产房的时候，那孩子在里面开始说话了："房子的精灵保佑，长矛只能击中柱子，既不落在老助产婆坐的地方，也不落在母亲所在的地方。"席姆温都向这个屋子投掷了六次长矛，可每次都只能击中柱子。屋里的妇女见到这种情形吓得都从产房里跑了出来，一边跑还一边祈祷上帝不要让她们死在那个地方。

席姆温都怒不可遏却又无计可施，他用长矛根本杀不了姆温都。于是他对参事们说："挖个坑把姆温都活埋了！"参事们听到酋长这个荒唐的命令，不但没有劝谏，反而找人去挖墓穴。他们挖好墓穴，就把姆温都抓了出来，把他拎到墓穴扔了进去。姆温都在墓穴里哭叫起来："啊，我的父亲，你不得好死。"席姆温都听见儿子的咒骂，就对他的手下破口大骂，让他们立刻填上墓穴。人们按照习惯把芭蕉树和香蕉树的树干放到墓穴上面，然后又堆上厚厚的土。大家都不知道，姆温都生下来时右手握着康加节杖——用水牛尾巴做成的象征王权的权杖；左手拿着一把斧子；背上斜挎着一个装有卡侯博精灵的小袋子，里面还有一条长魔绳。最惊人的是，姆温都落地就能笑能说，而且见风就长，已经成了一个大孩子。

这一天快要结束了，那些坐在户外乘凉的人们发现，姆温都被抛弃的地方有光发出来，仿佛里面有个太阳一样。他们立刻告诉了村里其他的人，大家都跑到墓穴这里看是怎么回事。他们看到墓穴在发光，但无法靠近，因为墓穴同时还散发出大量的热，像火一样炙烤着他们的身体。到了夜间，光和热都慢慢地消失了，村民们也都回家了。

在大家入睡之后，姆温都从墓穴里出来，偷偷地溜进他母亲的屋子。见到母亲，他开始伤心地哭了。席姆温都在他房间里听见那孩子在宠妻屋里哭，十分惊讶，说："怎么又有一个孩子在那屋里哭，莫非她又生了一个？这是从来没见过的事。"但是白天发生的事他还余悸在心，拿不定主意是否去看看，甚至都不确定自己敢不敢去，心里难受极了。最后席姆温都终于鼓足了勇气，起来默默地朝宠妻的屋子走去。他从敞开的门向里偷看，看到了正躺在地上睡觉的孩子。他进去问他的妻子，"这孩子从哪里来的？莫非你怀的是双胞胎，又生了一个？"他妻子回答他："这是姆温都。"姆温都这时坐了起来，静静地盯着他的父亲。席姆温都看着这诡异的一幕，嘴唇哆嗦着想要说些什么，但最终一个字都没说就转身离开了这间屋子。

他去了参事们的家，把他们叫醒后说："姆温都又回来了，这是我亲眼看到的。真是骇人听闻啊！"他命令他们："明天一大早，你们就去砍下一段树干，再把它雕成一个鼓的壳子，然后把羚羊皮放到水里泡软。"

天亮了，居民们呼朋唤友地聚到了姆温都母亲房子的外面，他们都想亲眼看看这个神奇的小家伙，热烈的目光几乎要将他给融化了。参事们也来了，看他真的回来了，就到森林里去砍木头。他们带回了一段木桩，又用工具把它掏空做成了鼓壳。做完了这一切，他们就去抓姆温都，把他放进鼓壳里面。姆温都说："我父亲这次太过分了，为什么就不给我这个小孩子一条生路？"有人又去拿来泡软的羚羊皮，把鼓壳的两段牢固地封上。

　　席姆温都在一旁默默地看着，等儿子被封到鼓里后他告诉人们，他需要两个潜水员把这只鼓扔进水潭里。他们不久就找到了潜水员，然后他们就举起鼓离开了村子。

　　潜水员带着鼓游到了水潭的中央，大声问道："把他丢到这里可以吗？"岸边的人回答："可以。把鼓扔进去，如果他再回来就和你们没关系了。"两个潜水员把鼓丢进水潭中央最深的地方，鼓沉下去了，水面上形成了一个小小的旋涡。

　　席姆温都对两个潜水员很满意，说："干得不错！"还奖给他们每人一个姑娘。

　　那天，在姆温都被扔进水潭不久，滂沱大雨开了闸门似的泻下来，天地好像都连在了一起。倾盆大雨一连下了七天，给图邦都人民的生活带来了很大的影响。

　　席姆温都把姆温都扔掉以后就回到了村里，警告他的宠妻尼亚姆温都："不要为那个怪物流泪哭泣。你要是哭，我就把你也扔到水潭去。"从那天起，姆温都的母亲尼亚姆温都在家里的地位一落千丈，变成了一个受鄙视的人。尼亚姆温都思念着自己的儿子，可是她不能哭，只能不停地小声啜泣，但是一滴眼泪也不敢流出来。

　　封着姆温都的鼓躺在水底的沙上，他在鼓里叫喊着，用力撞击鼓的一边。他聚精会神地分辨着鼓发出的声音，以了解外部的环境，他说："我不能让水流把我冲走，我必须提醒把我扔掉的那些人——包括我父亲——扔掉我的后果是什么，否则我不会离开的。我必须要告诉他们，如果不这样做我就不是姆温都了。"他让鼓升到水潭中心的水面上静止不动,既不顺流而下,也不逆流而上。

七天后,从图邦都来了一群打水的姑娘,她们一到河边就看见水面上有个鼓在那儿转来转去。她们议论纷纷:"姐妹们,我们是碰见鬼了吗?你看!那不是封着姆温都扔进水潭的鼓吗?"鼓里的姆温都告诉自己:"现在我要告诉姑娘们我的想法,让她们把这个消息带给我父亲。"

姑娘们开始打水了,她们一边打水一边还是注意着那面鼓的动静。忽然从鼓里面传来一阵优美的歌声:

"我在向席姆温都说再见,

我在和席姆温都做告别,

我将要死去,啊比拉!

我狠毒的父亲把我封进鼓里!

我将要死去,姆温都!

参事们会背叛席姆温都;

参事们也将变成枯骨。

席姆温都的参事们,

席姆温都的参事们,

他们的计划已经破产;

我狠毒的父亲,狠毒的席姆温都,

我狠毒的父亲把我封进鼓里!

姆温都还活着,我就不死。

姆温都将要去找伊扬古拉姑母,

姆温都将要去找伊扬古拉姑母,

席姆温都的姐姐伊扬古拉。"

姑娘们听见姆温都的歌声都吓坏了,她们赶快爬上岸跌跌撞撞地跑回村子,水瓮都扔了。男人们看见她们慌慌张张地从河边跑回来，以为姑娘们碰上了水兽，就立刻拿起武器冲了过来。姑娘们看见有人来了，就告诉他们："别去那里！我们遇到一件怪事，你们扔进水潭里的鼓漂起来了，它还说：'席姆温都的参事们，参事们的计划破产了，参事们要变成枯骨。'"席姆温都听了以后，根本就不敢相信："什么？那个扔进潭水深处的鼓又出现在了水面？"姑娘们保证她们说的都是真的："姆温都还活着。"席姆温都没法不信了，就集合起部下，拿着长矛、箭和火把到河边去。整个村子的人也都跟着去了。

姆温都看见姑娘们从河边往村子跑了，就不再唱歌，自言自语道："等姑娘们把村里人喊来了再唱吧。"村里所有的人——不管是青壮男女还是老弱妇孺——都到了河边，凝视着在潭水中央载沉载浮的鼓。姆温都看见他们来了，又开始唱歌：

"我在向席姆温都说再见，

我将要死去，啊比拉！

参事们将背叛席姆温都；

参事们将变成枯骨。

死去的，活着的，

都会见到伊扬古拉姑母。"

姆温都唱完后，就向他父亲和席姆温都的所有人告别。鼓沉进潭里，带起了一个旋涡。

席姆温都和村子里的人在岸上看到这一切困惑极了，他们不知道该如何应对这种事情。他们摇了摇头，说："太可怕了！将来肯定会发生不可思议的事。"村民们也议论纷纷，但也理不出什么头绪，只好三五成伴地回了村子。

姆温都直奔上流，他要去找他的姑母伊扬古拉。他在水中唱道：

"蒙盖鱼，不要挡我的路！

伊库库西鱼，难道要我给你让路？

同姆温都相比,你不值一提,

我是生来会走的姆温都。

去见伊扬古拉姑母。

卡布莎鱼,难道要我给你让路?

同姆温都相比,你孤苦无助。

我是生来会走的姆温都。

坎塔鱼,不要挡我的路!

同姆温相比,你不值一提。

我要去见伊扬古拉姑母。

穆塔卡鱼,难道要我给你让路?

同姆温都相比,你孤苦无助!

我要去见伊扬古拉姑母。

吉图鲁鱼,难道要我给你让路?

你看,我要去见伊扬古拉姑母。

螃蟹,难道要我给你让路?

同姆温都相比,你不值一提!

瞧,我要去见伊扬古拉姑母。

席姆温都的姐姐伊扬古拉。

尼亚如意鱼,难道要我给你让路?

我是生来会走的姆温都。

我要去见伊扬古拉姑母,

席姆温都的姐姐伊扬古拉。

凯约鱼,难道要我给你让路?

瞧!同姆温都相比,你不值一提。

我是生来会走的姆温都。

谁敢阻挡我，他就死无葬身之地。"

姆温都每遇到一个水生动物，就告诉那动物他要去见他的姑母伊扬古拉，不要挡他的路，因为它根本打不过自己。姆温都在凯约鱼那里过了一夜。第二天早晨，他一睡醒就又继续上路。他又唱道：

"恩祖卡鱼，难道要我给你让路？

我要去见伊扬古拉姑母。

你明白，同姆温都相比，你不值一提。

我是生来会走的姆温都。

吉如昂巴鱼，难道要我给你让路？

我要去见伊扬古拉姑母。

你明白，同姆温都相比，你不值一提。

我是生来会走的姆温都。

穆绍瓦鱼，难道要我给你让路？

我要去见伊扬古拉姑母。

你明白，同姆温都相比，你不值一提。

我是生来会走的姆温都。"

姆温都与穆吉提相遇

在接近穆吉提村子的时候,姆温都遇到了一个水坝,这里由穆苏卡看守。穆苏卡是穆吉提的小妹妹,很早以前就离开穆吉提到下游住了。姆温都见到了穆苏卡,就唱道:

"穆苏卡,难道要我给你让路?

我要去见伊扬古拉。

和姆温都相比,你不值一提,

我是生来会走的姆温都。"

穆苏卡看见了姆温都,就派人告诉穆吉提,说有一个人在她那里,想要去见伊扬古拉。穆吉提得知后告诉穆苏卡:"拦住他,不能让他过去。你不知道我把你安置在那里的原因吗?"于是穆苏卡挡住了姆温都前进的道路——穆苏卡不知道他是伊扬古拉的侄子,告诉他:"穆吉提不让你过去。我在这里建了一个水坝,你过不去的。你如果能够通过,那就证明你是个男子汉。"姆温都轻声回答:"我是姆温都,想走哪里就走哪里。我就从你设置障碍的地方过去。"姆温都说完就潜入水底,在水坝下面挖了一个洞,再次向上游出发。

姆温都就这样通过了穆苏卡的封锁,他骄傲地说道:"我已经过来了,我是生下来就会走的姆温都，没有人能够阻挡我的脚步。"穆苏卡看见他在水坝上游出现很是惊讶，摸了摸下巴说："这个好汉是怎么过去的？如果是在我上面穿过的话，我应该会看到他的影子；如果从我下面穿过的话，我应该会听到他的脚步声。"穆苏卡试图追上去拉住他，说如果他过去了穆吉提会骂她的，但是她已经追不上了。

姆温都继续他的行程，他还是边走边唱：

"在穆吉提那里，在马里巴的住处，

穆吉提，你还不赶紧让开道路？

我要去见我的伊扬古拉姑姑，

伊扬古拉，就是席姆温都的姐姐。

同姆温都相比，穆吉提不值一提。

我是生来会走的姆温都。"

穆吉提在他的住处听到了歌声，就问是谁在谈论他的妻子。他一翻身就地动山摇，整个水潭都激起了波浪。姆温都说道："看来这次真的要好好认识认识了。我姆温都从来就不怕娇生惯养、爱说大话、好发脾气的人。这样的人算不了什么，我不担心他，我对付得了他。"

姆温都精神抖擞地走到大水蛇穆吉提盘成一团的地方。穆吉提看见了他，就说道："你这家伙竟然能来到这，真是出乎意料啊！你是谁？"姆温都认真地说："我是姆温都，生来会走的孩子，伊扬古拉的侄子。"穆吉提问："你来做什么？"姆温都回答说他要见姑母伊扬古拉。穆吉提听了以后，对姆温都说道："你说谎。没有人能越过这些木头和枯叶，你怎么可能穿过这个禁区？"

当穆吉提和姆温都大声争论的时候，一个打水的姑娘（因为水井在穆吉提这里）听见姆温都说伊扬古拉是他的姑母，就赶快跑去告诉伊扬古拉："你丈夫穆吉提那里来了一个小孩，他说穆吉提应该让他过去，他是姆温都，伊扬古拉的侄子。"

伊扬古拉说:"应该是我的侄子,我过去看看。"伊扬古拉爬上斜坡,往水井那里走去。她向河里看去,希望能够看到那个自称是自己侄子的孩子。姆温都一看到伊扬古拉就唱道:

"姆温都受了很多苦。

姆温都快要没命了。"

伊扬古拉开始从斜坡向下走,姆温都望着他姑母来的方向,继续唱:

"伊扬古拉姑母,

穆吉提封锁了我的道路。

我要去见伊扬古拉姑母,

我要和伊扬古拉在一起,

伊扬古拉是席姆温都的姐姐。

穆吉提,你怎么还不让开路?

我要去见伊扬古拉姑母,

伊扬古拉是席姆温都的姐姐。

穆吉提,我的长辈,你怎么还不让开路?

同姆温都相比,你不值一提。"

伊扬古拉说:"如果鼓里面是我弟媳的儿子,米坦迪人的外甥,就出来让我看看吧。"虽然伊扬古拉特别提出米坦迪人,姆温都还是不肯过去,他说他姑母说的没有抓住重点。他姑母又说:"你这个鼓里的孩子,如果你是他们的外甥,就过来吧。"姆温都还是不肯过去。他姑母又说:"如果你是亚纳人的外甥,就过来吧。"姆温都听了这些话,便从水潭里出来,唱道:

"我要到我的姑母伊扬古拉那里,

伊扬古拉是席姆温都的姐姐。

在卡巴里巴里和思塔巴里大山,

姐姐的丈夫设置了捕鱼的陷阱。

姐姐是贤淑的好姑娘，

姐夫像顶梁柱般粗壮。

这个美丽的故事，

很久以前巴布亚人已经讲述。

我们在讲述故事，

卡森几里在舞蹈，尾巴在摇，

你看他那恩德里马纤维造就的尾巴。

恩古昂古鸟已经向穆苏苏鸟求婚；

穆哈莎鸟染上气喘病，气喘吁吁。

如果我茫然找不到伟大歌曲的歌词，

但愿它不要因为我消失。

他们习惯用铃声对穆吉提讲话。

我们正在唱的曲调，

小孩子根本理解不了。

我希望身子像姆布鲁猴那样完美，

还吃得下许多，

我对我扁平的肚子还挺满意。"

姆温都随着河水漂到他姑母附近停下了。伊扬古拉抓住鼓，接过旁边的人递给她的一把刀子把鼓切开。刚去掉鼓上的羚羊皮，她首先看见的是一团如同旭日和月亮般的光芒，这是姆温都身上焕发的美丽光芒。姆温都从鼓里出来了，手里握着康加节杖、手斧，背上斜挎着装着魔绳的小袋子。

鹰看见姆温都跟他姑母相见，就飞到了负责监视伊扬古拉的卡西亚比那里。他告诉卡西亚比："你怎么还在这里呀？才来的那个小家伙可不简单，不仅来历非凡，还武艺超群。他还想杀你呢。"卡西亚比听了这个消息，说："报信的，你去姆温都那里，告诉他别想从我这里过去。他胆敢踏上这里一步，我就打断他的腿！我马上就在这儿设圈套、挖陷阱、插上尖桩和刀片。等我做好这些，我随时都可以抓住他。"

豪猪穆凯在地下听到了他们的阴谋，立刻走另一条路去找姆温都，告诉他："姆温都，我们的敌人正在秘密商议着如何对付你。他们准备用陷阱对付你，里面还有尖桩和刀片。你问我是谁？我是豪猪穆凯，地下行走的大师，我可以钻到大地的最深处。"姆温都回答："是了，我见过你耙地的样子，你就生活在土里面。谢谢你告诉我这些。"穆凯又给姆温都提出建议："我去挖一个地洞，地洞的终点就在你姑母的房屋里面，房屋支柱的旁边，这样你就可以绕过卡西亚比设置的障碍。至于他在你姑母家外面设置的陷阱，你最好去找蜘蛛大仙帮你。"姆温都高兴地同意了这个计划。豪猪穆凯开始工作，在地下挖掘地洞。

姆温都告诉伊扬古拉："姑母，你先回家去吧。我一会儿再过去看你，既然卡西亚比不怀好意，那我就先去会会他。你告诉他把脖子洗干净了。"伊扬古拉听从了侄子的意见，就自己回家了。

姆温都见姑母走了，就召唤出蜘蛛大仙，告诉他卡西亚比的阴谋，并请求他的帮助。蜘蛛大仙答应了，马上就在陷阱坑里吐出大量的蛛丝，牢牢地粘住上面架着的树叶一类的东西，让陷阱失去了作用。他自负地说："这儿就是姆温都创造奇迹的地方。只要有我蜘蛛大仙出马，姆温都就不可能失败。"

在蜘蛛大仙的工作完成后，姆温都钻进穆凯挖掘的洞里，从伊扬古拉的屋里走出来。卡西亚比看见他出现在那里非常奇怪，"姆温都怎么可能来到这里？他是从天上飞过来的吗？"他身边的人都说不知道。卡西亚比说："看来要从他姑母这里下手了。"于是他找到伊扬古拉，说："你必须要你侄子跳完舞才能吃东西。"

伊扬古拉心疼地说："这怎么行？他来到这里还没有吃过一口食物呢！"

"你必须这么做，而且要让他跳得筋疲力尽。不然我就杀死他。"

为了保住侄子的性命，伊扬古拉只好答应了。

伊扬古拉看到姆温都已经到了，对他说："孩子，不要急着吃东西。过来吧，先参加为你举行的欢迎舞会，你看这么多姑娘都在等着你呢。"姆温都听了，就走到他姑母的身边。他说他必须要先吃东西再跳舞，不然他可能刚开始跳就饿晕了。伊扬古拉无奈地回答："不行呀，孩子！那个监视我的坏蛋——同时也是你的敌人——卡西亚比逼迫我一定要这么做。他说你必须跳舞，跳到你精疲力尽。可我有什么办法呢？过来跳舞吧，饿一会儿就饿一会儿吧。"姆温都听了他姑母的话，说："啊，你说得对。我马上就来跳舞，一个真正的男子汉不会被饥饿打倒！"姆温都开始跳舞了，他惊奇地发现，舞蹈竟然给了他力量，让他不再饥饿！他开始大声地唱歌，在歌中百般讽刺卡西亚比：

"卡西亚比，你真没出息，

同姆温都相比，你不值一提。

我是生来会走的姆温都。

卡西亚比说：让我们一块儿跳舞吧，

姆温都就陪你跳下去。

希昂古，给我口吃的！

如果我们必须死掉，我们将为你死去。

卡森盖里正在同他的康加节杖跳舞。

恩德里马纤维制造的康加节杖，

我正在说姆庞巴再见，

我的姆庞巴带有许多酒椰来。"

姆温都在陷阱上跳来跳去，做着各种舞蹈动作，却没有受到一点伤害。卡西亚比听说陷阱失效了，目瞪口呆。

舞跳完了，伊扬古拉终于可以让她的侄子吃东西了。伊扬古拉给姆温都杀了一头牛，为他准备食物。在这儿的姑娘们都分到了一份，够她们吃几天的了。

姆温都刚拿到姑母给的食物，还没有吃下去，满腔怒火的卡西亚比又来了，这次他要同姆温都正面对决了。他说："这不是那个说我不值一提的毛孩子吗？听说你是从鼓里面出来的？"卡西亚比命令闪电神恩库巴："恩库巴，你去把姆温都烧成灰烬，那些和他在一起的姑娘们也不要放过。"

姆温都让姑娘们都躲到一边去，因为卡西亚比要用闪电攻击他。姆温都转身向恩库巴发出警告说："恩库巴，我知道你身不由己，如果你一定要攻击我，那么你就控制闪电落到房屋的那一边，不要落到我这边，不然有你的好看。"恩库巴没有理睬他的警告，就落在房子上向他发出闪电。姆温都指着他说："你也会同样死掉的，你是在玩火。"恩库巴竭尽所能，向姆温都这边一连发出了七次闪电，还是不能给姆温都造成一点伤害：火只是在没有人的地方燃烧。恩库巴无奈地停下了，然而姆温都却开始了反攻，他的节杖和手斧对恩库巴轮番攻击。恩库巴被打得狼狈不堪，只好向姆温都求饶，表示以后愿意做他的朋友。姆温都答应了，告诉他一旦自己有召唤恩库巴必须服从。

伊扬古拉坐在那里潸然泪下，一会儿地上就湿了一片。她担心这孩子会被杀死，以前她还没有见过这个孩子。姆温都让那些女孩子从屋里出来，他大大方方地来到人群前面，告诉大家他就是生来会走的姆温都。他又走到他的姑母面前，说："不要再哭了，姑母。你的软弱纵容了卡西亚比，让他对我越来越放肆。放心吧，我马上就解决这个麻烦了。"接着，他用康加节杖指了一下卡西亚比，人们看得清清楚楚：转眼间，卡西亚比的满头乱发着起火来，火苗飘出去老远，头上的虱子和寄生虫噼里啪啦地烧得脆响。

卡西亚比旁边的人看到他的头发烧了起来，就用瓮打水灭火。可是当他们带着瓮到来的时候，瓮里的水竟然全干了，滴水不剩。他们又直奔含水的芭蕉秆，可是芭蕉秆也干了。他们说:"这怎么办呢?我们往他头上吐唾沫吧!"可是连吐唾沫也办不到:他们的嘴巴干了,谁也没有唾沫了。

他们没有办法了,说:"卡西亚比快不行了。把他抬到穆吉提那里去,看看穆吉提是不是有办法,再说穆吉提那里还有个水潭呢。"可是他们到了那里,却发现穆吉提僵硬地盘成一盘,周围尽是蝴蝶和苍蝇飞来飞去,水潭里一滴水都没有。伊扬古拉看到这些,就走到孩子跟前劝他:"你的心胸要开阔些,我的侄子,你是与众不同的人。难道你来这里就是为了攻击他们?君子不计小人过,把我丈夫和卡西亚比身上的符咒除去吧。"听到姑母规劝自己的话,怒火万丈的姆温都慢慢地冷静下来。他在卡西亚比头上挥舞着康加节杖,唱道:

"卡西亚比,醒过来吧,

同姆温都相比,你不值一提。

我是生来会走的姆温都,

我的康加节杖有无上的魔力。"

转眼间,卡西亚比醒过来了,头上的火也熄灭了;贮水瓮里又出现了水;芭蕉绿色的茎秆里又有了水;穆吉提也开始活动身子,水潭的水满了,河在下面流动。人们看到这个奇迹,都分外吃惊,说:"姆温都必定是个了不起的人。"卡西亚比向姆温都跪下行礼,说:"您是一个伟大的人!请您原谅我的无礼!姆温都。"姆温都回答:"好吧,我原谅你了!"

姆温都解决了他的麻烦后就告诉伊扬古拉,他要去图邦都同他父亲战斗,因为他父亲两次把他扔掉。伊扬古拉对他说:"孩子,你还不是你父亲的对手。虽然你有一定的实力,但是你实际上只是一个刚出生不久的孩子。你觉得你能治理好图邦都吗?我既然把你从鼓里放出来,就不能放任你自寻死路。一个好汉三个帮,你单枪匹马是不会取得胜利的。"

姆温都不愿意听到他姑母这样讲话,他大喊大叫,堵着耳朵不听姑母的话。

伊扬古拉无奈，就告诉他："你最好不要去跟你父亲作战。如果你必须要去，我也跟你去，免得你死后无人收尸。"

她安排姑娘们收拾行李，她们一起陪着姆温都去，因为孤身一人的路从来不快乐——即使没有什么闪失，也总有这样那样的麻烦。

东方的天空出现一丝白色，他们匆匆忙忙地吃完早饭就开始直奔图邦都而去。姆温都在路上诉说着他的光荣战绩，给自己和其他人鼓舞士气。他唱：

"我同姑母一道去，

小不点儿睡醒了，大家准备动身吧。

啊，我的父亲，小不点儿一醒就动身，

我提醒你，我们已经开始了征程。"

当天晚上，他到了舅舅那里——亚纳人的疆域。舅舅们杀了一只山羊款待他，让他在那里先稍事休息。在大家吃过山羊肉以后，姆温都对舅舅们说道："我要去图邦都同我的父亲作战。你们是制造轻便武器的铁匠，请给我打造一幅盔甲来防御敌人的攻击。"舅舅们同意了，告诉姆温都他们会为他量身打造铁做的鞋子，还有铁做的裤子、铁做的衬衫和铁做的帽子。舅舅们告诉他："在你和你父亲作战的时候，他们会连续不断地向你射箭和投掷长矛，这些可以让你不会受到伤害。"舅舅们完成锻造工作以后，还要求同他一道去，以便见证即将开始的战斗，姆温都答应了。

到了早晨，姆温都就和姑母、舅舅们一道出发，姑母伊扬古拉还带着她所有的仆人。姆温都气愤地唱道：

"我要和席姆温都去战斗，

席姆温都的牛群，

都将属于姆温都。"

他们到了一个山头，这里已经可以远远地看见图邦都。伊扬古拉有点害怕了，对姆温都说:"孩子,咱们还是回去吧。我只要抬头看一看你父亲的村子,就吓得心惊胆战。图邦都是一个有七个城门的大村子,他们人太多了,我们打不过的。"姆温都回答说:"我姆温都从来不害怕任何敌人,我是个不同凡响的孩子。我要试试这个席姆温都的分量,他太骄傲自大了。"姆温都继续唱道:

"我们马上就到图邦都,

那里住着席姆温都。"

他们下到山谷的时候天已经晚了,姆温都说:"我们今天就在这个地方过夜吧。"伊扬古拉苦笑一声说:"我们睡在哪里?这里没有房子,雨季到了,一下起雨就没完没了!"接着她喊叫起来:"啊,天哪,我们在哪里睡觉呀?头上已经乌云密布,可我什么都没有!"姆温都四周扫视了一遍,说:我需要房子。随即两排房子出现了!姆温都又说,舅舅们住的房子在左边,姑母她们住的在右边。所有的房子又开始移动,姆温都住的房子自动出现在所有房子的中间,构成了一个整体。伊扬古拉高兴地喊了起来:"为我们的这些房子欢呼吧,为我们的首领姆温都欢呼吧!席姆温都生了个好儿子!我的父亲卡宏博,这个孩子就是你的孙子。席姆温都不知道他生了个无所不能的儿子。姆温都未来肯定是个英雄。"

伊扬古拉仍然试图阻止姆温都,她说:"姆温都,好孩子,我们还是不要去了,他们人太多了,你寡不敌众呀。"姆温都却说总要试试才知道。伊扬古拉又给他出了难题,说:"姆温都,那么我们今天晚上吃什么呢?瞧,你许多舅舅都在这里;我,伊扬古拉还有我的一帮随从,还有你姆温都,还有你的鼓手和歌手。这一大群人吃什么呀?"姆温都知道姑母的提醒非常重要,"是啊,我们都已经饿了"。他抬眼看看天色:已经过了吃晚饭的时间了。他明白,他需要立刻搞到食物来填饱大家饥肠辘辘的肚子,再说了,有了食物他就可以出去作战了。附近有食物的地方只有图邦都,可这里是敌人的村子,他必须用法术攫取。当然,他神通广大,只要他需要什么,那么就肯定能得到什么。伊扬古拉不知道他要用法术攫取他父亲的食物,还在问:"我的首领啊,我们今天吃什么呀?"姆温都向她笑一下,说"你们都闭上眼睛,一会儿就有食物了。"然后他唱道:

"图邦都那里有食物,

愿食物来见姆温都,

姆温都,就是生来会走的小不点儿。

图邦都那里有各种动物,

愿它们来见姆温都。

席姆温都贮有各种各样的肉,

愿各种肉来见姆温都。

姆温都,就是生来会走的小不点儿。

席姆温都那里有木柴,

愿木柴来见姆温都!

姆温都,就是生来会走的小不点儿。

席姆温都那里有火种,

但愿火种来见姆温都。

席姆温都有水,

但愿水也来见姆温都。

瓮都在席姆温都那里,

但愿瓮来见姆温都,

姆温都,就是生来会走的小不点儿。

衣服在席姆温都那里,

但愿衣服来见姆温都,

姆温都要去战斗!

木制盘碟都在图邦都,

但愿它们都来见姆温都，

啊，父亲，生来会走的小不点儿，

希望取得胜利。

席姆温都有许多床，

但愿床来见姆温都。

席姆温都有许多柳条板，

但愿柳条板也来见姆温都。

席姆温都有盐，

但愿盐来见姆温都，

他是生来会走的小不点儿。

席姆温都有许多家禽，

但愿家禽来见姆温都。

唱赞歌的歌手一块儿歌唱，

很久以前他们就开始歌唱，

他们唱得像一个人一般，

在村子中间他们和谐一致。

那些要死的、那些得救的，

但愿都到伊扬古拉这里。

伊扬古拉是席姆温都的姐姐。

席姆温都有许多山羊，

但愿山羊来见姆温都。

席姆温都有许多牛，

但愿牛群来见姆温都。

图邦都有许多狗，

但愿狗来见姆温都。

图邦都有香蕉林，

但愿香蕉林来见姆温都。

席姆温都有许多烟草，

但愿烟草来见姆温都。

席姆温都有许多旱烟筒，

但愿旱烟筒来见姆温都。

席姆温都有许多长矛，

但愿长矛来见姆温都。

席姆温都那里有许多手斧，

但愿手斧来见姆温都。

许多钩镰在席姆温都那里，

啊，父亲，愿钩镰到姆温都手里。

修剪的大刀在席姆温都那里，

但愿它们来见姆温都。

小小的修剪刀，铲除蔓生杂草的刮刀，

但愿小小的修剪刀来见姆温都。

席姆温都有许多小狗铃，

但愿小狗铃来见姆温都，

但愿狗一个不剩地去打猎。

席姆温都有很多猎袋，

但愿它们来见姆温都。

席姆温都有许多刀片，

但愿它们来见姆温都，

但愿它们都来刮脸。

席姆温都占有许多布提镯，

啊，父亲，布提镯，

但愿它们来见姆温都，

但愿没有不佩戴布提镯的人。

席姆温都拥有许多项链，

但愿项链也来见姆温都，

但愿没有不佩戴项链的人。

席姆温都拥有许多针。

但愿这些针也来见姆温都，

但愿没有不做针线活的人。

席姆温都拥有火钻，

但愿火钻来见姆温都，

但愿没有不生火的人。

席姆温都拥有许多锄头，

啊，父亲，锄头，

但愿它们来见姆温都，

但愿没有不锄地的人。

席姆温都有许多锅，

但愿锅来见姆温都，

但愿没有不做饭的人。

席姆温都有许多篮子，

但愿篮子来见姆温都，

但愿没有不采摘的人。

席姆温都拥有许多穆曼加锥,

但愿穆曼加锥来见姆温都,

但愿没有不带柄的。

席姆温都拥有钩刀,

但愿钩刀来见姆温都,

但愿没有人不去修剪香蕉树。

席姆温都拥有许多风箱,

但愿风箱来见姆温都,

但愿没有人不在锻打。

席姆温都那里有锤子,

但愿这些锤子也来见姆温都。

但愿没有人不去锻打。

席姆温都那里有铁匠,

但愿这些铁匠来见姆温都,

但愿没有人不去锻打。

恩肯都刀就在图邦都,

席姆温都占有这些恩肯都刀,

但愿恩肯都刀来见姆温都,

但愿没有人不砍伐。

酒椰树就在席姆温都那里,

但愿没有人不编网,

没有人不诱捕。

鼓在图邦都,

啊,父亲,鼓呀!

但愿它们来到姆温都这里，

但愿没有人不跳舞。"

姆温都如同表演魔术一样，呼唤一声他父亲拥有的某种财产，那种财产就来到他的面前。

等他的舅舅们、他的姑母，还有和他们一齐到达的仆人们、歌手们和鼓手们睁开眼睛的时候，原来在图邦都村里和席姆温都家里的一切东西都来到他们这里。伊扬古拉看到这些东西，就对姆温都说："你要受罪了，因为你把属于别人的东西带到这里。"当然，因为呼唤这些东西姆温都累得不想说话了，其余的人却狼吞虎咽地吃起食物来，他们说："瞧！姆温都说他是生来会走的小不点儿时，他是个打不倒的男子汉。他有恃无恐，试图挑战他的人将被打倒在地，死得孤苦伶仃、被众人唾弃——他不是可以挑衅的人！"

第二天，姆温都告诉舅舅们，他想让舅舅们先去跟图邦都的人打一场，以便看看图邦都的人是怎样进行战斗的。他的舅舅们到了图邦都，和他们战斗得十分激烈，时而在地上打得难分难解，时而跃在空中斗得飞沙走石。可是图邦都的人却越战越勇，说："你们赢不了，全部都要死在这里。"

过了一会儿，姆温都的舅舅们战败了，被图邦都的人全部结果了。虽然姆温都的一个舅舅逃了出来，但也受了重伤。他跑到姆温都那里告诉他这个消息，"我们战败了。你所有的舅舅都死了，血都干了。"伊扬古拉听到这个消息，不禁惊叫起来："啊，姆温都首领，我曾经提醒过你会有这样的结果。我说过，你打不过图邦都的人，可是你执意不听。现在你的舅舅们都死了，难道这就是你的胜利？看看你舅舅们是怎样战死的。"姆温都对他姑母说道："我必须要首先弄清楚图邦都人的战斗方式和战斗力。如果我拿不下来席姆温都，我就不是姆温都。"伊扬古拉说："姆温都，你不能这样干！我们大家被杀你是要负责任的。如果你激怒了图邦都的人，我们大家都会被他们杀死。"姆温都根本不听伊扬古拉的劝告，他要去战斗了。"姑母，你负责保管我的手斧和这个装着绳子的小袋子，我带着节杖就够了。"

姆温都向图邦都走去。人们一看见他，就指着他对席姆温都说："你看，那个小家伙一个人来了。"席姆温都说："一个小家伙而已，单枪匹马地能干什么？就算他能进到村子里，我们把他打死也就是了。"村民说："那儿是比西比西昆虫出现的地方，白天红蚂蚁就从那里出来。那个小人能把我们逼出村子，我们对付不了他。"席姆温都笑着说："不可能，让这个小傻瓜大摇大摆地走进垃圾堆吧。"

姆温都一边唱着歌一边挥舞着手中的节杖，穿过入口来到村子中央。他告诉那里的人，让他们敲起鼓点，因为他要跳舞。村子里的人见他个子小，就骂他："同我们这儿的鼓相比，你就是个废物，小傻瓜。"姆温都回答说："你们这是对我的污辱，我还没来得及休息，你们就开始了挑战和污蔑。"有个人比较和气，告诉他，村子里的鼓都不翼而飞了。姆温都说："没关系，鼓马上就来。"

在他们说这话的时候，他的父亲已经回家了。姆温都开始自负地唱起来：

"我已经到了图邦都，

我要去挑战席姆温都。"

他一边唱，一边激动地说："不论死的还是得救的，他们都会到伊扬古拉那里。"接着，他把调子拔高，继续唱：

"要么不会死，死了就复活，

啊，父亲，但愿这样的东西到伊扬古拉那里，

伊扬古拉是席姆温都的姐姐，

她也是我这可怜孩子的姑母。

啊，父亲，无论谁死谁得救，

但愿她们同我的姑母在一起，

席姆温都的姐姐！

但愿我的小妹大姐，

随时准备和我在一起。

要么不会死，死了就复活，

但愿他们同伊扬古拉在一起。

但愿你们和我的母亲们过来！

要么不会死，死了就复活，

但愿他们同姑母伊扬古拉在一起。

我死，啊，比拉！

说过的事不再重复。

让我在图邦都这里战斗，

即使图邦都有七个入口。

参事们害怕向席姆温都提出忠告。

无论谁死，无论谁得救，

但愿他们同姑母伊扬古拉在一起。

仇恨就在心里。

当我为自己建好一座桥，

谁要过桥就被砍成两半。

我为姑母伊扬古拉祈祷，

伊扬古拉姑母，但愿你得到精灵的福佑。

仇恨埋在心中，

我的朋友恩库巴是闪电之神，

愿你站在我一边，让我获得胜利。

我将在图邦都这里作战，

即使图邦都有七个入口。

就在这里,图邦都将被七道闪电封住。

我将在图邦都这里作战。

现在我送去七道闪电!

姆温都回想他过去的痛苦。

参事们纷纷逃窜,把席姆温都扔下不管。

参事们和他们的官位不相称。

要死的是你们,变成一堆枯叶。

我的朋友恩库巴,祝愿你胜利击中。

仇恨埋在心中。

我恳求姑母伊扬古拉,

无论谁死还是谁得救,

但愿他们都到你那里,

你伊扬古拉是席姆温都的姐姐。

我那渺小厉害的父亲,

我无足轻重的父亲把我扔进墓穴。

我无足轻重的父亲认定我会死掉。

姆温都抬眼望天上,说道:

我的朋友恩库巴,

在图邦都这里送来七道闪电!"

姆温都仰望天空,用节杖指了指恩库巴居住的地方。只见那里射出七道闪电,落在图邦都的各处。图邦都顿时变成了一片废墟,闪电引燃的大火冲天而起,村子里的人也都死了。

席姆温都刚到家,就发觉姆温都在召唤闪电,他大叫一声"大家快跑"就扭头跑到房屋后面。那儿长着一棵名叫吉苟卡的蕨类植物,他把它拔掉,下面出现了一个深不可测的洞，席姆温都头也不敢回地钻了进去。

姆温都获胜了，他站在村子中央大声说："你们这些不知天高地厚的人，不管是使用阴谋诡计还是正面作战，统统都是白费力气。"

这时候，他最先死去的那个舅舅的尸体已经开始腐烂。姆温都回身向宿营的山谷走去，他想把舅舅们的遗体带到图邦都复活他们。刚进山谷，伊扬古拉就匆忙迎了上来，远远地就大声问他："你赢了吗？"姆温都回答她："图邦都被我摧毁了，正在着火呢。"他把所有的人都集合起来："现在咱们到图邦都去吧。"姑母马上就安排人收山谷内的财物，姆温都制止了她，说："不用管这些东西，它们会自动去图邦都的。"他说完就向山谷外面走去，伊扬古拉带着她的仆人跟在后面。等他们到了图邦都的时候，看见那些留在山谷的所有东西都已经到图邦都了。

姆温都知道，在他追击他的父亲之前，必须要先复活他的舅舅们。他用节杖轻触舅舅们的尸骨，唱道：

"已经死去的人，复活吧！

我的舅舅们，复活吧。

这是我对你们的考验。

我的舅舅们，同我联合起来吧！

你们这些优秀的铁匠、恩库巴的追随者，

同我联合起来吧。

席姆温都，同姆温都相比，你不值一提。

我是生来会走的姆温都。

我的舅舅们，同我联合在一起，

你们都是轻便长矛的锻造者。"

姆温都刚唱完，所有的舅舅都复活了。

出访幽冥之地

席姆温都逃跑时非常匆忙,把院子里的东西撞得东倒西歪,自己也受了伤。他钻进去的那个洞通往冥界,穆莎神住的地方。那里没有人聚在火堆旁边唱歌跳舞,因为那里的人们还不知道火是什么东西。

在图邦都,姆温都把他姑母、舅舅们以及仆人、歌手和鼓手都安顿下来后,他说:"席姆温都去了穆莎那里,我现在要去把他抓回来。"伊扬古拉把装有绳子的袋子和手斧递给他,他手里还握着他的节杖,他是这三个法宝的主人。姆温都对他姑母说:"姑母,你就留在图邦都吧。我把绳子留给你,你握住绳子的一端,如果你觉得绳子不动,就说明我死了。"

等他说完,麻雀大仙卡宏古就飞到姆温都坐着的地方,对他说:"走吧,我给你指路。你父亲是从一种叫吉苟卡的植物底下进去的。其实我一直监视着他,在你父亲逃跑的时候,我——麻雀大仙,就在空中看着他到处瞎撞。"听了麻雀大仙的话,姆温都就同他姑母告别,然后握住绳子的另一端匆忙走向房子的后面。他到了吉苟卡植物那里,按照麻雀的指点拔掉植物进入大地里面。

向前走了不久,他在一口井旁遇到了穆莎的女儿——幸运精灵卡新都。卡新都热情地拥抱了他,说:"欢迎你,姆温都。"卡新都患有雅司病,全身都长满了痘疮。当姆温都准备继续出发的时候,卡新都拦下了他。她说:"你到哪里去?"姆温都回答说要去穆莎那里找他的父亲。卡新都说:"你先等等。从来没有人在穆莎的村子里带走任何东西,你确定你能成功吗?"姆温都摇了摇头,卡新都接着说:"如果你到了穆沙那里,在聚会的地方,你就会看到一个身材高大的人躺在炉子附近的炉灰里,他就是我的父亲穆莎。如果他向你问候,说'你好呀,年轻人',你也说'你好,长者'。他给你椅子的时候你不要坐,你再告诉他:'不行,长者,儿子不能坐在父亲的头上。'他给你啤酒你也不要喝,告诉他:'不行,长者。难道儿子应该喝他父亲的尿吗?'当他给你酱吃的时候,你要回答他:'难道儿子应该吃他父亲的屎吗?'在穆莎认出你以后,他会对你说:'你好,你好,姆温都。'你要回答他:'你好,你好,长者。'"

  姆温都非常感激卡新都,他暗暗地告诉自己,如果不能让卡新都恢复健康就绝不离开。姆温都调配了一些药水开始洗卡新都的疮痘,洗了好长时间才除掉所有的疮痘。卡新都的雅司病被治愈了。

  姆温都又出发了,卡新都也和他一道回去,一直到了穆莎那里才分手。姆温都直奔聚会的地方。穆莎看到了他,用"你好"向他问候。姆温都回答:"你好,长者。"穆莎又吩咐仆人说:"给他拿一把椅子让他坐下休息。"姆温都回答他:"不行,长者,儿子不能坐在父亲的头上。"穆莎又说他那里还剩下一葫芦啤酒:"让我给你倒些喝。"姆温都说:"不行,长者。难道儿子应该喝他父亲的尿吗?"穆莎说:"你饿了吧?让他们给你准备酱吃!"姆温都回答他:"不。难道儿子应该吃他父亲的屎吗?"穆莎听了这个,对他说:"原来你是姆温都呀,你好,你好。"姆温都回答:"你好,你好,长者。"看见姆温都躲过了自己设置的圈套,穆莎对他说:"去卡新都屋里找她玩吧。"

  姆温都走到门前,看见卡新都在里面梳妆。卡新都听到有人进来就转过了身,姆温都看见她不禁大吃一惊,因为她现在看上去光彩照人,和早些时候在井边判

第五章 席姆温都的神话传说

若两人。卡新都注意到了姆温都的惊讶，抿嘴一笑，说："进来啊，姆温都！"姆温都走进屋里，说："后面的人得不到你的指点了，姐姐！"等姆温都坐下，卡新都自言自语起来："嗨，姆温都还饿着肚子呐。"就出去给他做灰酱——这是穆莎的神奇食物。她搅拌好以后，就把灰酱带给在她闺房中的姆温都。

穆莎看到卡新都把自己的酱带给姆温都，飞快地往他女儿的屋子走去，想看看姆温都在干什么。当他看到姆温都安静地坐在那里吃酱时才松了一口气，他对姆温都说："啊，姆温都，我知道你来这里的意图。这样吧，你明天给我培植一片新香蕉林。栽香蕉树的时候你要削掉叶子，再把其他树木伐倒。你还要除去杂草，把香蕉树修剪好支起来，再给我带来一串香蕉。如果你能把这些事情做完，我就把你父亲交给你。"看到姆温都点了点头，穆莎接着说："你动身的时候我会派人跟着，确保是你一个人完成的这些工作。"他说完就走了。坐在屋子里的姆温都好像根本就不在意，接着吃灰酱。

第二天早晨，天色都大亮了，姆温都才带着钩刀去栽种香蕉。穆莎派了一个男人监视他。走了不久，那个人指着前面一座长满芒果树的大山说："就在这栽香蕉树。"姆温都看见大山，就用钩刀在灌木丛中开辟出一条路走过去。接着，姆温都把手斧和钩刀扔了出去，手斧自动砍倒其他的树木，钩刀自动锄掉野草。那个男人看得目瞪口呆，很快就回去报告穆莎了。他说："这个孩子太神奇了，他创造了一个奇迹！他都没有碰那些工具，工具却自行锄地、锯树、伐树和割野草。"

他报告完就又回到姆温都那里。这时候钩刀已经割完野草正在砍支架，而且部分香蕉幼苗已经有了支架，香蕉茎秆已经长成。他立刻又跑回去向穆莎报告这条消息："刚才我在田地里看到香蕉林已经成形了，香蕉已经有了新的茎秆。"他还惊讶地说，姆温都说不定已经带着一串香蕉回来了。穆莎听到这里，说道："昨天他刚来的时候我设置了陷阱，但是他聪明地躲了过去。看来这孩子有能力通过森林那里的障碍，今天的难题他快要解决了。"

穆莎对姆温都有所忌惮，就让他镶有贝壳的魔力肩带去杀死姆温都，并且对它说："肩带，你去把姆温都打倒在地，抽成两半。"肩带遵照主人的指示飞向香蕉林。

这时候姆温都正在香蕉林里割香蕉串准备带走，肩带猛地朝姆温都扑了过来，恶狠狠地抽了起来，把姆温都打得嗷嗷叫。姆温都被肩带抽倒了，趴在地上无法起身，甚至都失禁了。就在肩带准备杀掉姆温都的时候，节杖出手了，它飞起来挡住了肩带的攻击，而且把肩带打得落荒而逃。姆温都打了个喷嚏，抬起头来，他看了一下四周，明白了一切。

就在姆温都被穆莎的肩带打倒的时候，他身上的那根魔绳停住不动了。伊扬古拉一直握着绳子的另一端，绳子一静下来她就大惊失色，吓得摔倒在地。她哭着说她的侄子死了，语无伦次地哀求着漫天诸神，"不论死活让他回来吧，我来照料他的后半生。"直到后来发现绳子又动了才安静下来。

姆温都站起身来，他说：

"既然穆莎要杀姆温都，

穆莎将要被报复，

穆莎，你同姆温都相比，简直微不足道，

我是生来会走的姆温都。"

姆温都一边歌唱，一边用法术通知他的姑母："你觉得我的绳子不动，是因为穆莎把我困住了，所以绳子静止不动。不用担心，我的节杖已经给我解困了。"

现在，该姆温都动手了。他告诉节杖："节杖，你到穆莎那里去，看见他就狠狠地揍他，把他的头压到地上用土堵住他的嘴。只要我不回去你就不要放开他。"

节杖打着旋飞走了。它在穆莎聚会的地方找到了他，然后劈头盖脸地把他打倒，死死地把他的脸朝下压在地上。穆莎被打得口吐白沫，舌头都伸出来了。他瘫成一团，因为土埋住了脸喘不过气，不一会儿就晕了过去。

姆温都不慌不忙地回去了。刚走到聚会的地方，卡新都就过来拉住了他。她埋怨姆温都："你怎么才回来？我父亲已经被闷死了。"姆温都回答说，他只想找到他的父亲："现在把我父亲带到这里，我就可以和他回家了。"卡新都说："你先让我的父亲复活，然后我就让你见到你的父亲。"姆温都一边开始复活穆莎，一边唱道：

"睡觉的醒来吧。

穆莎，同姆温都相比你微不足道，

因为姆温都生下来就会走会跳。

穆莎带来的好卡宏博，

他总是习惯于自我的嘲笑。

穆莎，你同姆温都相比微不足道。"

姆温都唱着的同时用节杖不停地击打穆莎的脑袋。穆莎很快就醒了过来，看到姆温都安然无恙，说："姆温都，看来你是个好汉。"

然而穆莎死性不改，刚醒过来就又刁难姆温都，"你明天去森林里给我采些蜂蜜回来，不然我不让你见你的父亲。"姆温都不想再节外生枝，就答应了。此时天色已晚，卡新都再次为姆温都搅拌灰酱，让他吃饱后就去睡觉。

天亮了，姆温都拿着手斧直奔森林而去，他随身带着火种准备生火。他在森林里找了好久才在一棵大树上找到一个蜂窝。姆温都做了一个火把，点燃后开始爬树，到了蜂窝下面，他用火把蜜蜂都赶走了。这些事情做完后，他用手斧敲击着树干开始唱歌：

"我正在穆莎的国土取蜜，

我的朋友恩库巴，

我肯定会取得胜利。

仇恨就在我心里。

我爹把我装在鼓中扔在河里，

我的父亲相信我会漂离。"

姆温都走后，穆莎在村子里越想越觉得自己出的题目太简单了，说："这孩子肯定能采到蜂蜜，我需要想个办法补救！"穆莎又派出了他的魔力肩带。

肩带飞到森林，把姆温都紧紧地束缚在树干上。姆温都被勒得喘不过气来，身体也无法动弹。姆温都的节杖感觉到了主人处于危难之中，就马上飞了过来。可是肩带这次是用自身束缚住姆温都的，节杖无法赶走它，只好尽量撑住肩带以减少姆温都的压力，同时不断敲打姆温都的脑袋让他保持清醒。姆温都睁开眼睛，自嘲地说："嘿！我都差点被挤死了！"他意识到自己已经无法脱困，就向他的朋友恩库巴求救："库库巴，我被困住了，需要你的帮助。"恩库巴听到了，就向大树发出闪电，把树劈成碎片，而他的朋友姆温都和树上的蜂窝却没有受一点伤。

姆温都把蜂蜜放到篮子里，然后提着篮子去找穆莎。穆莎看到了蜂蜜，只好派人去找席姆温都。佣人到了席姆温都待的地方，却发现席姆温都已经不见了，佣人只好回到穆莎和姆温都这里，告诉他们："席姆温都逃走了，我在那里没有找到他。"就在这个时候，麻雀大仙卡宏古来了，他告诉姆温都："穆莎骗你呢！他知道他已经无法阻止你，就提醒你父亲逃到神圣的食蚁兽恩同巴那里了。"卡宏古说完就飞上了天空。

姆温都听了怒不可遏，给穆莎下了最后通牒："马上把我父亲带来！既然是你让他逃走的，你就必须负责把他抓回来让我带走。你这个恶棍，在我为你耕地的时候，在我为你采蜜的时候，你说把我的父亲交给我，你竟然敢骗我！我要你立即去把他抓回来！"穆莎听到姆温都这样说，吓得浑身哆嗦，他说："这回，这孩子真的恼火了。"可是他无法交出姆温都的父亲了。

姆温都看到穆莎无法把他父亲交出来，就跳起来用节杖用力地抽打穆莎。穆莎被打死了，大小便失禁，身上一片秽物，像一条死蛇一样僵硬地躺在地上。姆温都说:"你这条卑鄙的老狗,就这样待着吧。如果我找不到席姆温都你永远别想复活。"

姆温都动身去找食蚁兽恩同巴。姆温都唱道:

"我离开穆莎的村庄,

去搜寻席姆温都。

席姆温都逃到恩同巴的住处,

恩同巴,给我开门吧,

我知道席姆温都就在你的住处。

我要在恩同巴的住处,

找到我的父亲席姆温都。

太阳开始落山了,

我还在搜寻席姆温都。

席姆温都逃到了恩同巴的住处,

我的父亲把我扔进鼓里。

姆温都央求携带闪电的恩库巴,说:

我的朋友恩库巴,助我获胜。

仇恨填满我的心胸。

我的父亲,最亲近的人,

我在恩同巴的住处搜寻我的父亲。

我的朋友恩库巴,助我获胜。

仇恨填满我的心胸。

我在寻找我的父亲。

我的父亲把我扔进鼓里。

我的父亲永远是人民当中的坏人。

我的父亲把我投进河里,

恩同巴,给我开门吧。"

姆温都在恩同巴的洞穴附近走来走去,请求恩同巴开门,可是在洞穴里面的恩同巴充耳不闻。后来姆温都生气了,告诉恩同巴如果他不开门就将他的大门变成齑粉。食蚁兽恩同巴听见这句话,苦笑了一下,向席姆温都打个手势,说:"你还是走吧。洞穴外面的小人很强大,我不是他的对手。他有能力把他的威胁变成现实。"席姆温都知道自己的儿子是个英雄,也能理解恩同巴的做法,他说:"这孩子现在确实厉害,我就不连累你了。"他向他的朋友恩同巴告别,然后逃往席布龙古(创造神,又称为昂福)的住地。

姆温都等了一会儿,见恩同巴仍然不开门,就请求恩库巴的帮助。恩库巴听到了,他说:"我的朋友请我帮他,他已经不耐烦了。"恩库巴就发出七道闪电,全部命中洞穴的大门,大门被击碎了。姆温都随即走了进去,在洞里四处搜寻他的父亲,当然他是找不到的。他走到恩同巴的面前,生气地对他说:"恩同巴,你把我父亲藏在哪里了?"食蚁兽闭着眼睛缄口不语,好像没有人和他说话一样。姆温都愤愤地"呸"了一声,说:"你这个不知死活的家伙!我在洞门口谦恭有礼地请你开门你一声不吭,现在问你你又装聋作哑,我看你是敬酒不吃吃罚酒啊!"

恩同巴看到姆温都有再次动手的意思,便对姆温都说:"你也看见了,我的房子被你毁了,屋里的家具也没有了,接下来随便你怎么做吧!"姆温都很生气,就逼着恩同巴把他的土地、香蕉林,还有他的随从都交了出来。但是恩同巴仍然没有说出席姆温都的去向。

麻雀大仙卡宏古知道了,就下来给姆温都带来消息:"姆温都,现在你父亲逃到席布龙古的住处了。"卡宏古说完就又飞上了天空。姆温都由于气愤和疲劳,他咒骂食蚁兽:"恩同巴,你就得这样饿死吧——你永远也不能在你的国土上找到食物。"

住在图邦都的伊扬古拉忧心如焚,还在那里等候着姆温都的归来。她想:"只有姆温都回来了,我的生活才能恢复正常。"好在手里的绳子还在跳动,让她知道姆温都还在搜寻着他的父亲。

当姆温都到达创造神席布龙古的村子入口时,正巧碰上一群小孩子。他们围着他说:"姆温都,不要再往前跑了。我们饿了,你给我们些食物吃吧。"姆温都就用法术告诉他姑母伊扬古拉给他送些食物来,因为这里有些孩子饿了。姆温都一边向他姑母要食物,一边歌唱:

"啊,伊扬古拉姑母,

伊扬古拉是席姆温都的姐姐,

我需要七份食物,

你看见姆温都通过,

我现在饿得好苦,

伊扬古拉姑母,

我还需要吃肉。"

姆温都唱完,果然凭空出现了肉和酱,用七个柳条盘子盛着。姆温都把它们分给小孩子们,他自己也留了一份。等他们吃完以后,他把柳条盘子还给他的姑母伊扬古拉,告诉她把盘子排好,用作爬向席布龙古那里的梯子。姆温都唱道:

"我把柳条木盘送回,

啊,伊扬古拉姑母,

我把柳条木盘送回。

我向你致敬。"

送回柳条盘子以后,他开始朝席布龙古那里爬,小孩子们前呼后拥地围绕在他周围(一有客人来到,他们总是这样做)。他一边往席布龙古那里爬,一边唱:

"席布龙古,你听清楚,

我正在寻找席姆温都。

席姆温都生了个英雄，

生下来就会走路的姆温都。

席布龙古，

我正在寻找席姆温都。

席布龙古大声说：

啊，姆温都，你必须和我打赌！

姆温都高声喊：

席布龙古长者，

我正在寻找席姆温都。

而席布龙古又说：

啊，姆温都，你必须和我打赌！

姆温都喊叫起来，说：

啊，长者，把席姆温都给我吧！

我的父亲把我扔进鼓里，

我的父亲把我扔进河里。

小孩子们也要我和他们打赌，

那些小孩子——我不同他们打赌。"

姆温都央求席布龙古归还他的父亲，席布龙古对他说："我不可能这么简单地就把你父亲交给你。我们打赌吧，如果你赢了，你就可以带他走。"姆温都问他："怎么赌？"席布龙古见姆温都同意赌了，就拿出一条席子铺在地上，又拿出两颗陈年的伊西树种子壳。席布龙古说："这里有两颗种子壳，你面前一颗，我面前一颗。咱们同时伸手去拿对方面前的种子壳，又要阻止对方拿到自己面前的种子壳，谁拿到谁赢。要是你赢了，你就把你的父亲带走。另外，你的赌注是什么？"姆温都说:"好吧。我这儿有三块金子,要是你赢了,它们就是你的了。"

他们开始了。第一把席布龙古就赢了,姆温都的金子没有了;姆温都又把图邦都的所有山羊作为赌注押上,席布龙古又赢了;姆温都拿他的家产和随从,甚至他的姑母作赌注,席布龙古又赢走他的家产、他的随从和他的姑母。姆温都能下注的只剩下他和他的节杖了,这时节杖告诉了他席布龙古赢的秘密,以及如何赢的手法。于是姆温都拿他的节杖作为赌注,这次席布龙古试图拿走种子壳时,没有办到,姆温都却拿走了种子壳,从席布龙古那里赢回了他原先押上的三块金子。席布龙古又押赌注,姆温都又赢了。不大一会儿,席布龙古不但把赢的东西都输了出去,又把他所有的东西,还有他的牛都输了。席布龙古恼羞成怒,竟然把自己也给押上了,不幸的是,姆温都又赢了。最后,他赢得了席布龙古所有的东西——他的人、山羊和牛群。姆温都把这一切积聚起来,席布龙古却茫然地站在那里。

蜘蛛大仙坎托里和麻雀大仙卡宏古跑到姆温都身边,提醒他:"姆温都,别高兴了!快来吧,你的父亲现在在香蕉林里,晚了又该逃跑了。"姆温都听到这个消息以后,立刻放弃了赌赢的一切,迅速地跑了出去。

他在席布龙古的香蕉林里见到了他的父亲。看到父亲,姆温都问他:"啊,你在这里,你是我的父亲吗?"这时候他可以认他的父亲了,因为他已经用正当的方式打败了他,证明了自己是个英雄,席姆温都不应该丢弃他。席姆温都回答:"是的,我就是你的父亲,我就在这里。"

姆温都拉着他的父亲,一块回到席布龙古那里。姆温都说道:"席布龙古,你一直隐瞒我父亲的消息。这个人难道不是我的父亲吗?"姆温都接着说:"席布龙古,我不会要你的东西,我会把它们都留下来。我只想要我的父亲,因为我要同我的父亲离开这里。"然后姆温都彬彬有礼地向席布龙古和他的人告别:"啊!席布龙古老爹。再见!"席布龙古百感交集地回答:"再见吧!姆温都,你是一个好孩子，也是一个英雄。带着你父亲席姆温都回去吧。"

姆温都同席布龙古说了再见以后，唱道：

"听着吧，恩同巴，

席姆温都，他回来了。

他逃跑了，又回来了，

你看我正带着席姆温都。"

姆温都他们回去的第一站就是恩同巴的洞穴，恩同巴已经把它重建好了。姆温都唱道：

"恩同巴，你同姆温都相比不值一提，

因为姆温都生下来就会走。

我已经告别了席布龙古。

你瞧，我带着席姆温都，

他是我最亲爱的父亲，

伊扬古拉的弟弟席姆温都。

是席姆温都，他生了个英雄。

伊扬古拉姑母，我已踏上返程的路。

我是生来会走的姆温都。

我带着我的父亲席姆温都。"

姆温都到了恩同巴那里，就给恩同巴讲了他为什么要追寻他的父亲。姆温都对恩同巴说："你为什么把我的父亲藏起来呢？现在我和父亲和好如初。你错了，恩同巴，你所做的这一切都徒劳无功。不过，我还是非常感谢你对我父亲的友谊。所以，你的所有东西，你的土地、香蕉林，还有你的随从，一切的一切，我都退还给你。"姆温都和他的父亲席姆温都在恩同巴那里住了一夜。第二天，恩同巴羞愧难当地对姆温都说："再见吧。我对我的所作所为感到抱歉。你是一个英雄，"

然后他对席姆温都说,"走吧,朋友。你生了个好儿子!"

姆温都和他父亲辞别了恩同巴走向穆莎的村庄。他一边走一边唱,提醒他的姑母和穆莎:

"他走出去,他又回来了。

穆莎!

东方露出了晨曦,

山鸡喔喔啼。

姆温都将到达穆莎家里,

我是从恩同巴那里来的。

穆莎,同姆温都相比,你不值一提,

因为我是生来会走的姆温都。

你错了,白白把我触犯。

瞧!我正带着席姆温都。

我正在返回图邦都,

我的姑母伊扬古拉就在那里,

伊扬古拉是席姆温都的姐姐,

伟大的女性,伊扬古拉姑母。"

姆温都带着他父亲席姆温都还没到穆莎家的村庄,远远地就看见卡新都在村外站着。卡新都一看到他们,就拉住了姆温都,说:"你看看,我的父亲变成了一堆白骨!他死了我以后怎么办?你现在最好让我父亲活过来!他是这里所有人的酋长,他还是我慈爱的父亲!你不能让他这个样子,你必须要把他复活过来!"

听了卡新都激动得语无伦次的话,姆温都答应了。他唱道:

"不要再睡了,醒来吧,

穆莎老爹,

不要再睡了，醒来吧。

嘿！你！

说的就是你，

你得罪我没有利益。

你瞧！我带着父亲席姆温都。

穆莎，同姆温都相比，你是不值一提。

姆温都是生来会走的小不点儿。

席姆温都的儿子真神奇。

我正要去姑母伊扬古拉的村子，

伊扬古拉是席姆温都的姐姐。"

姆温都一边用节杖不停地敲穆莎的骨头，一边说："你白白地得罪了我。你觉得你能比得上我？我落地会走，见风就长；我从来不吃尘世的食物，甚至母乳都没有吃过。"姆温都让穆莎复活了。穆莎谢过了姆温都，又问他："姆温都，你是怎么出生的？难道你吃了什么灵丹妙药才有这么大的本领吗？"姆温都告诉了他自己的故事，他说："穆莎，你不知道我是从母亲腰部生出来的吗？我和其他孩子的出生方式是不一样的，而且我生下来就随身带着三件法宝。我父亲曾把我扔进墓穴，上面还压着香蕉树干，可我从土里出来回到了母亲的房间，这件事你穆莎从未听说过吧？我父亲又一次把我封进鼓里，又把鼓扔进河里，可是我在鼓里逆流而上，越过重重障碍到了上游姑母家里，这个奇异的事情你穆莎也没有听说过吧？我的亚纳人舅舅们给我打造了全身盔甲，难道你穆莎也没看见吗？看来你是又瞎又聋啊，难怪你胆敢欺骗我！"

姆温都到了穆莎家以后就摇了摇绳子，用法术提醒姑母伊扬古拉：他已经找到了席姆温都，马上就要回去了。伊扬古拉高兴极了，就对姆温都的舅舅们——亚纳人说，姆温都已经找到了他父亲，现在正在回来的路上。

姆温都动身回图邦都的时候，来向穆莎告别，他说：

"你，穆莎，

你看见我已经动身离开，

穆莎，把属于你的东西拿去。

就在姑母伊扬古拉待着的图邦都，

我出走，现在又回来了。"

穆莎得知姆温都要走，就对他说道："啊，姆温都，我的孩子，你和卡新都在这里结婚吧，等举行了婚礼你们一起回去。"姆温都回答他："不行，我要在图邦都举行婚礼。"

英雄归来

姆温都和他的父亲回家了,在他们原先进入地下的地方,也就是吉苟卡蕨类植物的根部,他们上到了地面。一看见姆温都,伊扬古拉还有姆温都的舅舅们就笑着、叫着围了过来。他们把他举起来围绕图邦都走了一圈,一直到了村子的中心才把他放下来。舅舅们拿过来许多矛头,把姆温都放在矛头上。这是舅舅们的测试,以便了解他们给外甥的盔甲是不是还像他们原先锻造的那样结实。姆温都坐在村子中间,给伊扬古拉讲述了他的经历的全部故事:他究竟到过什么地方,为了寻找他的父亲他遇到了哪些困难和敌人,他又是如何进行战斗的。

伊扬古拉给她的侄子提了一个建议:"既然你把席姆温都带回来了,就应当把他带进幸福神殿,让他在那里休息。"姆温都听从了姑母的建议,把席姆温都带进幸福神殿。姆温都还杀了一只山羊羔,又取出最珍贵的米,和山羊肉一起煮成羊肉羹。他对父亲说:"这是我特意给你准备的羊肉羹!我们之间的冲突是你做错了,你不该把自己置于同姆温都对立的位置。当初你说你不要男孩子,只要女孩子。就为了这个,你想要杀死自己的孩子来维持自己的尊严,但是你没有想到幸运的姆温都有着多么强大的力量吧?"

在席姆温都吃过羊肉羹后,伊扬古拉对姆温都说:"我的孩子,在这里除了我们，再没有其他的人了，难道我们就永远生活在这个没有人烟的村子里吗？我们孤独呀。我希望你能把原来的村民救活。只有他们复活了，才能有人传颂你的伟大事迹；也只有他们复活了，我才能告诉他们你父亲的恶劣行径，以及他对你做出的那些灭绝人性的行为。"姆温都认为姑母说的话很有道理，就开始准备复活那些村民。这时候，他的舅舅们——也就是亚纳人——开始在外面敲锣打鼓地庆祝姆温都找回他的父亲，他们欢快地唱歌跳舞。姆温都和伊扬古拉见状也走了出去，姆温都也唱了起来：

"敬告我的先人，我的始祖

姆温都说：啊，父亲，

让我救活人民的是我的姑母。

我说：原来死去的人呐，活过来吧。

我是生来会走的小姆温都。

我的父亲把我扔进鼓里。

席姆温都，人民的要求你不清楚。

难以改变的是人民的风俗。

我的父亲，你是人民当中的反面人物，

让蜜蜂落在我的身上，

白昼的蜜蜂，太阳的蜜蜂，

我知道如何保护自己，

如何把它们清除。"

姆温都开始复活那些在图邦都死去的人。他用的还是老办法：走到一个人的尸骨跟前，用他的节杖轻轻一碰，那个人就活过来了。他还说：

"孕育中死去的复活时还在孕育。

分娩中死去的复活时仍在分娩中。

做饭时死去的复活时还在做饭。

排便时死去的复活时还在排便。

设陷阱时死去的复活时还在设陷阱。

交媾时死去的复活时还在交媾。

锻造时死去的复活时还在锻造。

栽培时死去的复活时还在栽培。

制作陶器时死去的复活时还在制作。

雕盘时死去的复活时还在雕饰。

争吵时死去的复活时还在争吵。"

姆温都一连干了三天，才让所有的村民起死回生。他累得筋疲力尽，腰都直不起来，可被他复活的那些人都神采奕奕，腰杆笔挺。图邦都又恢复成一个生机勃勃的村庄：羊儿咩咩，狗儿汪汪，牛群哞哞；男孩子打打闹闹，女孩子蹦蹦跳跳，老人们嘻嘻笑笑。复活的人包括原来的贵族、参事、俾格米人和王家教导者，这些人又重新被安置在原来的地方。原来所有住在图邦都的部落也复活了，像以前那样。他们的财产也没有变化，死前有多少钱，复活后还是这么多。图邦都又成了有七个大门的大村落。

当村民们全部复活以后，伊扬古拉给她的弟弟提出建议，她说："席姆温都，我认为你应该让你手下的人准备大量的啤酒，再杀几头牛和山羊，让大家在图邦都这里聚会。然后在聚会中把你和姆温都的事情解决了。"席姆温都认为姐姐的建议很好，就大声喊来信使，让他通知所有的臣民七天后在图邦都聚会，到时候有重大的事情宣布。

父子冰释前嫌

第八天的早晨，姆温都收拾得干净利索，伊扬古拉也穿上了穆吉提送给她的最好的衣服。作为酋长，席姆温都穿戴得更是正式：在树皮衣服上染上红色，身上抹上蓖麻油，还加上流苏和发饰，因为今天他也是重要人物之一。

席姆温都辖下所有村子的人们，包括儿童和年轻小伙、成年人和长者，都在聚会地点集合之后，仆役们在姆温都、席姆温都、伊扬古拉将要经过的地面上铺好席子。集会的现场鸦雀无声，笼罩在庄严肃穆的气氛之中。

时间到了，三颗耀眼的明星——姆温都、席姆温都和伊扬古拉——从屋里出来了，在席子上走向聚会地点，神情严肃，步态庄重。村民们纷纷把目光投向这些有权有势的人，他们当中有人并不知道姆温都，说："席姆温都复活后怎么变成另外一个年轻人了？另外两个人是谁？"旁边有人回答："那个就是席姆温都，另外两个人是席瓦巴辛盖的酋长和他的妻子。"另外一个认识伊扬古拉的人反驳说："不对。那是席姆温都和他姐姐伊扬古拉，伊扬古拉就是穆吉提的妻子，另外一个男的是穆吉提。"很少有人知道，席姆温都是和他姐姐，也就是穆吉提的妻子，还有他的儿子姆温都在一起。姆温都就是那个生来会走的小不点儿，那个被他父亲想方设法要杀死、最后被扔掉的男孩，现在已经是个做出许多奇迹的男子汉。

席姆温都、姆温都和伊扬古拉先后走到聚会地点的中间位置，他们发现了一个严重的问题：仆人竟然忘记给他们搬椅子了。姆温都就请求他的朋友——闪电神恩库巴——给他三把铜椅子。恩库巴送下来三把铜椅子，悬浮在距离地面大概五公尺的高度。姆温都和他的父亲以及他的姑母爬到椅子上去，伊扬古拉在中间一把椅子上坐下，席姆温都坐在右边，姆温都坐在左边。

看到现场的人们安静地等着他们说话，姆温都站了起来，抬头望着天空，说："啊，我的朋友恩库巴，请你让这些乌云升高一点！"他说完就低下头来，开始逐一问候下面的村民们。他说："祝你们健康，酋长们。"酋长们表示感谢。他说："祝你们健康，参事们。"参事们表示感谢。接着，他又说："祝你们健康，长辈们。"他的长辈们也表示感谢。姆温都又祝福顾问和长老们。随后，他提出了要求："在图邦都这里有七个部落，我希望每个部落的人都坐在一块儿，还有其他村子的酋长和长者，希望你们也坐在你们各自的部落中。"在他讲完这番话以后，人们就按照各自的部落坐在一块儿。

姆温都又说，他父亲的妻子们，也就是他的七位母亲也要坐在一块儿，可是他的生母尼亚姆温都的位置应当突出一点。母亲们按照他的要求坐到了一起，他的生母略微突出了一点，免得她们刁难她。

随后姆温都要求席姆温都讲话："我的父亲，现在轮到你了。向酋长们说说你为什么一定要把我置于死地。是我忤逆试图谋害你？是我的财产比你多？还是我攫取了你的财物？把你的想法和之后发生的事情一五一十地告诉酋长们，让他们明白究竟是怎么回事。"

席姆温都羞愧难当，觉得浑身上下都不自在。他扭扭捏捏地站了起来，满面羞惭，也没有祝福酋长们，结结巴巴地讲出了他刻意迫害姆温都而做的一切。席姆温都说："各位酋长，我承认我对这个孩子造成了很大的伤害。其实，早在我刚结婚的时候，我就在这群参事和贵族面前给妻子们立了一个规矩。我说不论哪个

第五章　席姆温都的神话传说

妻子生了男孩子，我就要把孩子杀掉。在七个妻子中间，六个妻子生的是女孩，可是偏偏我宠爱的妻子生了个儿子。在我宠爱的妻子生了男孩以后，我开始歧视她，我最爱的妻子成了我最鄙视的妻子。盛怒之下，我就拿起长矛，往生孩子的产房一连刺了六下，我承认我是想把这孩子杀死。但是我无法杀死这个孩子，于是就让人把这个孩子扔进墓穴。当天夜里，我又听见这孩子在他母亲的屋里哭泣。这时我心里犯了嘀咕：要是我还杀不死这个孩子，他会不会影响我的威信？他长大后会不会篡夺我的王位？因为当时我已经看到了他神奇的表现，我断定这孩子将会给我带来大麻烦。于是我就让人把他装进鼓里，又把鼓扔进河里。我想，这么着他肯定活不成了，没想到他却去了伊扬古拉那里。我的所作所为激怒了这个孩子，他开始回来报复我。就在这里，图邦都这里，他打败了我，我的人民也都被他召唤闪电给杀死了。从那一刻起，我就开始了逃亡的生活。我逃到了冥界，以为我到了那里就会安全，因为我在那里有许多朋友，他们会救我的，但是他们也不是我儿子的对手。我在冥界吃尽了苦头，走的路上荆棘密布，睡的是垃圾堆，吃的是人家丢弃的残羹剩饭。可是，我的儿子没有抛弃我，他开始动身去寻找我，他要把我从苦难的生活中解救出来。我的儿子历经艰难险阻，克服了种种困难，找到了我。在他找到我的时候，我已经被精神和生活上的双重压力折磨得萎靡不振了。就这样，我回来了，回到了我的家乡——图邦都。是这个男孩子结束了我逃亡的生涯，是他让我重新过上了正常人的生活，是他让我重新拥有了我的臣民，是他让我重新拥有了我原有的一切。"

接着，伊扬古拉对在场的男士发表演说，公开指责席姆温都："我是伊扬古拉，席姆温都的姐姐，姆温都的姑母。各位酋长们，在场的年轻人，席姆温都把我嫁给了穆吉提。我们的夫妻关系很好，我爱我的丈夫，我丈夫也把我看得很重，爱我胜过其他的妻子。那一天，这孩子突然跑到我住的地方，穆吉提几乎要杀死他，因为他不知道这个孩子是什么人。我很骄傲，我的侄子用他的超群的智慧和过人的身手打败了穆吉提和穆吉提的手下，也救了他自己。从那时候起，我就跟着他，做他的向导和保姆。就是在这里，姆温都开始了同他父亲的战斗，因为他父亲做了太多对不起他的事情。他征服了图邦都，他父亲逃跑了。席姆温都逃到哪里他就找到哪里，他说他父亲不应该像动物那样随便死掉。他找到了他父亲，把他带回了这个村子，因此我们才能在这里相见。

"你，席姆温都，还有你的参事和贵族，你们干的事太没有人性了。如果杀死姆温都的计划是一个参事提出的，我会扭断他的脖子，就在这儿把他的脖子扭断。可是你席姆温都为什么能安然无恙地坐在这里？就因为你是姆温都的父亲！看看你席姆温都干的都是什么事！说什么女孩是好的，男孩是坏的，这是性别歧视！况且你知道你妻子怀的是女孩男孩吗？创造神给了你男孩，你却说男孩是坏的，你这是亵渎！然而，令我们高兴的是，虽然这个席姆温都干了这么多天怒人怨的事情，我们终于又在图邦都团聚了。至于这里的人在战斗中被姆温都歼灭，那都是席姆温都的罪过，都是因他而起的。我，伊扬古拉说完了。"

在伊扬古拉讲完话以后，姆温都也站了起来，他先祝福了长者们，说："我，姆温都，传奇的男子汉，一个生来会走的小不点儿，以后将不再记恨我的父亲。希望他不要担心，不要认为我还生他的气。是的，我不再生气了。不管以前他对我做了什么，还是我对他做了什么，现在都结束了。我们要放眼于未来，做得好不好，看看行动就知道了，在这儿的长者们可以做个见证。现在，祝福我们的国家蒸蒸日上吧，祝福我们的人民生活更美好吧。"

席姆温都庄重地说，从内心来说，他并不讨厌孩子。他还说，他准备辞去酋长的职位，由姆温都担任新的酋长，希望长者们尽心辅佐他。姆温都不同意他父亲的意见，说："父亲，还是你做酋长。只要你活着，我就不能做酋长，不然我就真的是篡权谋位了。如果你一定要这样做我唯有自杀以示清白。"参事们和贵族们一致同意姆温都的意见，他们对席姆温都说道："你儿子说得不错。这样吧，这个国家一分为二,一部分给你儿子,另一部分还是由你领导。如果你放弃了一切权力,可能又会因为失落感而对他产生妒忌,从长远来看,妒忌将会给这个国家带来麻烦。"席姆温都说:"不行。我不同意你们的意见,因为我想让我的儿子成为最高领袖。从现在起,我就是他的手下。"参事们告诉他:"席姆温都,还是按照我们的意见做吧。以前你是最高领袖,可是你总是担心有人谋取你的位置,我们为此曾经进行过深刻的讨论,认为你恐惧的原因就是因为没有人能够牵制你。也正是因为你的独裁,以前我们根本不敢反驳你的意见。如果酋长们的意见得不到同意,那么,我们今天的谈话将毫无意义。"席姆温都说:"谢谢你们的忠言,你们说得有道理,就按你们说的办吧。但是,从我个人来说,我最终还是要把这整个国家交给姆温都的。而且从这一刻起,每次吃饭我都要让姆温都先吃,因为我愧对我的儿子,这种内疚将伴随我的一生。"

席姆温都说完这些话,就把王位授予他的儿子:他从自己身上取下他佩戴的所有王者饰物;他给姆温都一套染红的礼服和两条红皮带;给他戴上昂贵的用酒椰绳串连起来的手镯;给他野猪皮带、一个酒椰发带;给他象征权威的皮帽子;还给他白山羊的皮子。姆温都站在那里,席姆温都把这一切东西给他穿戴上,因为一个酋长总是站着让别人给他穿戴。参事们又去拿来涂有浓粉和油脂的椅子送给席姆温都。席姆温都让姆温都坐在椅子上,又把刻着花纹而且抹粉擦油的铜制权杖交给姆温都,姆温都是按礼仪坐在椅子上接受这些东西的。接着他站了起来,他父亲又递给他护腕、弓和装着箭的箭筒,这些东西都带有王家标记。

姆温都成了新的酋长,他宣布:尽管他现在有些名气,可是他不会像他父亲那样只让一个特别指定的部落使用他的名义。"愿所有的家族、所有的部落在这里受到赞扬。希望妇女们生出更多的男孩和女孩,这样我们的人口就增加了;我们也不嫌弃聋子和跛子,因为一个国家从来不会全是十全十美的人。"在席姆温都给他儿子穿戴上所有的酋长用品以后,他把啤酒和肉分发给在这里的酋长们享用。每个部落分享一头山羊和一头母牛。伊扬古拉也得到了一头母牛作为送给穆吉提的礼物。接着，在场的酋长和顾问们提议："让姆温都留在图邦都，席姆温都住到另一个村子。"席姆温都听了鼓起掌来，他觉得酋长和顾问们总算有了一个让他满意的提案。作为姆温都被立为王的贺礼，他的舅舅们给他一个姑娘；姆温都的父亲也给他一个姑娘，名叫卡图博罗罗；俾格米人也给他一个姑娘。另外还有穆莎的女儿卡新都。总而言之，在姆温都被立为王期间，他得到四个姑娘，而且将来他巡游他的国家的时候，还会继续娶妻子。姆温都立为王以后，长老会就散了，其他地方来的人也都返回原处。席姆温都也回到了他的村子，把图邦都留给了他的儿子。

当姆温都的姑母伊扬古拉回到她丈夫那里以前，她在人群当中为姆温都涂油，说道：

"啊，姆温都，好哇！

祝福你，好哇！

如果你父亲把你扔进墓穴，

不要再怨恨他，好哇！

希望你主动去和解，

希望你安全，希望你有福，好哇！

你的父亲你的母亲，

希望你生许多孩子，

不管是男孩还是女孩。

希望你坚强，我的孩子，

至于我，

留下的全是祝福，好哇！"

当姆温都向他父亲告别的时候，他父亲也给了他祝福。姆温都让两个参事陪同他的姑母回家，还给了她四头山羊、二十筐米和五篮子小鸡作为礼物。

姆温都被惩罚

姆温都被立为王已经好长时间了。

这一天,姆温都突然想要吃野猪肉,就派他的猎手伊格米人到森林里去打野猪。第一天俾格米人没有任何收获,直到第二天的上午才发现了野猪的踪迹,跟踪很远终于看见了一群野猪。他们放出了猎犬,又追过了两个山头,追上了一只又大又肥的红毛野猪。这头红毛野猪左冲右突,顽强地抵抗,但最终倒在了俾格米人尖利的长矛之下。俾格米人就地把它切成小块,以方便携带。

就在他们切割这头猪的时候,附近密林之中的龙听见了猪临死前的惨叫。龙说:"野猪现在出什么事了?莫非这里又有人了?我原来以为我是这里唯一的活物,看来现在这里又有了别的活物。"龙悄悄地爬向俾格米人的方向,在快接近他们的时候,龙迅猛地向他们扑了过去。他吞食了三个俾格米人,只有一个叫恩库荣古的俾格米人幸免于难。他狼狈地带着狗逃跑了。龙看了他一眼,自言自语地说道:"不必费劲追了,把野猪留在这里做诱饵,他们会回来的。"龙就在野猪尸体旁边躲了起来。

恩库荣古在逃命途中回头一看,说道:"天哪!龙把我的伙伴都给吃了。"他发现了那个躲起来的龙,有七个头,每个头上有七只角和七只眼睛。当这个矮小的俾格米人到达山顶的时候,他兴奋地喊叫起来:"感谢上天,我终于逃过了一劫!"他不敢休息,就带着狗继续向图邦都逃跑。

回到了图邦都,他上气不接下气地来到姆温都的王室。姆温都让他休息了一会儿,也就是吃顿饭的工夫,姆温都问他:"那里安全吗?你去过的地方安全吗?"他回答:"太危险了,酋长!我们去的时候是四个人,结果让龙吃了三个,只有我带着狗逃了回来。这个龙就像山那么大。"听到这个消息,姆温都说:"我知道了,你去休息吧。看来这个龙很厉害呀,我的俾格米人竟然被他吃了大半。"

他抬头看了看天,又低头思索了一会儿,说:"是啊,我有节杖,明天肯定能取得胜利。"这天,正好他的父亲席姆温都来图邦都看他,姆温都就对他父亲说:"明天我打算把那个龙给杀了,天一亮就让俾格米人带我过去。"席姆温都立刻阻止他:"不行,你不能去。龙是一种很危险的生物,连人的骨头都能吃下去。如果你招惹了龙,就会给这个国家造成很大的灾难。"姆温都对他父亲说道:"我不怕这个。我已经决定了,明天天明就出发。你就不用去了,替我转告参事们,就说我去杀龙了。"

翌日一大早,姆温都拿起他的节杖,在俾格米人的带领下动身了。他们到达了昨天打死野猪的地方,那个俾格米人指着龙说:"他就藏在那儿。"姆温都告诉俾格米人:"我先去看看,你留在这里。如果龙把我吃了,你就把这个消息送到我父亲那里。"

姆温都拿着神奇的节杖,悄无声息地走到龙的后面。龙感觉到后面有危险,猛地回过头来,看见姆温都正要举起他的节杖。姆温都盯着龙的眼睛说:"你不是我的对手。"龙愣住了,不相信世上竟有这么狂妄的人,他站了起来,恶狠狠地扑向姆温都。姆温都一边举起节杖一边唱道:

"龙,同姆温都相比,你不值一提,
因为我是生来会走的姆温都。

龙，你的行为让我生气，

龙，同姆温都相比，你无能为力，

因为我是生来会走的姆温都。

席姆温都生了个英雄。

朋友，同姆温都相比，你无能为力。"

就在龙扑到姆温都身边的时候，姆温都大声喊道"你完蛋了"，随即把他的节杖狠狠地抽到龙的身上。龙打了个滚，连惨叫都没有发出就死了。姆温都大声喊叫俾格米人，让他下来把龙砍开。那个俾格米人过来了，就在他的大刀差不多要砍到龙的时候，姆温都又阻止了他，说："算了，就这样留下他吧。我让节杖通知村里的人，让他们把龙抬回去，让席姆温都看看我的壮举。"他唱道：

"啊，我的节杖，为我去吧。

那些留在图邦都的人们，

在席姆温都那里的人们，

希望父亲把他们都派到这里。"

节杖飞到了席姆温都的面前，自己摇晃了几下。村里的人听说了，都从自己家里跑到席姆温都那里，他们想看看节杖是怎样在席姆温都面前摇晃的。席姆温都说："节杖这是报信来了。如果不是姆温都死了，那就是龙死了。"席姆温都派了一群人到那里去，说：

"你们马上出发吧！

去同姆温都在一起！

在密林之中有许多东西——

有许多咬人的蛇。

去同姆温都在一起，

到姆温都待的地方。

席姆温都生了个英雄。"

节杖见席姆温都安排好了人手，就带着他们到了姆温都杀龙的地方。姆温都叫他们造了个担架，把龙放在担架上。可是龙身躯庞大，分量沉重，担架还没有被抬起来就断了。他们只好又造一个更大更结实的担架，才把龙抬了回去。他们把龙放在村子中央。

听说姆温都把龙给杀死抬回来了，全村的人不管男女老少都蜂拥而来，围观姆温都的战绩。当人们看到龙的时候无不惊讶万分，他们高呼，说："嘿，这森林里怎么什么东西都有啊！"姆温都叫人把龙切开，他自己却唱了起来：

"龙被剥皮，放在小酒椰上切割。

龙总是吞食人们；

龙消灭了人们。

席姆温都，我的父亲，为我担心吧。"

他们剖开龙的肚子，从里面出来一个人，还活着呐。接着又出来一个人，也是活的；他们继续切割，又出来一个人，也是活的，三个俾格米人都活着出来了。

龙被切割完毕，姆温都把肉和骨头分成许多份分给他的人民。他还告诉他们，在吃这个龙的时候，要连骨头和肉一起吃进去，什么东西都不要扔掉。如果让他发现谁扔了一块小骨头，姆温都就会给他好看，因此龙必须当众烤。在烤龙的眼睛的时候，每当眼睛吱吱啦啦地爆开，就出来一个人。当龙的所有眼睛都被烤完以后，竟然出来了一千人之多。姆温都说："这些都是我的子民。"接着，他就把这些人安排到不同的部落去生活。

说来也巧，恩库巴也是龙的朋友，他们订过血盟。就在姆温都他们烤龙肉的时候，恩库巴在天上嗅到龙的气味竟然出现在图邦都。恩库巴很生气，很明显姆温都把龙给杀了。他来到图邦都，对姆温都说："我要把你带走，我的朋友。你知道你干了些什么吗？你竟敢杀死龙还把他给吃了！龙也是我的朋友。我很生气，

必须要给你一个教训。"姆温都倒不害怕跟恩库巴走,但是他的人民却忧虑重重,认为他们的酋长永远也回不来了。姆温都唱道:

"我们走吧,到比舍里亚,

因为恩库巴来捉拿姆温都。

我这就走,到比舍里亚,

因为恩库巴来捉拿姆温都。

啊,恩库巴,你比不上姆温都,

因为姆温都是生来会走的小不点儿。

席姆温都生了个英雄。

我的朋友,你比不上姆温都。"

恩库巴把姆温都带走了,图邦都的人民依依不舍地望着他们的酋长。恩库巴和姆温都的身影在云层里渐渐消失了,姆温都的歌声还在空中飘荡。

恩库巴把姆温都带到了天上。恩库巴问他:"我的朋友姆温都,你胆敢吃掉我的朋友龙,你铸成大错了。你烤了他的眼睛,所以气味飘逸到我这里,我在空中闻到了。如果你只是杀了他,或许我也不会这么生气。"恩库巴还对姆温都说:"很多次你遇到危险,都是我及时地拯救了你,难道因为我有求必应,你就觉得和我地位相当,甚至把我当成奴仆了吗?我告诉你,在神的眼中,你就是一个草芥!"

恩库巴那里很冷,冰冷的强风使姆温都难以忍受。这里一片荒凉,一间房屋都没有,根本就没有地方休息。姆温都开始向恩库巴求饶,说他知错了,请恩库巴让他回去。恩库巴说:"你并没有真正认识到你错在哪里。现在我带你一一拜访天上的神灵,看看他们对你的印象是什么。"

恩库巴紧紧抓住姆温都,带着他上升到雨神那里。雨神见了姆温都,告诉他:"你姆温都很不谦虚呀,从不接受批评。你说话蛮横得很,还有你那些神奇的本领。当然,你的那些所谓的英雄事迹我们都听说了。可是,你的那些神奇的本领在这里没有用武之地。"雨神在他身上下了七次雨，随后又下了七次，还把冰雹砸在他的身上，让他浑身冰凉。姆温都说："这次我是碰上高手了。"

恩库巴又带着他上升，让他游历月亮神的领地。当月亮看见姆温都的时候，指着他说："我们听说你很傲慢呐，可是在天空里没有你骄傲的资格。"月亮烧掉姆温都的头发。姆温都痛苦地说："啊，席姆温都，我的父亲，快救救我吧！我要带着节杖就好了。"

恩库巴又把姆温都举高，继续向上升，带他去见太阳神。当太阳看到姆温都的时候，连话都没有说就用炎热折磨他。姆温都没有任何办法来抵御这种煎熬，他的喉咙干了，渴得要命，就向他们要水喝。他们对他说："没有，这里从来就没有水。你就咬牙忍着吧。"

在姆温都经受了太阳的磨难之后，恩库巴又把他送到了星神的领地。当星看见他的时候，指着他说："我们知道你很骄傲。可是现在你也看到了，在我们面前你没有丝毫的反抗能力，只能苦苦忍受。"星命令雨和太阳过来。

所有的神——恩库巴、雨、太阳、星，这些天上的居民——都给姆温都表明了他们的态度："我们尊重你，不然的话，你在这里早就完蛋了。不过你要明白，仅仅只是尊重而已，在我们眼里，你只是一个微不足道的小人物。你现在可以回去了，你要记住，你以后永远不能杀生，不管是外面的野兽还是饲养的家畜，即使是像蜈蚣那样的昆虫也不能杀。如果有一天我们知道你违反了我们的禁令，那么你就要死掉，你的人民将再也看不到你。"他们把他的耳朵拉了七次，稍后又拉七次，说："记住了吗？"他说："记住了。"众神又对姆温都说："恩库巴将在这里监视你的一举一动。一旦你行差踏错，我们立刻就能知道，恩库巴就会立即抓住你，你连向你的人民说声再见的机会也没有。现在就让恩库巴送你回去。"

姆温都终于可以回去了，这时候他已经在恩库巴的带领下在天上各地游历了一年，看到了各种各样的好事和坏事。恩库巴又把姆温都提起来，带着他回图邦

都的家。姆温都这时不再自傲了,他唱道:

"姆温都即将抵达,

图邦都的家。

图邦都的家,

姆温都正要到达。

他出去,他又回来了。

席姆温都生了个英雄。

他没有死,他很安全,

啊,我的姑姑,姆温都想你了!

我的朋友恩库巴,他仁慈大发。

让我回到图邦都吧,

回到图邦都——我母亲的家。

但愿我见到我的母亲,

我下落到图邦都这里,

我最亲爱者——父亲的家。"

恩库巴带着姆温都慢慢地下落,最后他们降落在图邦都村的正中央。席姆温都看到恩库巴送回了他的儿子,高兴地送给恩库巴一个姑娘——姑娘戴着铜镯,铜是恩库巴喜爱的金属——还送给他一些长着白色羽毛的家禽。当地崇拜恩库巴的习俗就是这样产生的——从那时候起,他们总是在特定的时间献给他一个戴铜镯的姑娘。恩库巴接受礼物之后,就回他在天上的领地去了。

姆温都回来后曾经给人们讲述过他在天上的经历:"当我到达天上的时候,我先后见到了雨神、月亮神、太阳神和库比库比星神,当然还有闪电神恩库巴。这五位神灵禁止我杀害森林里的动物、河里的动物,还有村里的动物,说我胆敢杀其中的任何一个,那他们就会知道,接着恩库巴就会来抓我,一点准备的时间都不给我，而且永远回不来了。我在天上还看到了许多其他的新鲜事物，但是我不能说。"

这一年里席姆温都的头发、尼亚姆温都的头发，都长得老长，就像森林中的藤蔓那样长。在图邦都村子里，悲伤的人们也不再娱乐，玩乐的鼓都蒙上了厚厚的一层灰尘，甚至公鸡都不再打鸣了。但是在姆温都回来的那天，他的父亲和母亲都把自己的长发剪掉了，公鸡也开始打鸣了，人们又开始擂起鼓来庆祝姆温都的归来，鼓声响彻天空，狂欢了整整一夜。

他还为他的国家制订了一系列的法律。他说：

"希望你们食物充足。

希望你们住在好房子里，而且住在美的村庄。

相互不要吵架。

不要追别人的配偶。

不要嘲弄残废人。

引诱别人妻子的要被杀掉！

要拥护你们的酋长。

爱戴他，希望他也尊重你们。

希望你们团结友爱，在这个国家，

没有怨望，没有仇恨。

愿你们生出高矮不同的孩子，

生了孩子，

你们要把他们带到酋长那里。"

姆温都此后再也没有离开过他的村子。他名声很大，不但在国内无人不晓，而且在别的国家也非常出名，经常有别的国家的人民不远千里来到这里，向他表示自己的崇拜之情。

第六章 「李昂戈·富莫」的神话传说

兄弟之间的仇恨

李昂戈·富莫是尚盖地区"谢赫"家族的长子,但是他的父亲临终时却把职位传给了他的异母弟弟姆瑞格瓦里,仅仅因为他的生母是妾。但是,从各方面看,他都比他的异母弟弟姆瑞格瓦里强得多,不管是他的体魄、胆量、武艺,还是他的文才,都得到了人们的传颂和赞扬。他对这个不公平的事情非常气愤,曾经作诗表达他的心思:

"给我一把椅子,

让我可以坐下,

安慰我的姆瓦瓦兹,

安慰我的妻子,

她减轻了我的痛苦……"

他同姆瑞格瓦里的仇恨越来越难以化解,都已经到了想要杀死对方的程度。

有一天,几个盖拉人来到篷特做生意,从国王那里听到了李昂戈的事迹,对他非常感兴趣,就告诉国王他们想要见见李昂戈。国王同意了他们的请求,派人给尚盖的李昂戈送信,希望他能来一趟。李昂戈谦恭有礼地给国王回信说他会去的。

第二天早上他全副武装地动身了，而且带着三个喇叭。正常情况下从尚盖到篷特需要走四天，可他一天就到了。不过他到的时候城门已经关闭了，他站在城门口，拿出一个喇叭用力一吹，巨大的声音把喇叭都震裂了。盖拉人听到这个声音十分奇怪，就问国王："这是什么声音？谁喊出这么大的声音？"国王告诉他们："这是李昂戈来了！"李昂戈又吹第二个喇叭，第二个喇叭也被震裂了。他接着拿起第三个喇叭，城里的人都跑了过来，包括那些盖拉人。李昂戈告诉他们："我是李昂戈，请准许我进城。"城门立刻打开了，他被众人有礼貌地请了进去。几个盖拉人看见他的样子又惊又怕，感叹道："这是战争之神呀！即使有一百支军队也会被他打得溃不成军、一败涂地。"

他坐了下来，歇息一会儿之后，从随身携带的袋子里取出杵臼、磨石、大小不同的饭锅，还有用来支锅的三块石头开始做饭。盖拉人站在旁边看得目瞪口呆，根本不相信有人能够随身携带这么重的东西。最后他们的情绪终于平静下来，对国王说："我们想要他做我们的上门女婿，他的儿子可能会让我们部族的前途更加光明。"国王本人当然是无所谓的，就询问李昂戈的意见。李昂戈在提了一些条件后同意了。

盖拉人得到这个消息后欣喜若狂，在他们的村子里为李昂戈举行了隆重的婚礼。过了一段时间，李昂戈的妻子果然生了个儿子，儿子逐渐长大，很有希望像他父亲那样漂亮、那样威武有力。

后来，不知是姆瑞格瓦里派的人还是他得罪的某个盖拉人四处散播流言，让当地人对他产生了很大的敌意。并且他还意识到国王也有了杀他的迹象，所以就离开篷特去了大陆。在那里他同森林里的瓦撒尼耶人与瓦达哈鲁人一起生活，开始了逃难的生涯。

不久，篷特那里有人告诉瓦撒尼耶人与瓦达哈鲁人：如果他们能把李昂戈的头带来，就给他们一百块银元。他们无法抗拒这种诱惑，但又不敢和李昂戈正面作战，就想出了一个阴险的主意。这天，他们找到李昂戈，建议他们搞一次会餐，每个人拿出一种食物，因为在流浪式的森林生活中根本就吃不上正常意义上的饭。同时要求每个人都要到树上为会餐采摘水果，他们的目的就是趁李昂戈在树上无法反击的时候把他射死。李昂戈选的是一棵最高的椰树，当他们射箭的时候他迅速爬到了箭无法射到的地方，摘下椰子把他们砸得落荒而逃。

李昂戈从监狱逃跑

瓦撒尼耶人发现不论是正面围攻还是阴谋诡计都无法抓住李昂戈，无奈地放弃了谋杀他的计划。李昂戈也不再信任他们，就离开他们回到了尚盖去找他的母亲和儿子，他的盖拉族妻子则留下来同她的族人在一起。

他弟弟的人终于在尚盖捉住了他。据说是在他熟睡的时候被抓住的，他被灌醉了，可能酒里面还下了麻药一类的东西。他被上了脚镣和手铐关进监狱，同时还有许多看守在监狱里昼夜不断地监视着他。这是个危险人物，看守们经常为采取哪种办法来保证他无法越狱而争论不休。姆瑞格瓦里的参谋团认为直接杀了他影响不好，提议让他领兵到前线作战，趁机在那里暗杀了他。姆瑞格瓦里并不赞同这个提议，认为这样做的风险更大。他知道李昂戈非常勇猛，即使给他戴着脚镣和手铐，也不能保证有人可以杀死他。

李昂戈的母亲天天派她的女仆沙达到监狱送饭，但都被看守们抢走了，她儿子能得到的只是些残羹剩饭。

姆瑞格瓦里终于作出了决定，派人到监狱告诉李昂戈：三天内他将要被处死，但可以满足他最后的愿望。李昂戈告诉他的弟弟：他希望可以现场欣赏一次贡古舞表演。姆瑞格瓦里同意了。于是李昂戈开始编一支歌，直到今天人们还在演唱：

"女仆沙达啊，记下我说的话！

转告我的母亲我说了什么。

让她烤一块谷壳糠饼，

把铁锉藏在中间，把我的束缚锉断，

手脚上的镣铐，我尽快锉掉，

接着我像蟒蛇的儿子一样溜走，我将暗自发笑。"

当沙达又来送饭的时候，李昂戈对她唱了几遍，直到她示意已经记下了。看守们只顾着狼吞虎咽地吃抢来的食物，根本没有注意李昂戈唱了些什么。沙达一到家就告诉了女主人李昂戈的要求，女主人立刻跑出去买了几把锉。第二天早上，她做了比往常更丰盛的菜肴，又按照儿子的要求做了个糠饼，里面放上那几把锉，再用破布把糠饼包上。

沙达到了监狱，看守们像平时一样把食物拿去，又看了那个糠饼一眼，嫌弃地随手把它扔给李昂戈。李昂戈沉着脸接了过去，一副敢怒不敢言的样子。

表演贡古舞的人来了，他把主要演员喊到一起，教给他们一首新歌——可能就是以他的名字流传的《贡古舞歌》之一。伴奏的乐器应有尽有：号角、喇叭、铙钹、锣，还有成套的鼓。演出开始了，每当乐器一响，李昂戈就动手锉镣铐，由于乐器的声音很大，所以锉镣铐的声音几乎听不到。乐队演奏停歇，他也不再锉，反而提高嗓门放声唱歌。就这样，他时断时续地锉断了镣铐，然后用力站立起来，接着冲到门外，抓住两个看守的脑袋猛撞，又一下子把他们摔死在地上。乐师们丢下乐器就跑，看守他的那些人就像散了群的绵羊似的四处奔逃。李昂戈先到城外向母亲告别，接着往树林走去，谁也不敢制止他。

儿子杀死了他

在森林里李昂戈过着绿林好汉的生活，袭击城镇，抢掠行人。姆瑞格瓦里已经黔驴技穷，再也没有办法对付李昂戈。最后，他把李昂戈的儿子骗了过来，让他去询问他父亲的弱点在哪里，因为这时候人们已经发现李昂戈刀枪不入了。

小伙子在森林里找了好长时间，终于找到了他的父亲，装作又惊又喜的样子。李昂戈知道儿子找自己怀有不可告人的目的，但是李昂戈却随随便便地说出了他的秘密——或许是他知道自己的命运就是如此。他儿子犹豫了一下，对他说："父亲，我打心眼里不希望你遇到危险，但你能告诉我什么东西可以杀死你吗？"李昂戈郑重地回答："我觉得，你问我这个是在寻找杀死我的方法。"儿子当然不肯承认："我发誓，我没有这样的想法！父亲，你要死了对我有什么好处？到那时我就是一个一无所有的可怜虫！"李昂戈回答："孩子，我知道有人指使你来问的，你被他们骗了。将来你什么都得不到，还要受到那些人的嘲笑和咒骂，你会为你的行为后悔和痛苦。即便如此，我还是愿意告诉你：除非用一根铜钉插进我的肚脐里，否则什么武器也伤害不了我。"儿子在父亲那里又待了两天，第三天的时候，他以担心母亲的健康为借口匆忙地赶回篷特。

姆瑞格瓦里得知这个消息以后，立即派人找工匠打造所需要的那种铜质尖钉。

李昂戈的儿子一连十天过着花天酒地的生活，耳边听到的都是阿谀奉承。随后他的叔叔就让他去杀死自己的父亲，并且向他许诺：只要他完成了任务，回来就给他成亲。

李昂戈的儿子再次来到了尚盖。他父亲对他的到来很是高兴，心想或许自己的儿子根本没有谋杀自己的企图，他原来的判断是错误的。他同父亲在一起待了一个月，一直没有动手，也许是没有机会，也许是还残存着一点良知，不忍心动手吧。但是姆瑞格瓦里等得急了，就给这年轻人写信，隐晦地催促他快点动手："我们这里把一切都准备好了。"也许是巧合，就在信到的那天，李昂戈打猎回来了。他累得筋疲力尽，到家后倒头就睡，对外界的一切都没有了反应。他儿子抓住机会，鼓足勇气走到他身边，抓着铜钉向他父亲的肚脐刺去！

剧烈的疼痛让李昂戈醒了过来，看着在一旁瑟瑟发抖的儿子，他明白了一切。他不忍心杀死自己的儿子，就抓起弓箭，强忍住疼痛起身走出家门。在城门和水井之间的路上，他再也走不动了。他一条腿跪下，用箭支着头，面朝着井死了。

城镇的人看见他跪在那里，并不知道他已经死了。一连三天，无论男女谁都不敢去水井打水。家里备用的水吃完了，他们开始喝贮存在外面水缸里的水，那水本来是供沐浴仪式用的。这点水很快也用光了，城里的人们已经无法正常生活了，几个德高望重的老者找到李昂戈的母亲，请她向儿子说情离开水井。她同意了他们的请求，在三个城内有头有脸的人陪同下出发了，而且念诵着用来安慰他的诗。她远远地站着，哀求他离开水井，不要影响人们的生活，可是得不到儿子的回应。于是他们又走近了一些，这时他们发现李昂戈死了。母亲无法接受这个现实，"他不是死了，他是生气了，不想说话。他是跪在那里反省自己呢，因为他以前不听我的话。"她呜呜咽咽地哭了起来，就想上去保住儿子，可手刚一碰到身体，李昂戈就轰然倒地。

他们走过来察看他的遗体，拔出了那根杀死他的铜钉，然后把他运到城里，为他守灵，最后把他埋葬。尚盖的人更是悲痛。他们说："李昂戈是我们的剑，我们的长矛和盾牌；现在他走了，再也没有人保卫我们了！"

消息传到篷特，姆瑞格瓦里为心腹大患的死去十分高兴，就派人去找李昂戈的儿子马尼·李昂戈。这时马尼·李昂戈正在王宫里享受花天酒地的生活，当他的叔叔问他知不知道发生了什么事时，他高高兴兴地回答"不知道"。姆瑞格瓦里佯装大为吃惊，登时翻了脸："你是十足的不忠不孝的家伙！从我的王宫滚出去，从城里滚出去。把我给你的衣服脱下来，穿上你自己的破烂衣服，你这个上帝的敌人！"马尼·李昂戈从篷特被驱赶了出来。他又回到盖拉人那里，盖拉人也不欢迎他，甚至他的母亲也抛弃了他。他又悔恨又伤心，最后病饿而死。人们都说他这是罪有应得。

第七章 食人魔的神话传说

兄妹俩和食人妖魔

　　从前，有一家人生了对龙凤胎，两个婴儿胸前都有个胎记，因此，男孩被命名为巴拉，女孩叫巴拉卡兹。胎记长得像月亮，很显眼，所以，巴拉和巴拉卡兹从懂事起就为自己的胎记感到自豪。每天早上巴拉都会找到巴拉卡兹，向她亮出自己的胎记，然后他们就手拉着手，笑着跑到空旷的田地里玩耍。他们一会儿追逐鲜艳的蝴蝶，一会儿学习鸟儿清脆的叫声，一会儿上树掏鸟蛋，一会儿抓野兔，一会儿在河滩涉水、学习游泳，一会儿寻找蜂房。

　　两个孩子慢慢地长大了，相亲相爱，关系很好。他们身体健康，也很聪明，在动物知识和植物知识方面远远超过同龄的孩子。在同龄孩子只知道玩耍的时候，巴拉就会设陷阱捕捉鸟儿和动物，用棍子或石头击中地上或空中的鸟儿；他能用棍棒击中跑着的野兔和公羊，高超的技术就连最了不起的猎手们都为之赞叹；他能够用石头打中河对岸的水獭，游过又深又宽的河流取回猎物；他喜欢爬上陡峭的悬崖猎取岩狸。有人吓唬他那里有长着岩狸脑袋、捕食岩狸的大蛇，他说："我正想抓一条呢！这样所有人都知道它是什么样子了。"巴拉在这些冒险中抓到了很多大毒蛇，用它们的皮给自己和妹妹作臂环和腰带。

　　成人礼的时候巴拉必须更换名字，这是当地的风俗，他改名为姆本古。在所有的猎人中，他是技术最好胆子最大的人，他的成绩给他赢来一个"松扬盖扎"（意思是"神奇的抢掠者首领"）的绰号，于是他就成了姆本古·松扬盖扎。他孔武有力，凡是见过他的人都说："他身体太结实了，就像铁打的一样，他不是姆本古·松扬盖扎，而是姆班博·泽·恩扬盖尼（铁腰杆）。"在打猎方面他有个独特的能力：如果他的打猎队围住一群羊，只要他用棍子以超人的技巧和力量先打死任何一只羊，那么整个羊群都会跑过来跟着死在他的脚下。

有一年秋天，姆本古外出打猎，巴拉卡兹到玉米地去驱赶啄食玉米的鸟儿。一群食人妖魔看见了她，就想把她捉走吃掉。勇敢健壮的巴拉卡兹拼命地搏斗，拼命地挣扎，可寡不敌众，她最后还是被他们抓住了。虽然食人妖魔爱吃人肉，但是姑娘的美貌和体力给他们留下了深刻印象，所以他们决定不吃她，要把她带回去做他们大王的第一夫人。

姆本古得知这个消息立即放弃打猎回去寻找他的妹妹，发誓找不回妹妹决不罢休。他不知道是哪个部落的食人妖魔抓走了他妹妹，就决心找遍所有的食人妖魔领地，不管需要多少时间。

月亮圆了又缺，缺了又圆；花儿开了又谢，谢了又开。姆本古翻过高耸的大山，越过宽阔的平原，穿过茂密的丛林，渡过辽阔的河流，孤独地寻找着妹妹。他不愿意向别人乞讨食物，吃的是蜂蜜、野果、甜苇，还有轻松打到的猎物；也不愿意乞求藏身之处，冷了睡在洞穴里，要是天气暖和就睡在野地里。

这一天他来到一条大河旁，对岸就是最凶恶的食人妖魔的国土。他看到河对岸有一个大村庄，食人妖魔大王的大殿就屹立在小山丘的斜坡上。从村子各处延伸出许多蜿蜒的小道，最后在河边的一个浅滩交集。他知道那就是食人妖魔取水的地方，决定去那里找机会抓个食人妖魔打探一下有没有妹妹的消息。他游了过去，尽可能靠近那个地方。藏在水里是不行的，河水深了他有生命危险，浅了又容易暴露，于是他就在高高的芦苇丛里躲了起来。

不久就有一群食人妖魔的女孩过来取水,后面跟着一个人类小姑娘,头上顶着个有把的小水罐。他看到小姑娘大吃一惊:这个女孩简直就是小时候的巴拉卡兹,他觉得这小姑娘必定是他妹妹的孩子。姆本古欣慰地注意到这孩子和食人妖魔的女孩子们关系并不融洽:她要比她们小得多,但是没有一个食人妖魔的女孩帮她,她们也互不理睬。食人妖魔的女孩们装满水罐之后,就把水罐排成一排放在岸上,开始一起做游戏。小姑娘过来,把水罐装满水开始往回走。装满水的小水罐对小姑娘来说显然太重了,但是在她头顶水罐艰难地往河岸上爬的时候,那些食人妖魔的女孩们连看她一眼的兴趣都没有。她把水罐从头取下的时候溅了一身,可是她对此没有一点沮丧的模样,可见已经习以为常了。她把她的小水罐单独放在一边,远离食人妖魔女孩的水罐;她也没有同她们一块儿游戏,独自去芦苇丛中寻找鸟巢。

小姑娘在芦苇丛中慢慢地寻找,离姆本古越来越近了。姆本古轻轻地拨了一下芦苇引起她的注意。起初她非常吃惊,姆本古朝她笑了笑,她也笑了。姆本古向她招了招手,小女孩乖巧地向他走来。在她走近的时候,姆本古看到她胸膛上也有个月亮状的胎记。

"你是谁?"小姑娘好奇地盯着他,"你看上去不像那些丑陋的食人妖魔,跟我和我妈妈倒是很像。"

"你妈妈是谁?"他问。

"她是恩科西卡兹。"

"她知道她的真名吗?——就是她像你这么大的时候叫什么名字?"

"我不知道。所有的食人妖魔都叫她恩科西卡兹。"

"你妈妈赞扬过谁吗?"

"她赞扬过姆本古·松扬盖扎。"

"她现在还赞扬吗?"

"一直都在赞扬。"

"你能把她如何赞扬的说给我听听吗？"

"好吧，她这样赞扬的：

'姆本古·松扬盖扎的胸前有个月亮，

他在姆博一恩古尼国土上美名扬，

如果他用棍棒打死一只羊，

所有的羊都来到他脚下躺倒、死亡。'"

"太棒了！小姑娘，你唱得真是太棒了！"姆本古说。他得知妹妹没有忘记自己很是高兴。更让他高兴的是小姑娘的唱腔和举止风度竟和妹妹一模一样。

"你知道这个姆本古·松扬盖扎是谁吗？"

"我妈妈的哥哥，也是我的舅舅。"

"他长什么样？"

"他是个高大的男子汉，比食人妖魔还强壮。"

"你见过他吗？他也住在这里吗？"

"没有见过，他也不住在这里。可是总有一天他会来的，他会把我们从食人妖魔这里带走。"

"你怎么知道他会来？"

"妈妈说的。她告诉食人妖魔她哥哥会来，他们一听全吓得打哆嗦，连大王也打哆嗦。他哆嗦起来，汗水满面，脸上的灰也冲掉了。"

"你舅舅的胸前有月亮吗？"

"有，他有。和我的一样。"孩子指着自己的胎记说，像巴拉卡兹亮胎记时那样自豪，"妈妈也有个月亮，和我的一样，但比我的大。"

姆本古二话没说站起身来，亮出他的胸膛，向孩子弯下腰以便让她看清月亮胎记。小姑娘伸出双臂一把搂住他的脖子。

第七章 食人魔的神话传说

"你就是妈妈的哥哥!"她欣喜地叫了起来,"你是来带走我们的吗?"

"嘘!嘘!"姆本古用他的大手捂住她的嘴,"小声点,要是食人妖魔的姑娘听见会去报告的。"

"你不用担心,大王害怕你。如果她们告诉他你在这里,他会跑掉的。"

"不是这样的,孩子,事情没有那么简单。让我想个办法。"

过了一会儿,他伸手拔出一把芦苇。

"你想要你妈妈见我吗?"

"当然想了。怎么,你不和我一起回去吗?"

"只能让你妈妈一个人先来见我。孩子,下面的话你要记好了:你把这些芦苇带回家撒到门槛上,然后就叫你妈妈帮你拿下头上的水罐。不要别人帮你拿,就要妈妈来。当她从房间里出来的时候,肯定会把芦苇踩断。你就大哭大叫,要她用完好的芦苇赔你,而且要她立即就赔。你说你是费了好大劲才找到这些最好的芦苇的,她必须到你采芦苇的地方找来同样的芦苇才行。"

小姑娘立刻明白了姆本古用意,激动得跳了起来。

"如果她没踩断芦苇,我就亲自把它们弄断,就说是她弄断的。"

"你真是个聪明的孩子。还有,你还没有告诉我你叫什么名字呢。"

"我叫诺马乌卡兹(意思是"晚霞之母"),妈妈叫我乌卡兹。"

"那我也叫你乌卡兹。喏,拿着芦苇走吧。食人妖魔的姑娘已经上路了,要赶在她们前面进村子。"

计划进行得很顺利。就像姆本古估计的那样,他妹妹踏断了许多芦苇。诺马乌卡兹马上扑倒在地,放声大哭。

"我要我的芦苇。"她叫着,"妈妈踩断了我的芦苇,必须给我弄到新的芦苇,现在就赔,现在!现在!"

"我不是没看见芦苇嘛,我的孩子。"妈妈蹲下来哄她,"别哭了,妈妈派人给你弄好芦苇。"

"不行，不行，不行！"诺马乌卡兹抗议，"你亲自去采芦苇。是你踩断我的芦苇嘛！别人采的我不要。"

"好好好，乖宝贝，我明天早晨就去。"

"不行！我现在就要芦苇，就要和我原来一模一样的芦苇。"

"啊，乌卡兹！你没看见妈妈累了吗？为什么就不能等到明天早上呢？"

"因为我现在就要玩，我到那里搞芦苇就是为了玩嘛。你现在要是不去，我就哭一夜。"

"好吧好吧，妈妈马上就去。"

巴拉卡兹从来不忍心让她的孩子哭闹，这个孩子是知道的。她离开家出发了，诺马乌卡兹在她背后喊道："妈妈，到我去过的那个地方去，如果你从任何其他地方搞来芦苇，我马上就知道你欺骗我。"

"够了，乌卡兹，我听到了。"

姆本古远远就看见他妹妹走出村庄，他用警惕的目光观察着她周围的一切，看到她后面无人跟踪才松了一口气，就在芦苇中等待着。当她走近的时候，他学了一声鸟叫，妹妹顿了一下，又开始向前走；他又模仿另一种鸟叫，这时巴拉卡兹又停了一下，快速地左右观望。姆本古又学了第三种鸟叫，巴拉卡兹不再犹豫，直接走向他的藏身处。

姆本古站了起来，向她亮出自己胸前的月亮胎记。巴拉卡兹莞尔一笑，也向他亮出她的胎记，接着，他们拥抱在一起，泣不成声。

"你在外面流浪了整整五年，就是为了找我吗？"巴拉卡兹松开了哥哥，哽咽着问他，并且上下打量着她的哥哥。

"到这个月底就五年了，我走遍了姆博—恩古尼人的国土。"

"从你的披肩我就看得出来。"巴拉卡兹还是上下打量着她的哥哥。"多少次太阳把它烤，多少次夜露在它上面睡觉，多少次雨水把它浸湿，多少次雪花在它上面落下。可是你——还是这么强壮有力、精力充沛。喏，说说你怎么同乌卡兹见面的？"

"她发现我藏在这里。"他笑着回答，"那孩子真聪明。看来她完美地完成了我们的计划。"

"她演得非常逼真，在我听到你学鸟叫之前一点儿都没有怀疑过她是故意的。"

"是啊，我相信她会做得很好。她知道的事儿也很多。她告诉我妈妈怎样用舅舅威胁他们，一听到她哥哥会来，连大王也大汗淋漓，冲掉脸上的灰。"

他们彼此对视着，轻松地笑了。

"她不知道大王就是她的父亲，这个你从她的谈话中听出来了吗？"

"听出来了。我感到高兴，卡兹。"

"还有一件事她也不知道。"

"什么事？"

"每年秋天，食人妖魔的大王就会派出一批亲信去寻找你，让他们杀了你，并把你的头和肝带回去给他。"

"看来在他们抓你的时候你反抗得很厉害，卡兹。要是他们要我的头和肝，那就意味着你的力量和勇敢给他们很大震撼。"

"我当然反抗了。我打断了一个家伙的手腕，还咬掉了一个家伙的大拇指，后来他们才把我制伏。"

"我就知道会是这样。"

"可他们并不是因为这个才想杀死你的，他们在抓我之前就想这么干了，他们很久以前就注意到你了。在你打猎的时候，他们经常躲在丛林里观察着你，可他们从来没有一个家伙能活着靠近你。其实，他们在玉米地发现我的时候，他们就是在找你呢。只是在我开始唱赞扬你的歌时，他们才知道我是你的妹妹。喏，他们是又高兴又害怕。"

"我明白,卡兹,我明白。既然他们想要,我把头和肝都带来了,食人妖魔有本事就来拿吧。"

"他们拿不走的,"巴拉卡兹说,骄傲地看着哥哥强壮的身体,"我们必须准备一下马上离开。我先去找孩子。"

"不,卡兹!这样做是不行的。只要这些食人妖魔存在,我就摆脱不了危险,只有千日做贼,哪有千日防贼的?既然他们的大王想要我的命,我就先把他们的大王给杀了!"

"可你杀不了他,巴拉。他的安保措施做得很好,卫兵也很厉害,你没有办法的。还是我去杀他吧。"

"不行。"姆本古欣慰地笑了笑,"那样我们就不容易走了。我必须亲自到王宫去,只有亲眼看过王宫,我才能做好杀他的计划。如果他不想要我的性命,咱们还可以带上孩子悄无声息地回去,既然他一直想杀我,我就必须杀掉他再过这条河,不然以后我们将永无宁日。"

"我听你的。不过你要做我的瓦翁吉才行。"

"瓦翁吉?什么意思?"

巴拉卡兹笑了,接着她解释说:"误入食人妖魔国土的人类被叫作瓦翁吉,他们到了食人妖魔国土后的经历就是被追逐、被捉拿、被吃掉。但是身份高贵的人——例如我,一个恩科西卡兹——抓到的瓦翁吉,可以做砍柴人或生火者,不用被吃掉。"

姆本古微微一笑,没有说话。巴拉卡兹回头对他笑笑,继续说:"我得在你脸上抹些泥,让你看上去像个衰弱的老头。不止是脸,腿上、胳膊上也要抹上,盖住你那结实的肌肉。"

她用泥和土把姆本古抹得简直成了一个满脸皱纹的老头,披肩、缠头巾、草鞋，通通抹得一塌糊涂。

"现在我要给女儿搞些芦苇了。可是只有你们知道在什么地方，现在这个任务交给你了。"巴拉卡兹笑着对哥哥说。

姆本古哑然失笑，随手拔出一束芦苇，用他的宽刃长矛削去两头捆起来，再把长矛插进芦苇捆交给他的妹妹。巴拉卡兹立刻把芦苇捆顶在头上，用手指了指哥哥放在地上的那根沉重的棍子。

姆本古默契地用右手握着棍子，像一个真正的老人那样把它当作拐杖，弯着身，左手痛苦地扶着腰。

"真像。我在你前面走。"巴拉卡兹满意地说，"我在山顶停下来给你把风。要是有食人妖魔发现你我就喊'那是恩科西卡兹的瓦翁吉'，这样他们就不会动你了。不过你也要装得像点，巴拉！"

"放心吧，卡兹。我将是他们见过的最衰弱的瓦翁吉。"

巴拉卡兹不慌不忙地走到山顶，回身一看，她哥哥在后面落得好远，正在痛苦地唉声叹气地往山丘上爬。有几个食人妖魔注意到恩科西卡兹正在注视什么，就走了过来。

"那是我的瓦翁吉。"巴拉卡兹指着那个正在上山的倒霉蛋说。

"能让我们把他吃了吗，恩科西卡兹？"食人妖魔失望地问道。

"不能吃！"巴拉卡兹用一种命令的口气回答，"他要为我劈柴生火。"

"瓦翁吉！瓦翁吉！"他们不停地喊叫。

"不能吃！"巴拉卡兹命令说，"谁也不能碰他。"

食人妖魔顿时没有了兴致，慢慢地散了。当巴拉卡兹和他的"瓦翁吉"到家的时候，身后已经没有食人妖魔了。她给这个"瓦翁吉"拿了一些东西吃，又给他安排了要干的活儿。前两天姆本古一直以"瓦翁吉"的身份侍候他的妹妹。

到了第三天，食人妖魔的大王来到巴拉卡兹的王宫，这是姆本古第一次见到他。大王之所以来看"恩科西卡兹的瓦翁吉",一来想弄清他的来历,二来想问问这个瓦翁吉是不是知道姆博一恩古尼国土上的著名猎手和袭击者——那个名叫姆本古·松扬盖扎的身强力壮的英雄。

"前几年倒是经常听人说起。"这个瓦翁吉用一种沙哑的声音回答,"可我从来没有见过他。那些小家伙有人见过他,讲过他的许多故事。他现在可能死了,因为……"

"死了?"大王打断他的话,"你有什么证据说他死了?"

"我这么说,是因为我们的小伙子不再看见他,甚至也不谈到他。人总会死的,伟大的王。"

"可他不是一个土埋半截的糟老头子!"

"你认识他吗,伟大的王?"

"听说过,没见过。"

"你听谁说的?"

"从我的猎人那里。"

"他们和他一起打过猎?"

"那怎么可能?他们倒是经常看他打猎。他们确定这个人没死。"

"这是什么时候?你的猎人们最后一次见他是什么时候?"

"他们最后一次看见他已经是许多年前的事了。现在谁也不知道他的行踪。可我不相信他是死了。我的感觉是他在寻找什么——可能就是被我的猎人拿走的东西。"

"什么东西?是秘密吗?"

"不是什么秘密。既然你在这里,你不久就会知道的。"

"是他的秘密武器吗?"

"是他最喜爱的东西。我本来是派人了解他那么厉害的原因的,结果他们却给我带回来他最喜爱的东西。我想他正在找这件东西。"

"你怕他吗,伟大的王?"

"如果我最勇敢的猎人们害怕他,他就是一个令人害怕的人。能当上猎人首领的都是百里挑一的勇士,如果连猎人首领都害怕,那就说明他是个令人害怕的人。"

食人妖魔的大王说完这些话,起身就走。他伸个了懒腰、打了个哈欠,嘴巴张得像个无底洞。

"啊,姆本古·松扬盖扎,姆博-恩古尼国土上的勇士首领!我不知道谁能告诉我他的消息!"他一边把自己的庞大身躯从门口挤过去,一边大声说。

姆本古也不再说话。可是当他看着这个大肚皮家伙走了以后,全身的肌肉都绷紧了,身上覆盖的泥土噼哩啪啦地往下掉。在谈话期间,巴拉卡兹一直担心地看着他,见他能够控制情绪才放心。现在看到他眉头紧皱、摩拳擦掌、牙关紧咬,气得直喘粗气,就给他使了个眼色示意他平静下来。

"沉住气,巴拉。"她说,"你在谈话期间做得很好。现在你是亲耳听见了,他甚至提到了猎人首领!"

"这就是我生气的原因,卡兹。他说得那么平淡,杀一个人就像杀死一个猎物一样!"

"不管怎样,你要沉住气,巴拉。我告诉你吧。他的猎人首领已经从一年一度的秋季打猎的猎场回来了。他们告诉他找不到你的下落。听说有个瓦翁吉刚好来到这里,猎人首领就说'或许这个瓦翁吉认识姆本古·松扬盖扎!问问他吧'。所以大王才来到这里。"

"我也听说了,卡兹。其实,这个食人妖魔不像一般的那些妖魔那样愚蠢,他从直觉上就知道我没有死。"

这时他们听见几个食人妖魔向围墙这边走来的脚步声,就不再说话。姆本古·松扬盖扎坐下，又装成一个疲惫不堪的老头儿，他必须要这样做。几个食人妖魔进来，邀请姆本古·松扬盖扎第二天去看他们打猎。

"去吧，瓦翁吉。"他们说，"你自己在这里也没有意思。你年轻的时候也是个猎人吧，难道不想看看这样的盛况吗？你不用下场，坐在山坡上看就行了。想回来就回来，不用等打猎结束。"

姆本古同意了。

第二天早上，姆本古蹒跚地拄着他的拐杖，像个跛子似的走着，远远地跟在食人妖魔猎手的后面。他不知道他们的意图，就不想跟他们一道深入丛林。他大声向最后边的食人妖魔猎手呼喊，问他打猎的地方在哪里。那个食人妖魔指出地点后，姆本古说他去山坡了，找个位置观看打猎活动。

在山丘顶端坐着一个满脸皱纹的食人妖魔老太婆，她所在的位置可以俯瞰整个猎场。猎手们一到达丛林，她就大声指挥，告诉他们羚羊群的奔跑路线，他们就按她指出的方向追猎。她洪亮的声音响彻整个猎场，对面的山头都能听见。

当那些猎手根据女食人妖魔的喊声四处围猎时，姆本古激动地听着、看着。忽然，一大群受惊的羚羊钻出了灌木丛，一窝蜂地向他跑来。姆本古下意识地站了起来，甩出自己的重棍击中一只羚羊，其他的羚羊也跌跌撞撞地跑来，全部死在他的脚下！

附近的食人妖魔猎手们发出一片赞叹和艳羡的喊声。姆本古却在心中暗骂自己，这下坏了，他一时激动已经暴露了自己的身份：在食人妖魔的那些比较年轻的猎手一边收拾死羚羊一边赞叹地大叫大喊的时候，更有经验的一些食人妖魔猎手却凑到了一起，对他指指点点地低声交谈，不断地交换眼色。他已经把他的重棍拣了起来，像以前一样无力地倚着它，同那些食人妖魔猎手保持一段距离。他装出若无其事的样子，但又密切关注着有经验的食人妖魔猎手的每个动作，不漏过他们说的每一个字。他很清楚，即使食人妖魔猎手知道他的身份也不会马上发动攻击，因为他们没有把握。既然他只击中一只羚羊就能让整群羚羊倒在他脚下死掉，那么，如果他打中一个猎手，是不是所有的猎手也会倒在他的脚下死掉呢？姆本古站在那里没动，直到他们收起所有的猎物开始回家，他才慢吞吞地跟上去。

他知道接下来会发生什么：他们来邀请他打猎，在丛林里杀死他，砍下他的头，剖开他的身体，割下他的肝脏。头和肝脏将送给等在丛林某处的食人妖魔的大王，身体的其他部分分给猎手们。食人妖魔回去后会派出一个猎手告诉恩科西卡兹：你的瓦翁吉因为事故或者碰上野猪而死在丛林里了。

现在正是生死关头，他必须放弃杀死食人妖魔大王的计划，必须马上开始逃走前的准备工作，同时不能离开他妹妹的王宫，时刻待在妹妹的身边。他知道，如果他的脑袋和肝将被用作祭品，食人妖魔是不会在村子里，尤其是在妇孺面前杀他的，这一点他非常清楚。

果然不出所料：三个老食人妖魔当天晚上就来到他妹妹的王宫。他们先是赞扬瓦翁吉高超的打猎技巧，然后告诉他明天还有一场打猎活动，比今天的场面还要大，因为大王和他们国家最了不起的猎手也会参加。

"恐怕你们的猎物就是我了，"姆本古心中冷笑，但是他不动声色，继续听食人妖魔的说客说话。"你也去吧，瓦翁吉？"说客问道。他想到他将有顿美餐禁不住口水流了出来。"这次你也下场，你不能像个老太婆那样坐在那里看别人打猎。你的身体还很健壮，比我们这些老家伙强多了。像你这样的老人都身手不凡，看来你的家乡是人才济济呀。"

"可以。"瓦翁吉一本正经地回答，"明天我会去的。不过我老了，没有力气像你们一样四处追猎。我在一个视野辽阔的地方坐下来，如果有动物接近我就想办法把它击中。但是我不能保证像今天这样幸运，幸运的事不是天天都有的。"

"这倒是真的，不过你能去就行。"食人妖魔说完就走了。

这天夜里，姆本古很晚才睡觉，翻来覆去地完善他的计划。明天打猎是个好主意。他知道，今天夜里食人妖魔肯定会严密监视他的一举一动，那些监视者不到天明是不会走的，夜间逃跑是不可能的。既然食人妖魔的计划是明天在丛林里杀死他，既然食人妖魔都害怕他，肯定会把身强力壮行动迅速的食人妖魔都带走，村子里剩下的就只有老弱妇孺。如果他们知道自己是谁，谁都不敢出来。不过那个食人妖魔的老太婆是个麻烦，她目光敏锐、声音洪亮。可是如果她发不出声音，不就还是个不中用的老太婆吗？声音！对，就是声音！必须让那个老太婆发不出声音才行！

太阳还没出来，他就起床去给恩科西卡兹砍柴，衣服下带着掘地的棍棒。他回来的时候带了一些盐土和草药。他走得很慢，好像非常痛苦，病容满面。

昨天来的那几个食人妖魔又过来了，发现他正在磨盐土并且把它同药草掺和起来。

"走吧，瓦翁吉！"说客说，"这些都是女人干的活。放下吧，和男人们一起走吧。"

"我暂时没法走。"瓦翁吉的声音低沉嘶哑，"昨天夜里我没有睡好，肚子疼，要吃点药才行。你看，我正在配药，一会儿煮沸晾凉喝下去，然后躺一躺或者眯一会儿。等我好一点就去看打猎，我答应过你，一定会去看你们伟大的猎手的。"

食人妖魔们相信了他的话，就离开了。

姆本古继续磨混合药面。他妹妹来了，他继续干着活，头也没抬地说："卡兹，一切顺利，我们今天就走。祖先的灵魂会保佑我们的。"

"今天就走吗，巴拉？"

"我去河边看过，河水快满了，中午水就会漫过河岸，这时候对我们最有利。你和孩子赶紧吃饭，吃完了就去原来咱们见面的地方等我。"

巴拉卡兹马上挽起袖子，卷起裙子，手脚麻利地去做饭了。等姆本古磨好药面，巴拉卡兹已经和孩子吃完了早饭，接着她拿出一个带把的小水罐交给她的女儿。

"我们去哪儿呀，妈妈？"乌卡兹问。

"我们去打水，顺便也给你搞些芦苇——河岸上最漂亮的芦苇。"

乌卡兹非常开心地笑了，抓起带把的水罐放到头上，母女二人动身到河边去了。

只剩下姆本古一个人了。他把混合药面放进一只陶锅，加进一些肉卤，把锅放在火上煮。当混合药面煮好以后，他把锅从火上拿下来，让它很快变凉，然后把药水倒进一个饮水用的大碗。接着他又蹒跚地拄着他的拐杖，把药水给山丘顶上的女食人妖魔送去。

"你送的是啤酒吗，瓦翁吉？"女食人妖魔问，露出贪婪的神情。

"比啤酒的味道还好。老太太，这是我老家专为老年人酿造的饮料。你一天到晚都要大声指挥，这东西对你的嗓子很有好处。"

接着，他跪在她面前，按传统啜了一口，表示这种饮料没有毒。

"都是你的，我屋里还有好多呢。"他说着把碗递了过去。

女食人妖魔闻到肉卤的香味早已经垂涎欲滴，还没有等他说完就抢过大碗，仰起头，张开血盆大口把肉卤倒进嘴里，连味道都没有品就全进了肚里。

等她喝完把碗递过来时，发现那个瓦翁吉不见了，面前只有一个胸膛长有月亮状胎记的健壮男人，右手持着沉重的大棍，左手拿着宽刃长矛。

"你是谁？瓦翁吉呢？"她心中一凛，厉声问道。

"我是姆本古·松扬盖扎，姆博一恩古尼人国土上的勇士首领，从来就不是什么瓦翁吉！"

"什么！你不会杀我吧？"她没有意识到自己的嗓子开始沙哑。

"别急着喊人，先听我说完。我从来不杀女人，就是男人我也不想杀，除非他们想杀我。我要带走我的妹妹和她的孩子，但是我不会像贼一样在夜里偷偷走，而要光明正大地在白天离开。本来我打算杀了你们的大王再走,但是昨天我暴露了身份,现在做不到了。我对巴拉卡兹发过誓:即使我杀不了他,我也要做点事情,让你们知道姆本古·松扬盖扎曾经来过,给你们一个难以磨灭的印象。看见草地上那些牛了吗?现在它们是我的了!如果你还能发出声音,就尽情地喊吧!告诉你们大王和割人头的家伙来追吧!"

他飞快地跑下山丘直奔牧场。他挥舞着木棍和长矛大声吆喝,很快就把牛赶在了一起。牛群哞哞地叫着,由慢到快地跑到了河边,踩断的芦苇噼啪作响。姆本古开始驱赶牛群过河,从这边跑到那边,忙得一头大汗。巴拉卡兹赶紧过来帮他,可是孩子妨碍了她的行动,在这种混乱的场面她必须用肩扛着她。到达对岸的牛愈来愈多,后面的工作也愈来愈容易了。

"你先抱着孩子!"巴拉卡兹把孩子递给了哥哥,她的喊声压过了牛群的喧嚣。在一头大公牛扎进水里的时候,她向前一跃,紧紧地抓住了牛尾巴游向对岸。姆本古担心地看着妹妹越来越接近湍急的河流中间,紧张得攥紧了拳头。看到巴拉卡兹安全到达对岸,姆本古骄傲地笑了笑,也带着孩子开始渡河。

你问女食人妖魔有没有去报信?姆本古一走她就给猎手们发出了警报。她看到姆本古轻而易举地聚拢了牛群又把它们赶走,她想了各种办法去告诉猎手们,可是她的嗓子哑了,猎手们根本听不见她在说什么。一个猎手说:"她说羚羊正向西面跑!"于是整个打猎队都朝西面跑去。她又喊叫,另一个猎手却说:"她说羚羊正朝东面跑!"于是整个打猎队又跑向了东方。猎手们就这样跑来跑去,最后终于发现了情况不对。有几个食人妖魔干脆跑到她身边,把耳朵凑到她的嘴上。终于有一个食人妖魔听清了,说道:"她说我们的牛群被姆本古·松扬盖扎抢走了!"这下好了,一旁的食人妖魔们纷纷咒骂起来,现场乱糟糟的。

"里—意—乌!"四面八方的食人妖魔都喊了起来,"里—意—乌!是那个神秘的抢掠头子!杀了他!杀了他,把他千刀万剐!里—意—乌!"

食人妖魔的猎手们玩命地追了上去，一路上狂吼乱叫，轻松地跨过岩石和灌木丛，而且手中还高举着盾牌，简直就是飞。可大王平时养尊处优，完全跟不上这些割人头的家伙。等他到达河边，食人妖魔的猎手们都站在河岸上，指点着对岸的那个健壮的男人，又害怕又羡慕地讨论着什么。

那些见过姆本古的食人妖魔说："就是他！你看他那宽厚的胸膛！铁块般的肌肉！还有那个胸前的月亮胎记！就是他！他就是松扬盖扎！他胆子大得很！他竟然敢在光天化日之下独自袭击我们！"

食人妖魔的大王看了，也觉得姆本古符合自己想象的形象。嗯，他肯定就是那个传奇人物。他有这个本事把牛群赶过滔滔洪水，就像赶进牛栏那般容易。他有这个胆量就站在那儿，即使恐怖的食人妖魔就在对岸。他就站在那里看着他们，原来用于伪装的泥巴已经被大水冲得干干净净，裸露出来的高大身躯如同钢浇铁铸。

"你们是在讨论我吗？"姆本古问道，声音深沉而冷静。

"是的，我们在讨论你，姆赫卫（内兄）。"大王亲自回答，"你为什么要对我们做这样的事？"

"姆赫卫？你竟敢叫我姆赫卫？你就像抓走一个贫穷的农家女那样抓走我的妹妹，你根本就没有把我看在眼里！"

"冷静点，松扬盖扎！"食人妖魔的大王乞求说，"我知道是我做得不对。可是你来到这里，应该按规矩办事。"

"现在也不晚。"姆本古笑着说，"既然你要谈规矩，那就过来谈吧。我，巴拉卡兹的哥哥，就在这里等着你。"

"可是河里涨满了水，我过不去呀。"大王抱怨说。

"哦，是我的错，我还以为和我说话的是个人类呢。"姆本古轻蔑地回答，随即就正色说道，"你们要是不过来夺回你们的牛群，以后你们就要饿肚子了。"

牛群把芦苇都踩到了水里，所以看上去河道比平时要宽。食人妖魔们站在到处都是泥浆和牛屎的河滩上，看了看汹涌的河水，不由得面面相觑。大王和他的亲信站在那里，脑袋凑在一起商量着什么。

"不行，松扬盖扎！"大王过了一会儿抗议说，"像你这样的人谁敢轻视呢？我们也想过去，可我们谁都没有办法。你不能等到河水退下去吗？"

"等？为了寻找妹妹，我走过多少国家，花了多少时间？如果你们害怕游泳——对人类来说害怕游泳是可耻的——就搓一条又长又粗的绳子。我教你们怎样用它过河。"

食人妖魔很快就三五成群地拔草搓成绳子，然后接在一起，弄成一条足以达到对岸的长绳子。

"现在你们在绳子的一端绑上一块大小合适的石头，让你们力气最大的那个把它扔过来。"

食人妖魔把绑着石头的绳子扔了过来。姆本古解下石头扔进河里，然后命令："现在我抓住这头，你们抓住那一头。绳子拉紧之后，让第一批过河的抓住它，一个挨一个地过来。明白了没有？"

"啊，明白了！我们以前这样做过。"食人妖魔回答。

于是大王让他的手下分成两批开始过河，他按例留在第二批。

他们的队伍很长，第一个已经过了河心，最后一个才离开河岸。绳子绷得紧紧的，姆本古忽然皱起了眉头，好像感觉分量太重，他已经拉不住了。他好像在尽量稳住自己，但随后他惊叫了一声，手里的绳子滑开了。对岸拉着绳子的食人妖魔发出恐惧的叫声，拉着绳子过河的妖魔惊叫着沉入汹涌的洪流，那个猎人头领也被洪流冲走了。

"水流太急，我拉不住了！"姆本古喊道，"我拉不住了！我拉不住了！我们事先应该想到这点，把绳子拴在树上而不是握在手里。就应该这么做！把你们那头拴在最粗的一棵树上，再把绳子扔过来，我也把绳子拴在树上。再说了，你们第二批过来的时候，也没人拉着对岸的绳子了。"

食人妖魔们找到一棵合适的树，把绳子牢牢地拴在树上，然后把绳子绑上石头扔了过来。姆本古找到附近一棵最粗的树，开始把绳子拴在上面。在姆本古拴绳子、打绳结的时候，食人妖魔能看到他的肌肉因为用力而凸起。姆本古一次又一次地测试绳结是否牢固，直到满意为止。他告诉食人妖魔，为了他们的安全，他们也一定要测试绳子是否绑结实了。食人妖魔们也试绳结，对任何可疑的地方都会加固。大王也亲自仔仔细细地检查，然后才下令这一批的前几个先行带路。

姆本古靠近大树站着，好像在查看绳子是否松了似的。食人妖魔们手拉着手地过来了，大王在他们中间的位置。就在大王到达流水最急的地方的时候，姆本古拿起他的宽刃长矛，一下子割断了绳子！一阵喊救命和喝水的声音过后，河面慢慢地恢复了平静。

姆本古从河边转过身来，慢慢地走向他妹妹，指了指自己的胎记。巴拉卡兹也向他亮出她的月亮状胎记。兄妹俩自豪地笑着抱在了一起。

"我也有，舅舅！我也有！"乌卡兹指着她胸前的月亮说。

"是的，你也有，乌卡兹！"姆本古抱起妹妹的女儿说，"咱们三人当中，你的最漂亮，就像你妈妈和我小时候那样漂亮！"他们三人伸开手臂抱在了一起。

随后姆本古把妹妹的孩子扛在肩上，赶着食人妖魔的所有牛群，三人一起回家了。

芦苇中长大的孩子

从前，有个女孩名叫塔凯尼，她有个哥哥，叫赫拉巴科安。母亲叫马赫拉巴科安，父亲叫拉赫拉巴科安。父亲和母亲去田里干活，塔凯尼待在家里做家务，哥哥负责放牛。

有一天，赫拉巴科安说道："塔凯尼，给我一些库蒙苟。"库蒙苟是一种树的名字，这种树很神奇，只要用斧子一砍就喷出牛奶，给他们的父母提供了大量的食物。可是孩子们从来没尝过，因为父母不让他们喝。女孩没有答应。过了一会儿，男孩又对妹妹说："塔凯尼，给我一些库蒙苟。"塔凯尼说："哥哥，我不能给你，只有爸爸和妈妈才能吃。"哥哥回答："你要是不给我就不放牛了。就让牛留在牛栏里。"哥哥走到芦苇做的篱笆墙下，坐在那里一动不动。妹妹考虑了一会儿，说道："你什么时候去放牛？"他说："你不让我吃库蒙苟我就不去。"

女孩无奈，只好拿起一把斧头砍下一小片库蒙苟给哥哥。可是哥哥不要，他说太小，不够吃。她回过头来又砍下更多，结果浓稠的牛奶像洪水一样喷涌而出，向房子里流去。塔凯尼害怕了，说："哥哥，快来帮帮我呀！库蒙苟像洪流一样流出来了，屋子里满地都是。"他们想尽了一切办法阻挡浓稠的牛奶外流，可无济于事：树还在喷射，牛奶还在流。

第七章 食人魔的神话传说

牛奶很快就流到了房子外面，又顺着小路朝园子流去。父亲看见了，就对妻子说："马赫拉巴科安，你看库蒙苟的奶水朝园子流来了。肯定是孩子们在家里调皮了。"父亲开始用手捧起牛奶吃，女人也用手捧起牛奶吃。然后他们收集起来剩余的牛奶，把锄头放到一边往家里跑去。

他们到家后问："塔凯尼，你们对那棵树做了什么，牛奶为什么都流到园子里了？"她说："都怪哥哥，不怨我。他把牛留在牛栏里拒绝放牛，因为他说他想要库蒙苟，让我给他一些。"父亲说："好吧，我知道了。现在我们必须去把绵羊从田野里带回来。"

第二天，父亲杀掉两只绵羊并且煮熟，而母亲则磨米做了好多面包。父亲又找来铁匠，让铁匠把美丽的镯子固定在女儿的腿上和手臂上，又把项链系在她的脖子上。接着，父亲拿来漂亮的衣服让她穿上。

然后他把家里的人都叫了过来，解释说他要干什么，"我要把塔凯尼送给食人妖魔吃"。他们问他："你怎么能这么干呢？她可是你的独生女儿呀！""但是她让她哥哥吃了禁忌的东西。"他回答。

这个狠心的父亲带着准备好的食物和女儿动身了。在他们来到园子外面的时候，一只小羚羊走了过来。它问拉赫拉巴科安："你为什么要把你这个美丽的女儿送给食人妖魔呢？""你问她吧，她已经懂事了。"塔凯尼说：

"赫拉巴科安是我们的牧牛人，

想吃库蒙苟扔下了牛群，

为了让他去放牛，

我向父亲的库蒙苟挥动了斧头。"

小羚羊说："拉赫拉巴科安，我觉得食人妖魔会把你吃掉，把这孩子留下。"

走了一会儿，他们碰上一只大羚羊，它也问道："你为什么要把你这个美丽的女儿送给食人妖魔呢？"拉赫拉巴科安说道："你问她吧，她已经长大了。她在家里做了伤害我的事。"塔凯尼说：

"赫拉巴科安是我们的牧牛人，

想吃库蒙苟扔下了牛群，

为了让他去放牛，

我向父亲的库蒙苟挥动了斧头。"

接着，大羚羊说道："我觉得应该是你被吃掉，拉赫拉巴科安。"

他们走了过去，在开阔的田野睡觉。不一会儿，一只小瞪羚走近他们，它问："拉赫拉巴科安，你为什么要把你这个美丽的女儿送给食人妖魔呢？"拉赫拉巴科安说道："你问她吧，她已经长大了。她在家里做了伤害我的事。"塔凯尼说：

"赫拉巴科安是我们的牧牛人，

想吃库蒙苟扔下了牛群，

为了让他去放牛，

我向父亲的库蒙苟挥动了斧头。"

小瞪羚说："我觉得应该是你被吃掉，拉赫拉巴科安。"

最后，他们来到食人妖魔的村子。拉赫拉巴科安在那里见到了食人妖魔的儿子马希洛，吃人的是马希洛的父亲，而他却不吃人。马希洛让人拿出一片兽皮铺在地上，请拉赫拉巴科安和塔凯尼在房间里坐下。姑娘坐在兽皮上，她父亲坐在地上。酋长马希洛问他："你为什么要把你这个美丽的女儿送给食人妖魔？"拉赫拉巴科安说道："你问她吧，她已经长大了。"他女儿说：

"赫拉巴科安是我们的牧牛人，

想吃库蒙苟扔下了牛群，

为了让他去放牛，

我向父亲的库蒙苟挥动了斧头。"

马希洛派人找来邮差，指着拉赫拉巴科安和塔凯尼对他说："把这两个人带到

第七章 食人魔的神话传说

我母亲那里，告诉她把这个男人带到我父亲那里，他必须拜见我的父亲，但要保证这姑娘的安全。"于是，母亲把拉赫拉巴科安带到她丈夫——山上的食人妖魔那里。她还事先派出邮差去告诉丈夫："马希洛告诉我必须给你带去这个人，你可以吃掉他。"马希洛的父亲接到信后，就把火生起来，拉赫拉巴科安一到就把他杀死扔了进去，成了食人妖魔的一顿美餐。

此后不久，马希洛就娶了这美丽的姑娘做他的妻子。他原来眼界很高，一般的姑娘根本就看不上，可现在美丽的塔凯尼却打动了他的心。

第二年，她生了个女婴。她婆婆说："哎呀，我的孩子，你白受罪了。"塔凯尼沉默不语，因为她早就听说过，要是生了女婴，女婴就会被送给食人妖魔吃掉。

马希洛得知妻子生了个女婴，他也说："孩子必须要送到我父亲那里，这是他的食物。"塔凯尼说："我们人类生了女婴从来不会吃掉，即使死了还要埋葬。你们不能带走我的孩子。"她婆婆说："这里从来不要女婴，只要男婴，女婴要被送走。"马希洛劝他的妻子："好了，亲爱的，你必须放弃这个孩子，她的命运就是这样。"她还是不同意，并且说："如果她必须死的话，那就让我溺死她。我不愿意我的孩子让你父亲吃掉，你父亲是食人妖魔，他吃了我的父亲。"

她抱着孩子走向大河，坐在生长着茂密芦苇的岸边。她伤心地哭泣，不忍心伤害自己的孩子。不一会儿，从芦苇丛生的水塘里走出来一个老太婆，说道："你为什么哭呀，女士？"塔凯尼说："我为孩子伤心，因为我无法保住她的生命。"老太婆说："是呀，就你的处境来说，生了女孩子根本保不住，最好只生男孩子。把她交给我吧，我替你照顾她。你可以定期来看这个孩子。"塔凯尼很感激，就把孩子交给老太婆。

塔凯尼回家待了几天，非常想念她的孩子，就告诉丈夫她要去河边洗澡。她来到水塘旁边，说：

"把里拉娄安尼带出来吧，

我想看看她，

那个被马希洛抛弃的，

可怜的里拉娄安尼。"

于是，老太婆把孩子带了出来，母亲看她长得很快，非常高兴。她同母亲一起待了很长时间，一直不愿意离开，直至老太婆把孩子带回水里，母亲才转身回家。

每隔一段时间，塔凯尼就来看望她的孩子。神奇的是，仅仅一年的工夫，女孩就已经长成了大姑娘。老太婆准备让她通过成年礼，成为一个成熟的女人。这一天终于到了，塔凯尼也来参加孩子的成年礼。

这时候，碰巧有一个男人来河边割芦苇，他看到这个长大的姑娘，发现她的模样很像马希洛。那个人回家后悄悄地告诉马希洛，说："我在河边看到你的孩子同她妈妈在一起，就是那个她要杀死的孩子。"马希洛说："不是在水里淹死了吗？"他说："没有，现在她成了大姑娘，刚刚通过成人礼。"马希洛的心好像被针扎了一下，说："我怎样才能见到这个女孩？"那人回答："在你妻子说去河里洗澡的那天，你先到那里。她是不是有个习惯：如果她要去哪里会事先通知你？"马希洛说："一般来说她都会告诉我的。"那人说："你比她先到那里，在灌木丛中藏好，这样你就可以看到了。"

这一天，塔凯尼对马希洛说："我想去河边洗澡。"他同意了。塔凯尼还没有动身，他就找了借口出去了，飞快地赶到河边藏进灌木丛里。塔凯尼终于到了，就站在水塘旁边，说：

"把里拉娄安尼带出来吧，

我想看看她，

那个被马希洛抛弃的，

可怜的里拉娄安尼。"

老太婆把姑娘从水里带了出来。马希洛仔细地端详着她，发现正是妻子说过要溺死的那个孩子。他诧异地看到他的孩子长大成人了，他激动地哭了。这时，老太婆说道："我心里有点不安，好像有人在窥视着我们。"随后她就带着姑娘回水里去了，塔凯尼也依依不舍地回去了。马希洛趁机偷偷地溜走，而且走了另一条路。

马希洛回到家里，虽然是炎热的中午，他还是一头钻进闷热的房间，情不自禁地哭起来。到了黄昏时分，他忍不住了，终于对他妻子说："我在你说你要溺死孩子的地方看到了那孩子。我看到她已经长成了大姑娘。"妻子却坚持说她不懂他在谈什么。他恳求她说："啊，你把她带回来吧。"她说："带回来干什么？送给你父亲吃掉她？"他说："不会，我再也不会让她被吃掉，她现在已经长大了。"

第二天早晨，塔凯尼走到老太婆那里，说："昨天马希洛看见孩子了。他说我必须来求你把他的女儿给他，他想见她。"老太婆说："可以，但是你必须给我一千头牛。"她回家告诉丈夫："老太婆要一千头牛。"他说："一千头牛？没问题！即使要两千头牛，我也会给她的，因为没有她，我就没有这个孩子。"他立刻派人通知他的臣民：明天上午把一千头牛送到河边。

次日上午，他的臣民送来了一千头牛，就在长芦苇的水塘旁边。他们夫妻早就等在这里了，看见牛群到了，塔凯尼就站立起来，说：

"把里拉娄安尼带出来吧，

我想看看她，

那个被马希洛抛弃的，

可怜的里拉娄安尼。"

不一会儿，老太婆就领着姑娘出来了。当她的头露出水面的时候，太阳都为之暗淡了，直至她完全从水里出来，太阳才又发出熠熠的光辉。马希洛看到了他的孩子，所有的人都看到了马希洛的孩子，她已经长成了大姑娘，就在她母亲留下她的地方。随后牛群被扔进水里，其实也不能说是水里，牛群仍然在水面上活动，只是无法上岸而已，因为水底下是老太婆的部落居住的地方。

他们返回村子。马希洛的母亲说，应该让塔凯尼回家探望她的母亲和哥哥，至于她的父亲——死人是不需要探望的。于是马希洛又派人通知他的臣民赶着牛群出来为塔凯尼送行。

送行的队伍送了很远。塔凯尼远远地发现，就在大路向她家拐弯的地方长出了一块巨大的岩石，挡住了去路。塔凯尼对马希洛说："这个地方怎么多了一块巨石呀？"马希洛说："你们来的时候没有吗？是不是你没注意呀？"她说："没有，那时候绝对没有岩石。"其实这块岩石就是她的父亲拉赫拉巴科安，他的心已经变成了石头。他们还是和人们、牛群一起向前走，塔凯尼走在前面，因为只有她才认得去她村子的路。

当他们来到岩石附近时，岩石开始讲话：

"嘻嘻嘻，嘻嘻嘻，

我要吃掉你，

孩子塔凯尼，

我是你父亲，

要吃掉你带的人。"

这时候，塔凯尼终于知道了是怎么回事，说："好吧，你可以吃掉牛群。"她对马希洛说："是我的父亲，他埋伏在这里等着我们呢。"他们带来许多牛，他们把牛群给岩石，岩石把所有的牛都吃掉了，但是还张着大嘴没有满足。

这时，拉赫拉巴科安又说话了：

"嘻嘻嘻，嘻嘻嘻，

我要吃掉你，

孩子塔凯尼，

我是你父亲，

要吃掉你带的人。"

女儿说:"你可以吃掉一些人。"

接着,他们打算通过,可是他又阻止他们,说:

"嘻嘻嘻,嘻嘻嘻,

我要吃掉你,

孩子塔凯尼,

我是你父亲,

要吃掉你带的人。"

于是,她又把剩余的那些不幸的人交给她的父亲,全被他吃掉。现在只剩下塔凯尼和马希洛以及他们的两个孩子,里拉娄安尼和一个婴儿。他们再次试图通过,可岩石又封锁了去路。岩石还是说:

"嘻嘻嘻,嘻嘻嘻,

我要吃掉你,

孩子塔凯尼,

我是你父亲,

要吃掉你带的人。"

她自己、丈夫,还有他们的孩子,全都被她的父亲吞了下去。不过她们发现自己并没有死,好像只是进入了一个肉做成的洞穴。洞穴里有个小伙子正在用刀砍巨石的肚子,地上已经砍下了好多的肉末。旁边还有人试图阻止他:"你会害死我们大家的。"可是他就像没有听见一样还是继续着自己的工作,砍呀砍呀,他终于在肚子上砍出了一个大洞。就在大洞出现的瞬间,岩石轰然倒塌:它死了。

看到巨石死了,有了生路,所有的生物都逃了出来。只有很早以前被吃掉、已经腐烂了的生物失去了生命,刚刚吃进去的那些人,还有仍然活着的牛群都安然无恙。现在所有的人都能回家了。

塔凯尼和马希洛继续朝她母亲的村子走去。他们的归来简直就是一个奇迹，因为她母亲和她哥哥已经好长时间没听到过她和她父亲的任何消息了。母女抱在一起流下了幸福的眼泪。哥哥高兴地杀了几头牛摆设盛宴，款待自己的妹妹和妹夫。

第七章　食人魔的神话传说

女食人魔的故事

遥远的大山脚下有一个小茅屋，里面住着一个残忍恶毒的食人妖魔老太婆和她的小女儿。这个老太婆名字叫诺米娄马恩西纳尼，意思是"长着小眼睛的她"。她虽然是一个邪恶的食人妖魔，可是她的女儿诺马汉勒很善良、很和气，有一副软心肠。

诺米娄马恩西纳尼有一个妹妹，妹妹带着三个女儿住在大山的另一边。尽管这三个小姑娘是女巨人的外甥女，可愈老愈残忍无情的"小眼睛"却无时无刻不渴望着把她们放进她那硕大的"炖锅"。她女儿常常听见她自言自语："一有机会我就会亲手抓住她们。这些小家伙长得白白胖胖的，吃起来味道肯定特别棒！"

善良的小诺马汉勒难以接受母亲这种残忍的计划，就乞求她饶了自己的表妹们，可是她母亲拒绝了。她的回答是："孩子，在这个世界上我唯一不会吃掉的只有你，因为你是我身上掉下来的肉，我爱你。至于你那些白白胖胖的表姊妹，嘻嘻，她们只不过是一顿肉而已。"

在当地，如果一个人吃人肉的话，即使是远房亲戚也为之感到耻辱，羞于见人。三个小姑娘的母亲根本不敢把自己的姐姐是个食人妖魔的事告诉自己的女儿。所以，当三个小姑娘有一天要求去姨妈家做客的时候，她慌了手脚，开始用种种借口阻止她们，可是她们哭闹不休，最后她不得不同意了她们的请求。

她最好的宝贝是一只魔鸟，她觉得这只魔鸟应该可以保证她们的安全，就让大女儿带上，提醒她一刻也不要让魔鸟离开她们。她还告诉她们，大山深处有许多妖怪和凶残的野兽，一定不要走进大山，要沿着山脚走。随后她磨了一些玉米给她们做成干粮，最后送她们上了路。

三个小姑娘兴高采烈地出发了。可是她们没走多远，就碰上一个老头儿，老头儿问她们到哪里去，问她们是谁家的孩子。"我们去探望我们的大姨诺米娄马恩西纳尼，她住在大山的那边！"她们高兴地回答。

"嗯！"老头儿答道，"我为你们感到悲哀。可怜的孩子，你们的大姨是个食人妖魔，你们一到她就会把你们吃掉！"

"不可能，我们的姨妈不是食人妖魔，她也不会吃掉我们。不然我们的母亲就不会让我们来了！"她们不相信老头儿的话，继续赶路。

她们已经走了很远的路，时间也马上就要到中午，最小的姑娘眼里含着泪说："姐姐，我没有力气了，我也饿了。咱们休息一会儿吃点儿东西吧，我再也走不动了。"她们找了一片树荫坐下，舒展一下四肢，吃点儿干粮喝点水。就在她们休息的时候，她们的外祖母正好路过这里看见了她们。

"你们要去哪里呀，孩子们？"当她们告诉她以后，她伤心地摇着她那头发灰白的脑袋，说："我亲爱的外孙女们，趁着天色还早，你们赶紧回去吧。你们的大姨是食人妖魔，她一直都在找机会吃掉你们呢！"

可是孩子们还是不相信她告诉她们的事。大姑娘回答："可是外婆，如果姨妈是食人妖魔，那为什么妈妈没有告诉我们？她什么话也没说，只是把她的魔鸟给了我们，也许她的鸟会关照我们。再说天黑之前我们回不到家了。"

老妇人说："你们的母亲为自己的姐姐是个食人妖魔而感到羞耻，没让你们知道真实的情况。不过她还是尽力帮助你们。这个魔鸟叫英提古，如果你们给它魔米吃，它会救你们的。"她从挂在脖颈上的皮袋子里掏出一把魔米递给最大的姑娘，"把米喂给它吃。"她补充说。嘴里嘟囔着祝福的话，又把她们送上路。

太阳落山的时候，她们来到森林边一个孤零零的茅屋，这就是她们的目的地。她们看到一个小姑娘正在茅舍前面玩耍，她们高兴地向她跑了过去，说："她肯定是我们的表姐诺马汉勒！"但是当诺马汉勒看见她们的时候，却用两手捂着脸哭了。她们就是她残忍的母亲想要吃掉的亲戚呀！

她痛苦地说道："啊！表妹们，我得做点什么救下你们的生命！我母亲是个残忍的食人妖魔，虽然你们是她的亲戚，但是她仍然会吃掉你们的！快点过来，我得把你们藏起来。"她把她们领到门后的大玉米篮子旁，让她们爬到篮子里。"快点进去！"她急迫地说，又给了她们一些食物，"因为我听见她打猎回来的脚步声了！"

随后她们就听见一个声音喊道："诺马汉勒，临走时我让你打扫茅舍和打水，你都干了吗？"三个小姑娘刚刚躲进篮子，就听见门外传来重重的脚步声——邪恶的食人妖魔回来了。

"是的，妈妈，"这孩子郑重回答，"这些工作我都做完了。"

母亲欣慰地夸奖自己的女儿："你真是个好孩子，"她停顿一下，用力吸了吸鼻子，"我闻见屋子里有一种香甜的味道！这种气味和我血管里的血完全一样！"她咂了咂嘴继续说，"不会是你的表妹们来了吧？那样今天夜晚我将有一顿多美的晚饭呀！"

"没有，妈妈，"小诺马汉勒回答，"你究竟在想些什么？这里除了我再没有其他人，你有了幻觉，要知道你是个食人妖魔，一直都想着吃掉她们，所以你觉得是她们来了。"

然而，食人妖魔嗅着鼻子直接来到大玉米篮子前面，她掀开了盖子，马上就看见了三个女孩子。"啊，感谢上帝！看来今天夜晚我有了一顿丰盛的晚餐！"她高兴地连说了几遍,还用手捏一下离她最近的那个女孩的肉乎乎的胳膊。

孩子们吓得瑟瑟发抖,她却转身去生火刷锅,想用大锅把这些孩子全部炖了。看到这些,诺马汉勒痛苦地哭了。

火一点着,食人妖魔就走近玉米篮子抓她的第一个外甥女。可是就在她弯下身子伸出手的时候,小鸟飞到她的脸上,喝道:

"看你做了些什么,诺米娄马恩西纳尼;

你已杀死那么多人,诺米娄马恩西纳尼;

可你贪心还不足,诺米娄马恩西纳尼;

甚至要杀你的亲人,诺米娄马恩西纳尼;

如果你不快改正,诺米娄马恩西纳尼;

明天就吃你的孩子,诺米娄马恩西纳尼。"

食人妖魔看到小鸟,听到它的歌声,不由自主地倒在地上昏睡了过去,原来小鸟用魔力催眠了她。孩子们趁此良机迫不及待地爬出了大篮子,加上诺马汉勒,四个女孩迅速地跑向森林。

食人妖魔很快就苏醒了,发现她丰盛的晚餐不翼而飞,还失去了可爱的女儿,顿时怒不可遏,抓起她的斧头就追了出去。

姑娘们还没有跑远,她的速度又快,不久就追到了她们的身后。她狞笑着伸出了手,可是,小鸟英提古又飞到了她的面前,又唱起它的魔歌:

"看你做了些什么,诺米娄马恩西纳尼;

你已杀死那么多人,诺米娄马恩西纳尼;

可你贪心还不足,诺米娄马恩西纳尼;

甚至要杀你的亲人,诺米娄马恩西纳尼;

如果你不快改正,诺米娄马恩西纳尼;

明天就吃你的孩子,诺米娄马恩西纳尼。"

她又一次被英提古的魔力催眠，孩子们又一次暂时脱逃了她的魔掌。可是她们毕竟是小孩子，不一会儿就累得跑不动了，赶忙爬到一棵又高又大的树上，躲进茂密的树叶里面。

女食人妖魔气喘吁吁地到了树下，却悲哀地发现自己不会爬树，就气愤地抡起斧子向大树砍去，只砍得木屑纷飞。斧子很锋利，显然树很快就会被砍倒，孩子们吓得大喊救命。这时，英提古再次飞出来搭救她们了。与前两次不同，魔鸟不再催眠女食人妖魔，而是对树施加了快速愈合的魔力，树上的伤口以肉眼可见的速度愈合，她砍下的碎片又飞回到树身上，最后连一点受伤的痕迹都没有。

女食人妖魔气得嗷嗷大叫，又拾起斧头砍树。她砍得太用心了，根本没有注意到一个男子从树林里出现了。这个人就是三个小姑娘的父亲，前一段时间他没有在家，今天刚回来就听妻子说孩子们来了食人妖魔的家，就马上赶来，希望能赶在食人妖魔回家前带走自己的孩子。他刚走到这个地方就听到孩子们的呼救，又看到了女食人妖魔的举动，立刻明白了她们的处境，就在她砍树的时候匍匐过来。他一出森林孩子们就发现了他，正要向父亲欢呼，父亲用手势阻止了她们。他小心翼翼地爬到女食人妖魔的身后，拿起一块大石头，"砰"一下把她打昏在地，接着用斧头把她的头砍了下来，一边砍一边说："这就是你这个吃人无数的家伙应有的下场！"

他把四个姑娘都带回家里，所有的人都欢迎善良的诺马汉勒住在她们家里。四个姑娘在那里一块儿幸福地成长。